中国文学讲义

刘师培 著 万仕国 点校

【刘师培经典文存】

广陵书社

图书在版编目（CIP）数据

中国文学讲义／刘师培著；万仕国点校. —扬州：广陵书社，2015.12

（刘师培经典文存）

ISBN 978-7-5554-0499-6

Ⅰ.①中… Ⅱ.①刘… ②万… Ⅲ.①中国文学－古代文学史－文学史研究 Ⅳ.①I209.2

中国版本图书馆CIP数据核字（2015）第302882号

书 名	中国文学讲义
著 者	刘师培
点 校	万仕国
责任编辑	方慧君
出 版 人	曾学文
出版发行	广陵书社
	扬州市维扬路349号　　邮编　225009
	http://www.yzglpub.com　E-mail:yzglss@163.com
印 刷	北京欣睿虹彩印刷有限公司
开 本	710毫米×1000毫米　1/16
印 张	14
字 数	220千字
版 次	2017年5月第1版第2次印刷
标准书号	ISBN 978-7-5554-0499-6
定 价	48.00元

《刘师培国学讲论》编辑缘起

　　国学乃"中国固有之学术",即中华民族传统学术文化之总称。国学经典包罗经史子集诸门类,内涵丰富,博大精深,凝聚了民族先哲的创造和智慧,是中华文明传承与发展的源源不竭的精神动力。当今国学复兴,国人研读国学经典的兴趣持续不减。我社在编辑出版国家重点规划项目《仪征刘申叔遗书》时,考虑到作者在国学研究方面的独特成就与影响,以及整理者对于原著校勘整理的规范与严谨,决定同时编辑出版一套更接近原著风貌的刘师培国学经典普及本,以供国学爱好者之用。

　　刘师培(1884—1919),字申叔,号左盦,江苏仪征人。刘氏家学渊源深厚,他的曾祖父刘文淇、祖父刘毓崧、伯父刘寿曾,都是精通汉学的知名学者。浓郁的学术氛围加上他的刻苦自励及学术上的兼容并包,致使他最终成为一代名家。刘师培一生著述繁富,内容涉及经学、小学、校雠学、文学、史学乃至伦理学、教育学等诸多方面,承前启后,多有创获。他的《中国中古文学史讲义》《经学教科书》等著作被一些高等院校列为专业教学参考书,影响广泛。

　　此次选编刘师培著作之精华,大致可分为四类:一为论经学,二为读书札记,三为论文学,四为教科书。丛书共六册。第一册《国学发微》《周末学术史序》《群经大义相通论》等六种,以论经学为主。第二册《读书随笔》《读书续笔》《左盦题跋》等六种,基本为读书札记。第三册《中国文学讲义概略》《中国中古文学史讲义》,附录《论文杂记》,三者为刘师培文论之核心,故以《中国文学讲义》为名。其中《中国文学讲义概略》本系单独成书,所述内容在专讲魏晋六朝文学的《中国中古文学史讲义》之前,两者之间又有一定的联系,且其书除《刘申叔遗书补遗》中收录外,传本罕见,价值颇高。第四册为《中国历史教科书》。第五册为《中国地理教科书》。第六册为《经学教科书》《伦理教科书》。清末民初,各类学校相继成立,代替古代书院,这是教育史上的一大变革,故教材的编纂相当重要。刘师培所编诸种教材,贯通古今,兼容并蓄,贡献颇大,今天仍有学习、借鉴之价值。

丛书以钱玄同编、南桂馨于民国二十六年印行的《刘申叔先生遗书》为校对底本。原本有明显错误,且今可确定者,改其正文,不出校记,存疑处以括号形式随文附注。书中一般使用通用简体汉字,少量人名、地名保留异体字。每册书前约请《仪征刘申叔遗书》整理者万仕国先生撰一前言,以为导读之用。

学术需要不断传承,经典需要时常研习。刘师培之国学论著虽曾偶有出版,但流传不广。希望这套丛书的出版发行,能为读者朋友学习研究国学精粹提供便利。

广陵书社编辑部
二〇一三年十二月

前　言

　　1916 年 6 月,随着袁世凯的暴亡,洪宪帝制闹剧落下帷幕。7 月 14 日,新任民国大总统黎元洪下令"惩办帝制祸首"。刘师培虽属惩办对象,但李经羲以"爱惜人才"为由,经黎元洪首肯,得在"宽免"之列,流寓天津,生活无以为主。1917 年初,蔡元培就任北京大学校长;秋,聘刘师培担任北京大学文科教授,兼任文科研究所国文门指导教师。1917—1918 学年,刘师培任教的课程是一、二年级的中国文学和二年级的中国古代文学史,每周各三小时;所指导的研究科目是"文"(中国文学)和"文学史",每月与研究员会面两次,每次一小时。1918—1919 学年,刘师培任教文本科二年级的"中古文学史"和三年级的"文",同时指导文科研究所国文门经学、史传、中世文学史、诸子四科。蔡元培说:"君是时病瘵已深,不能高声讲演,然所编讲义,元元本本,甚为学生所欢迎。"[1]《中国文学讲义概略》与《中国中古文学史讲义》就是为北京大学文科学生讲课时编写的讲义。

(一)

　　《中国文学讲义概略》现存北京大学铅印本一册,版心注"文学门一、二年级""刘申叔编",当成书于 1917 年。根据此书《目录》,"所授文学各课,以上古为限。讲授时间计九十小时",所授内容包括《尚书》、《毛诗》、《春秋左氏传》和《国语》、《三礼》经记、诸子(含管、荀、吕、墨、老、庄、商、韩)、楚辞、《国策》及周秦杂文几个方面。现存此册,至"《三礼》经记"而止,惜非全本。罗常培称其在北京大学时,师从刘师培研治文学,记录口义,"两年之所得,计有:一、群经诸子,二、中古文学史,三、文心雕龙及文选,四、汉魏六朝专家文研究,四种"。² 所谓"群经诸子"者,似即指此而言。

此书体例,首为概略,总述文例和后代重要争议点,次选若干篇目,"稍为诠释,期于训故昭明为止",³ 作为佐证。其中《诗》例举要》⁴ 一篇,与1919年《国故月刊》第一、第二期所载《毛诗词例举要》全同,即《刘申叔先生遗书》中所谓"毛诗词例举要略本",当是从此书中裁出者;《春秋左氏传》例略》一篇,与1916年《中国学报》第1—5册所载《春秋左氏传》略例》相同,盖袭用旧作也。

（二）

《尚书》概要》引《礼记·经解篇》、《史记·滑稽列传》、《汉书·艺文志》、《法言·问神篇》、《论衡·正说篇》、王粲《荆州文学记·官志》、陈寿《三国志》、刘勰《文心雕龙》、孔颖达《尚书正义序》论述《尚书》者12条,兼述《尚书》古、今文之别,并论班固《汉书·艺文志》《论衡》所引或说关于《尚书》是否为当时口语的不同说法。刘师培认为,《尚书》文体,篇各不同,非纰缪全经,不能深悉。其所选读篇目,包括《尧典》《甘誓》《盘庚下》《高宗肜日》《大诰》《文侯之命》6篇,每篇均略引贾、马、王、郑各说,兼引《史记》及三家注文,或引《汉书·王莽传》文,以广异说。

《诗经》概要》引用《尚书》、《周礼》、《礼记》、《诗大序》、《荀子》、《史记》、扬雄《解难》、《汉书·艺文志》、郑玄《诗谱序》、挚虞《文章流别论》、刘勰《文心雕龙》关于《诗经》的评论19条,介绍其概貌;又述《诗经》词例25种,说明《诗经》经文的义例。又作《毛传》例略》,概括《毛传》义例5则,以为《毛传》重点指明"兴"的使用,所用制度与《周官》《左传》《国语》相合,所述史实均以《诗序》为主,训释悉与《左传》《国语》《荀子》相合,训诂则多本《尔雅》。其选读《诗经》共5篇,涵盖国风、二《雅》和《周颂》,训诂一宗毛《传》。其《传》文见于他处者,则加案语说明。

《春秋》概要》以《左传》《国语》为主体,首引《左传》及贾逵《春秋序》说明作《春秋》的时间,次引《礼记》《贾子新书》《汉书》说明"春秋之义,取法阴阳之中",再引《史记》《汉书》说明《左传》源流,再引《后汉书》、《论衡》、韦昭《国语解叙》叙述《国语》源流及"外传"说所由来,再引卢植说以明"古文经传互为表里",最后引《法言》《文心雕龙》及卢植、贺循说,证明《春秋》有微言大义存焉。

《〈春秋左氏传〉例略》就汉儒古文家说,阐明《春秋》为孔子所作,不在"述而不作"之列;三《传》同主诠《经》,《左传》与二氏不同,经、传详略,事关笔削,类存微旨。《经》文有推隐、虚书、省词三例,"凡"与"不凡",无周孔、新旧之分。《经》字相同,即为同旨。《传》文发例,其有词著于此、义通于彼者,不惟该同事之《经》,亦且该殊事之《经》。《经》文书事,亦有同词异实之例。《经》有褒贬互见例,绎寻汉说,犹克推寻。《春秋》有错文见义者,有异文著例者,有同一事实而词有增损者。《经》有从志、曲讳、充类三变例,有不予而实予者,亦有文予而实不予者。《经》有内外异词例,有王及侯国异词例。夷夏内外例,亦为三《传》所同。《经》出孔修,弗以史文为据,亦与赴告之词不同。《传》详事实,综括始终,所以诠《经》文所予夺。《传》引时人诠礼之词,均为《传》说。

本书所选篇目,包括《左传》隐公元年(郑伯克段于鄢)、襄二十七年(盟于宋),《国语·周语》(定王语晋随会)、(单穆公谏铸大钱)、《左传》庄公二十年、二十一年(摘录,附《国语·周语》)各一节。其选《国语》,则以其为"《春秋》外传"。

《〈三礼〉概略》引《礼记》《史记》《法言》《汉书·艺文志》,讲明《礼经》存世状况及传授过程,又引《文心雕龙》《颜氏家训》,说明《礼经》《礼记》与文学相关。其所选篇目,则为《仪礼·觐礼》、《大戴礼记·夏小正》"春三月"、《周礼·天官·宫保》、《考工记·冶氏》。

(三)

《中国中古文学史讲义》当成书于1918年,是刘师培在1918—1919学年为北京大学文本科二年级开设《中古文学史》课程时所编的讲义,共分5课,主要讲授汉末至宋、齐、梁、陈时期的文学变迁。其第一课《概论》总论汉魏六朝文学特质,曾以《国学学校论文五则(附文笔词笔诗笔考)》发表于 1913 年《四川国学杂志》第六号,[5] 又发表于 1916 年《中国学报》第一期,题作《文说五则》,则刘师培研究汉魏六朝文学发端于任教四川国学院期间,非晚至其 1917 年任北京大学教授之时。第二课《文学辨体》,以阮氏《文笔对》为主,辨明"文""笔"之别,"所引群书,以类相从,各附案词,以明文轨"。[6] 第三课《论汉魏之际文学变迁》,阐明汉魏文学变迁的四大特征,并引述史传,说明东汉、三国文学变迁,三国文人及文体,建安文学优劣得失,建安文学昌盛原因。附录十二篇,证明魏文与汉不同:"书檄之文,骈词以张势,一也;论说之文,渐事校练名理,二也;奏疏之文,质直而屏华,三也;诗赋之文,益事华靡,多慷慨之音,四也。"

第四课《魏晋文学之变迁》详细分析魏代文学的两大流派:一派以傅嘏及王弼、何晏为代表的"正始名士","清峻简约,文质兼备",与名、法家言为近;一派以嵇康、阮籍为代表的"竹林名士","文章壮丽,总采骈辞",与纵横家言为近。又论潘、陆及两晋诸贤之文,总论晋代文学各体得失。

第五课《宋齐梁陈文学概略》将此期分为宋代文学、齐梁文学、陈代文学三期,分别论述,认为至刘宋时,文学始别为一科,渐为中古文学兴盛之时。其间作者寖多,流派渐成,而世族文学尤为前此所无。其文学矜言数典,以富博为长;梁代宫体,别为新变;士崇讲论,而语悉成章;谐隐之文,斯时益甚。

(四)

坚守阮元"文笔论",是刘师培文学论的基点。[7] 在《中国中古文学史讲义》中,刘师培引证中古史料,进一步阐明"文""笔"之分,强调"偶语韵词谓之文,凡非偶语韵词概谓之笔";"文""笔"确为二体,作者弗必两工。他指出:"散行之体,概与文殊。唐、宋以降,此谊弗明,散体之作,亦入文集。若从孔子正名之谊,则言无藻韵,弗得名文。以笔冒文,误孰甚焉!"[8] 与此相关联的是,刘师培也非常强调口语与文学的差异。他指出,周代之时,"文"与"语"分,故言语、文学,区于孔门。降及战国,士工游说。纵横家流,列于九家之一,抵掌华屋,擅专对之才。泉涌风发,辩若悬河,虽矢口直陈,自成妙论。及笔之于书,复经史臣之修饰,如《国语》《国策》所载是也。在当时虽谓之"语",自后世观之,则"语"而无异于"文"矣。若六朝之时,禅学输入,名贤辩难,间逞机锋。超以象外,不落言诠,善得言外之旨。然此亦属于"语"言,而语录之文,盖出于此。且所言不外日用事物,与辞旨深远者不同。其始也,讲学家口述其词,弟子欲肖其口吻之真,乃以俗语笔之书,以示征实。至于明代,凡自著书者,亦以语录之体行之,而书牍、序记之文,杂以俚语。观其体制,与近世演说之稿同科,岂得列之为"文"哉?[9]

　　注重考镜源流,是刘师培学术研究的基本方法,[10]文学史研究也不例外。刘师培认为,古学出于史官,[11]文学本于经、子,[12]源于巫祝之官。[13]他把文体分为诗赋以外之韵文、析理议事之文和据事直书之文三大类,[14]指出:文章各体,具形于春秋、战国,[15]至东汉而大备。汉魏之际,文家承其体式,故辨别文体,其说不淆。惟东汉以来,赞、颂、铭、诔之文,渐事虚辞。文而无实,始于斯时,非惟韵文为然也,即作论著书,亦蹈此失。[16]刘师培认为,一代之文,必有宗尚。[17]而文风变化,必有开其风气之先者。例如,汉魏文士,多尚骈辞,或慷慨高厉,或溢气坌涌,皆祢衡文开之先也。文章由简趋烦,盖自陈琳始。陈琳之文,直抒己意,开魏代名理之文先声。[18]何晏议礼之文与析理之文,已开晋、宋之先。魏初诗歌,渐趋轻靡,嵇、阮矫以雄秀,多为晋人所取法。[19]即便是个人文风的形成,也有其特定的渊源。阮籍为元瑜之子。瑜之所作,均尚才藻,多优渥之言,此即籍文所自出也;才思敏捷,盖亦得自元瑜。[20]

　　广泛运用比较的方法,既展现了各个时代文学的特质,又提高了研究结论的科学性。刘师培在文学风格的比较中,既注重不同时代间风格的比较,又注重同一时代不同时期风格的比较,更注重同一时期不同作家风格的比较。在比较东汉与魏文学风格时,刘师培指出:东汉之文,虽多反复申明之词,然不以隶事为主,亦不徒事翰藻也。东汉论文,均详引经义,以为论断;魏代子书,纯以推极利弊为主,不尚华词,与东汉异。东汉奏疏,多含蓄不尽之词;魏人奏疏之文,纯尚直实,无不尽之词。[21] 在比较东、西晋文学风格差异时,刘师培指出:"东晋人士,承西晋清谈之绪,并精名理、善论难……其与西晋不同者,放诞之风,至斯尽革。又,西晋所云名理,不越老、庄;至于东晋,则支遁、法深、道安、惠远之流,并精佛理……大抵析理之美,超越西晋,而才藻新奇,言有深致……故其为文,亦均同潘而异陆,近嵇而远阮。"[22] 就同一时代作家而言,刘师培比较了嵇康与阮籍的不同,指出:"嵇、阮之文,艳逸壮丽,大抵相同。若施以区别,则嵇文近汉孔融,析理绵密,阮所不逮;阮文近汉祢衡,托体高健,嵇所不及。此其相异之点也。至其为诗,则为体迥异,大抵嵇诗清峻,而阮诗高浑。"阮文之丽,丽而清者也;嵇文之丽,丽而壮者也。

注重文学风尚成因的分析,是刘师培文学史研究的重要内容之一。在论述魏代文学兴盛的原因时,刘师培指出:"思王之文,久为当世所传,故一时文人兴起者众。至于明帝,虽文采渐衰,然亦笃好艺文……故有魏一朝,文学独冠于吴、蜀。"[23] 在论及建安文学"革易前型"的原因时,刘师培着重从文学传统、社会风尚、政治理念、时代风气四个方面进行分析,认为:"两汉之世,户习'七经',虽及子家,必缘经术。魏武治国,颇杂刑名。文体因之,渐趋清峻,一也。建武以还,士民秉礼。迨及建安,渐尚通侻。侻则侈陈哀乐,通则渐藻玄思,二也。献帝之初,诸方棋峙,乘时之士,颇慕纵横。骋词之风,肇端于此,三也。又,汉之灵帝,颇好俳词。下习其风,益尚华靡。虽迄魏初,其风未革,四也。"[24]

（五）

刘师培关于中国古代文学史研究的方法,主要体现在《搜集文章志材料方法》[25] 一文中。刘师培认为,"宜仿挚氏之例,编纂《文章志》《文章流别》二书,以为全国文学史课本,兼为通史《文学传》之资"。而首先要做的基础性工作,即是搜集材料。为此,刘师培提出了搜集文章志材料的四大方法:就现存之书分别采择,就既亡各书钩沉撷逸,古代论诗评文各书必宜详录,文集存佚及现存篇目必宜详考。这些观点,完全可以看作是刘师培编辑《中国中古文学史讲义》成果的一个回顾性总结。而《汉魏六朝专家文研究》《文心雕龙颂赞篇》和《文心雕龙诔碑篇口义》，虽非出自刘师培之手，但由于罗常培根据课堂记录整理时非常忠实于原意，所以仍可从中窥见刘师培文学史研究之一斑。

【注】

1　蔡元培《刘君申叔事略》，《刘申叔先生遗书》卷首。

2　《汉魏六朝专家文研究·弁言》，参见拙编《刘申叔遗书补遗》下册，1515页，广陵书社，2008年。

3　刘师培《中国文学讲义概略·〈尚书〉概要》。

4　注重词例研究是刘师培经学研究的传统，其所著，尚有《〈春秋左氏传〉传例略解》《〈春秋左氏传〉传注例略》《〈春秋左氏传〉例略》《〈春秋左氏传〉时月日古例考》《〈荀子〉词例举要》等，均收入《刘申叔先生遗书》中。

5　刘师培《文说五则》《文笔词笔诗笔考》，均参见拙编《刘申叔遗书补遗》下册，第1305—1311页，广陵书社，2008年。

6　刘师培《中国中古文学史讲义》第二课《文章辨体》。

7　阮元"文笔论"的主要观点，集中体现在《文言说》《书梁昭明太子文选序后》《与友人论古文书》等篇中，参见《揅经室集三集》卷二，第605—610页，中华书局，1993年。阮氏"文笔论"，是刘师培文学观的重要基础，也是刘师培毕生坚守的一个文论原则。无论是其早期的《论文杂记》《文章原始》《周末学术史序·文章学史序》，中期的《广阮氏文言说》，还是晚期的《中国文学讲义概略》《搜集文章志材料方法》《汉魏六朝专家文研究》，刘师培都始终坚持这一观点。

8　刘师培《中国中古文学史讲义》第二课《文章辨体》。1905年，刘师培在《国粹学报》第1期《文章原始》中也明确指出："偶文韵语者谓之'文'，无韵单行者谓之'笔'。"参见《左盦外集》卷十三。

9　刘师培《论近世文学之变迁》，原载1907年《国粹学报》第26期，收入《左盦外集》卷十三。

10　刘师培在学术史研究中，也经常做"考镜源流"的工作，参见《国学发微（外五种）》前言。

11　刘师培《古学出于史官论》，原载1905年《国粹学报》第1期；《补古学出于史官论》，原载1906年《国粹学报》第17期，均收入《左盦外集》卷八。

12　刘师培《汉魏六朝专家文研究·论各家之文与经子之关系》。

13　刘师培《文学出于巫祝之官说》，收入《左盦集》卷八。

14　刘师培《汉魏六朝专家文研究·绪论》。

15　刘师培关于文章各体源流关系的论述，集中体现在1905年《国粹学报》第1—10期的《论文杂记》中。

16　18　21　23　刘师培《中国中古文学史讲义》第三课《论汉魏之际文学变迁》。

17　刘师培《中国中古文学史讲义》第五课《宋齐梁陈文学概略》。

19　20　22　刘师培《中国中古文学史讲义》第四课《魏晋之际文学变迁》。

24 刘师培《中国中古文学史讲义》第三课《论汉魏之际文学变迁》。鲁迅在《魏晋风度与文章及酒与药之关系》的演讲中，吸纳了刘师培关于魏初文学“清峻、通侻、骋词、华靡”的概括，称为“清峻、通脱、华丽、壮大”，并肯定了刘师培“辑录关于这时代的文学评论”的学术意义。1928 年，鲁迅在与台静农讨论编辑“中国文学史略”的书信中也说，“我看过已刊的书，无一册好。只有刘申叔的《中古文学史》，倒要算好的，可惜错字多”。

25 刘师培《搜集文章志材料方法》，原载 1919 年《国故》第三期，收入《左盦外集》卷十三。

目　录

中国文学讲义概略

　　所授文学各课,以上古为限。讲授时间计九十小时,所授科目如下:

一、《尚书》	约十五小时
二、《毛诗》	约十小时
三、《春秋左氏传》《春秋国语》	约二十小时
四、《三礼》经记	约十小时
五、《诸子》管、荀、吕、墨、老、庄、商、韩	约二十小时
六、《楚辞》	约十小时
七、《国策》及周秦杂文	约五小时

《尚书》概要

《小戴礼·经解篇》："疏通知远，《书》教也。"

《尚书大传》："子夏读《书》毕，见夫子。夫子问焉：'子何为于《书》？'对曰：'《书》之论事也，昭昭若日月之明，离离若星辰之错行。上有尧舜之道，下有三王之义。'"《孔丛子·论书篇》同。

《史记·滑稽列传》："《书》以道事。"

扬雄《法言·问神篇》："虞、夏之书浑浑尔，《商书》灏灏尔，《周书》噩噩尔。下周者，其书谯乎？"

《汉书·艺文志》："《书》者，古之号令。号令于众，其言不立具，则听受施行者弗晓。古文读应尔雅，故解古今语而可知也。"

《论衡·正说篇》："《尚书》者，以为上古帝王之书，或以为上所为、下所书。"郑玄《书赞》以为："孔子撰《书》，尊而命之曰《尚书》。尚者，上也。"

案，据班《志》说，似以《尚书》即古代语言，非有文饰；据《论衡》所引或说，似以《尚书》之文成于臣下。两说不同。

又案，《论语》："子所雅言，《诗》、《书》、执礼，皆雅言也。"《集解》引郑《注》云："读先王典法，必正言其音，然后义全，故不可有所讳。"与班《志》"古文读应尔雅"，说亦近符。

王粲《荆州文学记·官志》："《尚书》则览文如诡，而寻理即畅。"《太平御览》引。

陈寿《蜀志》："时议以皋陶大贤，周公至圣。考之《尚书》，皋陶之

《谟》略而雅,周公之《诰》烦而悉。则皋陶与舜禹谈,周公与群臣誓故也。"

刘勰《文心雕龙·宗经篇》:"《书》实记言,然览文如诡,而寻理即畅,故子夏叹《书》昭昭若日月之明、离离如星辰之行,言昭灼也。"

又云:"诏策章奏,则《书》发其源。"

孔颖达《尚书正义序》:"夫《书》者,人君辞诰之典,右史记言之策。古之王者,事总万机,发号出令,义非一揆。设教以驭下,或展礼以事上,或宣威以肃震耀,或敷和而散风雨。"

又云:"动举揖让而《典》《谟》起,汤武革命而《誓》《诰》兴。"

以上所列,不过粗举大纲。至于《尚书》文体,篇各不同,非绅绎全经,不能深悉也。

《尚书》今古文之别,近儒考辨既详。两汉今文,仅二十九篇,古文多十六篇;古文有《序》,今文无《序》。《史记》训诂,亦多采自今文,惟《尧典》诸篇,多古文说。嗣惟刘子骏、黄景伯之说,为真古文;马季长以下,稍杂今文;郑康成《注》,亦说淆今古;王子雍虽攻郑学,于刘、贾旧说,亦不尽同。兹采《尧典》《甘誓》《盘庚》《高宗肜日》《文侯之命》六篇,稍为诠释,期于训故昭明为止。至于典制不同,文字互异,学者当参考往书,非此编所具也。

《尚书·尧典》

曰若稽古，贾、马、王肃皆以为"顺考古道"。郑云："稽，同也。古，天也。言能顺天而行之，与之同功。"〇今文说皆同贾、马。帝尧曰：放勋，《史记·三代表》："高辛生放勋，放勋为尧。"《白虎通义》云："放勋，号也。"马云："尧，谥也。翼善传圣曰尧。放勋，尧名。"钦明文思安安，马云："威仪表备谓之钦，照临四方谓之明，经纬天地谓之文，道德纯备谓之思。"郑云："敬事节用谓之钦，虑深通敏谓之思。"〇今文"思"作"塞"，"安安"作"晏晏"。允恭克让，郑云："不懈于位曰恭，推贤尚善曰让。"光被四表，格于上下，郑云："言尧德光耀，及四海之外，至于天地。"〇今文"光"作"横"，训"充"、训"广"；"格"作"假"，《说文》亦引作"假"。〇又《史记·五帝本纪》云："帝尧者，放勋，其仁如天，其知如神。就之如日，望之如云。富而不骄，贵而不舒。黄纯，纯衣彤车，乘白马。"盖以《戴礼》说《尚书》。克明俊德，《史记》作"能明驯德"，郑云："俊德，贤才兼人者。"以亲九族。九族既睦，平章百姓。《史记》作"便章"。《索隐》云："古文作'平'，今文作'辨'。"郑本亦作"辨"，《注》云："辨，别；章，明也。百姓，群臣之父兄子弟。"〇案，"平"当作"采"。《说文》："采，辨别也。"百姓昭明，协和万邦。《史记》作"合和万国"。黎民于变时雍。《史记》"变"作"蕃"，《汉书·成纪》引同。应劭云："黎，众也。时，是。言众民于是变化，于是雍和也。"韦昭云："蕃，多也。"乃命羲和，钦若昊天，《史记》"钦若"作"敬顺"。《说文》"昊"作"界"，云："春为昊天。"历象日月星辰，《史记》"历象"作"数法"，《索隐》云："谓命羲和以历数之法，观察日月、星辰之早晚。"敬授人时，《史记》"人"作"民"。分命羲仲，宅嵎夷，曰旸谷，《史记》作"居郁夷"，马云："嵎，海隅也。夷，莱夷也。"今文"宅"或作"度"，下同。夏侯等书作"宅嵎铁"。寅宾出日，《史记》作"敬道日出"，马云："宾，从也。"郑云："谓春分朝日。"平秩东作，《史记》作

"便程东作"。马本"平"作"苹",《注》云:"苹,使也。"郑云:"作'生'也。"○今文作"便秩","秩"训为"程"。《说文》引作"平蘔"。案,"平"亦当作"采",下同。日中,星鸟,以殷仲春。《史记》作"中春"。厥民析,《史记》"厥"作"其"。《吕氏春秋·仲春纪》高《注》云:"《尚书》曰:'厥民析。'谓散布在野。"鸟兽孳尾。《史记》作"鸟兽字微",《集解》云:"乳化曰字。"申命羲叔,宅南交,《史记》"宅"作"居"。郑云:"夏不言'曰明都'者,三字摩灭也。"平秩南讹,《史记》作"便程南为",《周礼·春官》郑《注》作"便秩南伪",《史记》别本作"南讹"。《索隐》云:"'为',依字读。"敬致。"致",即《周礼》"冯相氏致日"之"致"。日永,星火,以正仲夏。《史记》"仲"作"中"。厥民因,《史记》"厥"作"其"。鸟兽希革。郑云:"夏时,鸟兽毛疏,皮见。"分命和仲,宅西,《史记》作"居西土"。郑云:"西者,陇西之西。今人谓之兑山。"曰昧谷,《史记》同。徐广谓"昧"一作"柳"。○夏侯诸书皆作"柳"。寅饯纳日,《史记》作"敬道日入"。马云:"饯,灭也。灭犹没也。"郑云:"秋分夕月。"平秩西成,《史记》作"便程西成"。宵中,星虚,以殷仲秋。《史记》"宵"作"夜","仲"作"中"。厥民夷,《史记》作"其民夷易"。鸟兽毛毨。《说文》:"毨,仲秋鸟兽毛盛,可选取以为器用。"申命和叔,宅朔方,《史记》作"居北居"。曰幽都。平在朔易,《史记》作"便在伏物"。王云:"改易者,谨约盖藏,循行积聚。《诗》曰:'曰为改岁,入此室处。'言人物皆易。"○《大传》:"辩在朔易。日短,朔始也。"日短,星昴,以正仲冬。《史记》"仲"作"中"。厥民隩,《史记》作"燠"。马云:燠,暖也。郑云:奥,内也。鸟兽氄毛。《说文》引作"毨氄"。毨,毛盛也。马云:"氄,温柔貌。"帝曰:咨! 女羲暨和。期三百有六旬有六日,《说文》:"稘,复其时也。"《史记》作"岁三百六十六日"。以闰日定四时,成岁。《史记》"定"作"正"。允厘百工,《史记》作"信饬百官"。庶绩咸熙。《史记》作"众功皆兴"。帝曰:畴咨,《说文》:"鴷,谁也。"即"畴"也。若时登庸?《史记》作"尧曰谁可顺此事"。马云:"求贤,顺四时之职,欲以代羲和。"放齐曰:胤子朱启明。《史记》作"嗣子丹朱开明"。马、郑云:"帝尧胤嗣之子,名曰丹朱开明也。"帝曰:吁! 嚚讼,可乎?《史记》作"顽凶不用"。马本"讼"作"庸"。帝曰:畴咨若予采?《史记》作"尧又曰谁可者"。马云:"采,事也。"驩兜曰:都! 共工方鸠僝功。《史记》作"共工方聚布功,可用"。马云:"僝,具也。"《说文》引作"旁述孱功",述,敛聚也;又引作"方救僝功",僝,具也。○《说文》"救"或作"鸠"。帝曰：吁！静言庸违，象恭滔天。《史记》作"尧曰：恭工善言，其用僻，似恭漫天，不可"。〇今文"静"作"靖"。《论衡》作"靖言庸回"。帝曰：咨！四岳！《史记》作"尧又曰：嗟！四岳"。汤汤洪水方割，荡荡怀山襄陵，浩浩滔天。《史记》作"汤汤洪水滔天，浩浩怀山襄陵"。〇《诗疏》引"割"作"害"。下民其咨，《史记》"咨"作"忧"。有能俾乂？《史记》作"有能使治者"，《说文》引"乂"作"辟"。乂，治也。佥曰：于！鲧哉！《史记》作"皆曰鲧可"。帝曰：吁！咈哉！方命圮族。《史记》作"尧曰：鲧负命毁族，不可"。马云："方，放也。"郑云："谓放弃教命。"岳曰：异哉！试可乃已。《史记》作"岳曰：异哉！试不可用而已"。《说文》："异，举也。"帝曰：往，钦哉！九载，绩用不成。《史记》作"尧于是听岳，用鲧。九岁，功用不成"。帝曰：咨！四岳。《史记》作"尧曰：嗟！四岳"。朕在位七十载，汝能庸命，巽朕位？《史记》"巽"作"践"。马云："朕，我；巽，让也。"郑云："言汝诸侯之中，有能顺事用天命者，入处我位，统治天子之事者乎？"岳曰：否德忝帝位。《史记》作"岳应曰：鄙德忝帝位"。曰：明明扬侧陋。《史记》作"尧曰：悉举贵戚及疏远隐匿者"。〇汉人引"侧"多作"仄"。师锡帝曰：有鳏在下，曰虞舜。《史记》作"众皆言于尧曰：有矜在民间，曰虞舜"。马云："舜，谥也。舜死后，贤臣录之。臣子为讳，故变名言谥。"郑云："师，诸侯之师。"王云："虞，地名也。又予巽将让位，咨四岳，问群臣。众举侧陋，众皆愿与舜。"帝曰：俞。予闻，如何？《史记》作："尧曰：然，朕闻之。其如何"。岳曰：瞽子。《史记》作"岳曰：盲者子"。父顽，母嚚，象傲，克谐以孝，烝烝乂，不格奸。《史记》作"弟傲，能和以孝，烝烝治，不至奸"。案，汉人所引，多以"以孝烝烝"为句。帝曰：我其试哉！《史记》作"尧曰：吾其试哉"。郑云："试以为臣之事。"王云："试之以官。"女于时，观厥刑于二女。《史记》作"于是尧妻之二女，观其德于二女"。郑云："不言妻者，不告其父，不遂其正。"厘降二女于妫汭，嫔于虞。《史记》作"舜饬下二女于妫汭，如妇礼"。马云："水所入曰汭。"《后汉书·荀爽传》爽对策引《书》，说之曰："降者，下也。嫔者，妇也。"帝曰：钦哉！《史记》作"尧善之"。东晋伪古文分此下为《舜典》，后人又增二十八字于其首。其在汉世，则今、古文皆不分也。慎徽五典，《史记》作"乃使舜慎和五典"。马云："徽，善也。"郑云："五典，五教也。盖试以司徒之职。"五典克从。《史记》"克"作"能"。纳于百揆，百揆时叙。《史记》作"乃遍入百官，百官时序"。宾于四门，四门穆穆。《史记》释之曰："诸侯远方宾客皆敬。"

马曰："四门,四方之门。舜宾迎之,皆有美德也。"郑曰："宾读为傧,谓舜为上傧,以迎诸侯。"**纳于大麓,烈风雷雨弗迷。**《史记》作"尧使舜入山林、川泽,暴风雷雨,舜行不迷。尧以为圣"。马、郑曰："麓,山足也。"桓谭《新论》曰："昔尧试于大麓者,领录天子事,如今尚书官矣。"《论衡·正说篇》引《尚书说》,言大麓,三公之位也。居一公之位,大总录二公之事,众多并吉,若疾风大雨。王肃从其说,谓纳舜于尊显之官,使大录万机之政,与马、郑异。据伏生《大传》,尧推舜,舜属诸侯焉,致天下于大麓之野,亦以大麓为地。**帝曰:格,汝舜。询事考言,乃言厎可绩。三载,汝陟帝位。**《史记》作尧"召舜曰:女谋事至而言可绩,三年矣"。马曰："厎,定也。"郑曰："宾四门后之三年。"王云："厎,致也。"**舜让于德,弗嗣。**《史记》"嗣"作"怿"。徐广曰："今文《尚书》作'不怡'。怡,怿也。"**正月上日,受终于文祖。**《史记》称之曰:"文祖者,尧大祖也。"马云:"上日,朔日也。"**在璇玑玉衡,以齐七政。**《史记》云:"于是帝尧老,命舜摄行天子之政,以观天命。舜乃作璇玑玉衡,以齐七政。"马曰:"璇,美玉也。机,浑天仪,可转,故曰机。衡七政者,北斗七星。"郑曰:"浑天仪也。七政,日、月、五星。"○《大传》:"齐中政。七政,谓春、秋、冬、夏、天文、地理、人道,所以为政也。旋者,还也。机者,几也,微也。其变几微,而所动者大,谓之旋机。是故旋机谓之北极。"与马说异。**肆类于上帝,**《五经异义》夏侯、欧阳说,以类祭者,以事类祭之。古《尚书》说,非时祭天谓之类。"肆",《说文》作"䄖",希属也。**禋于六宗。**马曰:"禋,精意以享也。"郑曰:"禋,烟也。"○六宗古说,具详《续汉书》刘《注》,兹弗赘引。**望于山川,遍于群神。**《史记》"遍"作"辩",徐广《音诂》、扬雄《太常箴》亦作"班"。郑曰:"遍以尊卑次秩祭之,如五陵、坟衍之类。"**辑五瑞,**《史记》"辑"作"揖"。马云:"揖,敛也。"与今文"辑"训合。**既月,乃日觐四岳群牧,班瑞于群后,**《史记》作"择吉月日,见四岳诸牧,还瑞"。马云:"尧将禅舜,使群牧敛之,使舜亲往班之。"**岁二月,东巡守,**马云:"岁二月者,舜受终后五年之二月。"郑云:"巡守者,行视所守也。"**至于岱宗,柴。**《说文》"柴"作"祡",烧柴寮祭天也。马云:"柴,祭时积柴,加牲于上而焚之。"**望秩于山川,**郑曰:"遍以尊卑祭之秩序也。"**肆觐东后。**《史记》作"遂见东方君长"。**协时月,正日,**《史记》"协"作"合"。郑曰:"协正四时之日数及日名。"**同律、度、量、衡,**马云:"律,法也。"郑曰:"律,阴吕阳律也。度,丈尺。量,斗斛。衡,斤两也。"王曰:"同,齐也。律,六律。"**修五礼、五玉、三帛、二生、一死贽,**《史记》作"二生一死为挚"。马曰:"五礼,吉、凶、军、宾、嘉也。三帛，三孤所执贽。二生，羔、雁，卿大夫所执。一死，雉，士所执。"
郑曰："五礼，公、侯、伯、子、男，朝聘之礼也。五玉，即瑞节。三帛，所以荐玉。"〇案，
《汉书·郊祀志》引"玉"作"乐"。如五器，马曰："五器，上五玉。"郑曰："如者，以
物相授。与之授贽之器有五，卿、大夫、上士、中士、下士也。"卒乃复。马云："卒乃
复，五玉，礼终则还之，三帛以下不还。"郑曰："卒，已也。复，归也。巡狩礼毕，乃反归
矣。"五月，南巡守，至于南岳，如岱礼。八月，西巡守，至于西岳，如初。
十有一月，朔巡守，《史记》"朔"作"北"。至于北岳，如西礼。马、郑本作"如
初"。郑云："五月不言初者，以其文相近。八月、十一月书初者，文相远故也。"归，格
于艺祖，用特。《史记》作"归，至于祖祢庙，用特牛礼"。马云："艺，祢也。"郑曰：
"艺祖，文祖，犹周之明堂。每归用特者，每一岳即归也。所以不一岳之后而云归者，因
明四岳归，礼同，使其文相次。是以终巡守之后，乃始云归也。"今文"艺"均作"祢"。
《公羊解诂》引，"归格"上有"还至嵩，如初礼"六字。五载一巡守，群后四朝。
马曰："四面朝于方岳之下。"郑曰："四季朝京师也。巡守之年，诸侯见于方岳之下。
其间四年，四方诸侯分来朝于京师。岁遍。"敷奏以言。《史记》"敷奏"作"遍告"。
《公羊疏》云："谓诸侯来朝，遍奏以言。"盖古说。〇《汉书》应劭《注》云："敷，陈也。"
明试以功，《公羊疏》谓，明试以国事之功。车服以庸。《公羊疏》："民功曰庸。若
欲赐车服之时，以其治民之功高下。"肇十有二州，马云："尧平水土，置九州。舜分
置并、幽、营，在九州之后。"案，今文说，一以尧遭洪水，天下分置为十二州，见《汉
书·谷永传》及《地理志序》；一以九州四代所同，十二州牧即《王制》监木夫，方各三
人，见《白虎通义》诸书。封十有二山，浚川。《史记》"浚"作"决"。郑云："浚水
害也。"象以典刑，马曰："言咎繇制五常之刑，无犯之者。但有其象，无其人也。"〇
今文以画衣冠、异章服为象刑，荀子非之。流宥五刑，马曰："流，放。宥，宽也。三
宥，一曰幼少，二曰老耄，三曰蠢愚。五刑，墨、劓、剕、宫、大辟。"郑曰："其疑者，或流
放之，四罪是也。"鞭作官刑，朴作教刑，郑曰："朴，榎楚也。"金作赎刑，马曰：
"意善功恶，使出金赎罪。"眚灾肆赦，怙终贼刑。《史记》"肆"作"过"。郑曰："眚
灾，为人作患害者也。过失虽有害，则赦之。怙其奸邪、终身以为残贼，则用刑之。"钦
哉，钦哉！惟刑之恤哉！《史记》"恤"作"静"。徐广云："今文《书》：'惟刑之谧
哉。'"流共工于幽州，《史记》云："以变北狄。"马云："幽陵，北裔。"放驩兜于崇
山，《史记》云："以变南蛮。"马云："崇山，南裔。"窜《史记》作"迁"。三苗于三

危，《史记》云："以变西戎。"马云："三苗，国名。三危，西裔也。"殛鲧于羽山，《史记》云："以变东夷。"马云："殛，诛也。羽山，东裔也。"四罪而天下咸服。二十有八载，帝乃殂落。《史记》云："尧立七十年得舜，二十年而老，令舜行天子之政，荐之于天。尧辟位凡二十八年而崩。"《后汉书》所引，均作"放勋"。"乃殂落"，或作"放勋乃殂"。《说文》："殂，往死也。"百姓如丧考妣，三年，四海遏密八音。《史记》作"百姓悲哀，如丧父母。三年，四方莫举乐，以思尧"。《后汉书·王莽传》颜《注》："遏，止也。密，静也。"月正元日，王曰："月正元日，犹言正月上日，变文耳。"夏以上皆寅正，汉说均以正月为改正。舜格于文祖，《史记》"格"作"至"。询于四岳，《史记》"询"作"谋"。辟四门，《史记》"辟"作"辟"，《说文》引作"闢"。郑云："言四门者，因卿士之私，朝在四门。"明四目，达四聪。《史记》云："以通四方耳目。"《风俗通义·十反篇》"聪"作"窗"。咨十有二牧，曰：食哉！惟时。柔远能迩，惇德允元，而难任人，蛮夷率服。《史记》作"命十二牧论帝德，行厚德，远佞人，则蛮夷率服"。郑《注》："能，恣也。"王曰："能安远者，先能安近。"《白虎通义》："以天子使大夫牧诸侯，方三人，故谓之牧。"与《汉书·地理志》之说不同。舜曰：咨！四岳！有能奋庸熙帝之载，使宅百揆，《史记》作"舜谓四岳曰：有能奋庸美尧之事者，使居官相事"。马曰："奋，明。庸，功也。"郑曰："载，行也。"王曰："载，事也，成也。"亮采惠畴？○清刘逢禄曰："亮，明也，相也。采，事也。惠，顺。畴，类也。"佥曰：伯禹作司空。《史记》作"皆曰：伯禹为司空，可美帝功"。帝曰：俞！咨！禹，《史记》作"舜曰：然。嗟禹"。汝平水土，惟时懋哉！《史记》作"惟时勉哉"。马曰："懋，美也。"王曰："勉也。"禹拜，稽首，让于稷、契暨皋陶，《史记》"暨"作"与"，《说文》作"泉"。帝曰：俞！汝往哉！《史记》作"舜曰：然，往矣"。郑曰："然其举得其人。汝往有是官，不听其所让。"帝曰：弃！黎民阻饥，《史记》"阻"作"始"。徐广曰："今文云祖饥，故此作始。"马本作"祖"，《注》云："祖，姑也。"郑本作"俎"，《注》云："俎读曰阻，厄也。洪水时，众民陀于饥。"汝后稷，播时五谷。郑曰："时，汝居稷官，种蒔五谷以救之。"帝曰：契！百姓不亲，五品不逊，郑曰："五品，父、母、兄、弟、子也。"《史记》"逊"作"驯"，徐广读"训"。训，顺也。《说文》引作"愻"，愻，顺也。○汉人所引，多作"训"。汝作司徒，《史记》作"汝为"。敬敷五教，在宽。马曰："五教，五品之教。"帝曰：皋陶，蛮夷猾夏，郑曰："猾夏，侵乱中国也。"寇贼奸宄，《史记》"宄"作"轨"。郑曰："强聚为寇,杀人为贼,由外为奸,起内为轨。"汝作士。马曰:"士,狱官之长。"郑曰:"士,察也。主察狱讼之事。"五刑有服,五服三就。马曰:"三就,谓大罪陈诸原野,次罪于市朝,同族适甸师氏。既服五刑,当就三处。"郑说同。五流有宅,五宅三居,《史记》"宅"并作"度"。马曰:"谓在八议,君不忍刑,宥之以远。五等之差,亦有三等之居:大罪投四裔;次,九州之外;次,中国之外。"郑曰:"宅读曰咤,惩艾之器。谓五刑之流,皆有器惩艾。五宅者,是五种之器,谓桎一、梏二、拳三。三处者,自九州之外,至于四海,三分其地远近,若周之夷镇藩。"惟明克允。《史记》"克允"作"能信"。马曰:"当明其罪,能使信服之。"帝曰:畴若予工?《史记》作"舜曰:谁能驯予工"。马曰:"主百工之官。"佥曰:垂哉!《史记》作"皆曰垂可"。帝曰:俞,咨!垂,汝共工。《史记》作"于是以垂为共工"。马曰:"为司空,共理百工之事。"垂拜,稽首,让于殳斨暨伯与。帝曰:俞!往哉!汝谐。帝曰:畴若予上下草木鸟兽?《史记》"畴若"作"谁能驯"。马曰:"上谓原,下谓隰。"佥曰:益哉!《史记》作"皆曰益可"。帝曰:俞,咨!益,汝作朕虞。《史记》作"于是以益为朕虞"。马曰:"虞,掌山泽之官。"郑曰:"言朕虞重草木鸟兽。"○案,《王莽传》:"朕虞为官名。"益拜,稽首,让于朱虎、熊罴。《史记》作"让于诸臣朱虎、熊罴"。帝曰:俞!往哉!汝谐。《史记》作"舜曰:往矣!汝谐。遂以朱虎、熊罴为佐"。帝曰:咨!四岳。《史记》作"舜曰:嗟!四岳"。有能典朕三礼?马曰:"天神、地祇、人鬼之礼。"郑曰:"天事、地事、人事之礼也。"佥曰:伯夷。《史记》作"皆曰伯夷可"。帝曰:俞,咨!伯。《史记》作"舜曰:嗟!伯夷"。○《白虎通义》以称"伯"为老臣,不名。汝作秩宗。《史记》作"以汝为秩宗"。郑曰:"秩宗,主秩次尊卑。"夙夜惟寅,《史记》"寅"作"敬"。直哉惟清。《史记》作"惟静絜"。伯拜,稽首,让于夔龙。帝曰:俞,往!钦哉!帝曰:夔!命汝典乐。《史记》作"伯夷让夔龙。舜曰:然。以夔为典乐"。教胄子,《史记》作"教稚子"。《说文》作"教",育子。育,养子,使作善也。马曰:"胄,长也,教长天下之子弟。"郑曰:"国子也。"直而温,宽而栗。马曰:"正直而色温和,宽大而谨敬战栗也。"刚而无虐,简而无傲。诗言志,歌永言。《史记》作"诗言意,歌长言"。马曰:"歌,所以长言诗之意也。"郑曰:"诗,所以言人之志,意永长也。歌,又所以长言诗之意。"《史记》《汉书·艺文志》作"咏言",下同。声依永,律和声。郑曰:"声之曲折,又依长言,声中律乃为和。"八音克谐,《史记》"克"作"能"。《说文》引"谐"作

"鯭"。无相夺伦,《史记》"无"作"毋"。神人以和。郑曰:"祖考来格,群后德让,其一隅也。"夔曰:于!予击石拊石,百兽率舞。郑曰:"石,磬也。百兽,服不氏所养者也。率舞,言音和也。"帝曰:《史记》作"舜曰"。龙,朕塈谗说殄行,震惊朕师。《史记》作"朕畏忌谗说殄伪,振惊朕众"。徐广曰:"一作'齐说殄行,惊朕众'。"《说文》"坙",重文"聖",疾恶也。马曰:"殄,绝也。绝君子之行。"郑曰:"所谓色取仁而行违,是惊动我之众臣,使之疑惑。"命汝作纳言,《史记》"作"字作"为"。夙夜出纳朕命,惟允。《史记》"纳"作"入","允"作"信"。帝曰:咨!汝二十有二人,《史记》"咨"作"嗟"。马曰:"禹及垂以下,皆初命,凡六人,与上十二牧、四岳,凡二十二人。"郑曰:"十二牧,禹、垂、益、伯夷、夔、龙、殳、斨、伯与、朱虎、罴,二十二人,皆月正元日,格于文祖所敕命。"钦哉!惟时亮天功。《史记》作"敬哉!惟时相天事"。三载考绩,三考黜陟幽明,《史记》作"三载一考功,三考绌陟远近"。○《大传》谓,三岁小考,正职行事;九岁大考,绌无职而赏有功。庶绩咸熙。《史记》作"众功成兴"。分北三苗。郑曰:"所审三苗为西裔诸侯者,犹为恶,乃复分析流之。"又曰:"北,犹别也。"舜生三十征庸,三十在位,五十载陟方乃死。《史记》作"舜年二十,以孝闻。年三十,尧举之。年五十,摄行天子事。年五十八,尧崩。年六十一,代尧践帝位。践帝位三十九年,南巡守,崩于苍梧之野"。郑曰:"舜生三十,谓生三十年也。登庸二十,谓历试二十年。在位五十载,陟方乃死,谓摄位至死为五十年。"

《尚书·甘誓》

大战于甘,郑曰:"天子之兵,故曰大。"乃召六卿。《史记》作"有扈氏不服,启伐之,大战于甘,作《甘誓》。因召六卿,申之"。郑曰:"六卿者,六军之将。"王曰:嗟!《史记》"王"作"启"。六事之人,郑曰:"变六卿,言六事之人,言军吏,下至士卒。"予誓告汝:马曰:"军旅曰誓,会同曰诰。"郑曰:"誓,戒。要之以刑,重失礼也。"有扈氏威侮五行,郑曰:"威侮,暴逆之。"怠弃三正。马曰:"建子、建丑、建寅,三正也。"郑曰:"天、地、人之正道。"天用剿绝其命,《说文》引"剿"作"剿",剿,绝也;又引作"剿"。《史记》亦作"剿"。马本作"巢"。今予惟恭行天之罚。《史记》"恭"作"共",下同。汉魏人所引,多作"龚"。左不攻于左,汝不恭命;右不攻于右,汝不恭命。《史记》"于左"下,无"汝不恭命"四字。郑曰:"左,车左。右,车右。"御非其马之正,汝不恭命。《史记》"正"作"政"。用命,赏于祖;不用命,戮于社。《史记》"不"作"弗","戮"作"僇"。先郑引下句,释《周礼》"大军旅戮于社"。予则孥戮汝。《汉书·王莽传》《周礼·司厉》先郑《注》并引"孥"作"奴",释为奴婢。《三国志·毛玠传》载钟繇语,释为妻子。

《尚书·盘庚下篇》

　　盘庚既迁，汉《石经》"盘"作"般"。奠厥攸居，乃正厥位。郑曰："徙主于民，故先定其里宅所处，次乃正宗庙、朝廷之位。"绥爰有众，郑曰："爰，于也。安隐于其众也。"曰：无戏怠，懋建大命。《石经》作"女罔台民，勖建大命"。郑曰："勖立我大命，使以识教令，常行之。"今予其敷心腹肾肠，历告尔百姓《石经》"予"作"我"，下缺。夏侯等书"腹"作"优"，"肾"作"贤"，"肠历"作"扬历"，盖读"今我其敷"为句。郑本与今本同。于朕志。罔罪尔众，尔无共怒，协比谗言予一人。古我先王，将多于前功，适于山，用降我凶德，嘉绩于朕邦。《石经》作"绥绩"。今我民用荡析离居，罔有定极。尔谓朕：《石经》作"今尔惠朕"。曷震动《石经》作"祗动"。万民以迁？肆上帝将复我高祖之德，乱越我家。朕及笃敬，恭承民命，用永地于新邑。肆予冲人，非废厥谋，吊由灵。《说文》："迅，至也。"即此"吊"字。各非敢违卜，用弘兹贲。呜乎！邦伯师长，百执事之人，尚皆隐哉！《石经》作"乘哉"。予其懋简相尔，《石经》"懋"作"勖"。念敬我众。朕不肩好货，敢恭生生。鞠人谋人之保居，叙钦。郑曰："鞠，养也。言能谋养人、安其居者，我则次序而敬之。"今我既羞告尔于朕志，若否，罔有弗钦。无总于货宝，生生自庸。式敷民德，永肩一心。

《尚书·高宗肜日》

　　高宗肜日，《爾雅》："绎，又祭也。商曰肜。"《诗·丝衣》《笺》作"融日"。越有雊雉。《史记》"雊"作"呴"。祖己曰：郑曰："祖己谓其党。"惟先格王，正厥事。《史记》作"王勿忧，先修政事"。《汉书·孔光传》引"格"作"假"，说云："言异变之来，起事有不正也。"○案，孔光似训"格"为"至"。乃训于王。曰：唯天监下民，《史记》无"民"字。典厥义。降年有永、有不永，非天夭民，民中绝命。《史记》作"非天夭民，中绝其命"。郑曰："年命者，蠢愚之人尤惕焉，故引以谏王也。"民有不若德，不听罪。天既孚命正厥德。《史记》"孚"作"附"，《孔光传》引作"付"，说曰："言正德以顺天也。"《汉书》引亦作"付"。乃曰：其如台。《史记》作"乃曰：其奈何"。呜乎！王司敬民，罔非天胤，典祀无丰于昵。《史记》作"王嗣敬民，罔非天继，常祀毋礼于弃道"。马曰："昵，考也，谓祢庙。"

《尚书·大诰》

王若曰：郑曰："王，谓摄也。周公居摄命，大事则权代王也。"○案，《汉书·翟方进传》："王莽依《周书》作《大诰》，其篇首云：'惟居摄二年十月甲子，摄皇帝若曰。'"足证郑谊。王云："称成王命，故称王。非也。"猷！大诰尔多邦，越尔御事。马本作"大诰，繇尔多邦"。郑、王"猷"在"诰"下。案，莽《诰》作"大诰道诸侯王、三公、列侯于汝卿、大夫、元士御事"，是所据《尚书》，"猷"字亦在"诰"下。不吊，天降割于我家不少延。马本"割"作"害"，读"不少延"为句。郑云："言害不少，乃延长之。"○莽《诰》作"不吊，天降丧于赵、傅、丁、董"。洪惟我幼冲人，嗣无疆大历服，莽《诰》作"洪惟我幼冲孺子，当承继嗣无疆大历服事"。弗造哲，迪民康，矧曰其有能格知天命？莽《诰》作"予未遭其明哲能道民于安，况其往知天命"。已！予惟小子，莽《诰》作"熙！我念孺子"。若涉渊水，予惟往求朕攸济。敷贲敷前人受命，莽《诰》作"予惟往求朕所济度，奔走以傅近奉承高皇帝所受命"。兹不忘大功。予不敢闭莽《诰》作"予岂敢自比于前人乎"。于此字，东晋古文有之。据莽《诰》，是似无此字。天降威用。宁王遗我大宝龟，绍天明即命。郑曰："受命曰宁王，承平曰平王。时既卜，乃后出《诰》，故先云然。"○莽《诰》作"天降威明，用宁帝室，遗我居摄宝龟。太皇太后以丹石之符，乃绍天明意，诏予即命，居摄践阼，如周公故事"。曰：有大艰于西土，西土人亦不静，越兹蠢。郑曰："周民亦不定，其心骚动。言以兵应之。"○莽《诰》作"故东郡太守翟义擅兴师动众，曰有大难于西土。西土人亦不靖。于是动"。《说文》引"我有载于西"。殷小腆，诞敢纪其叙。马曰："腆，至也。"郑曰："小国也。"王云："主也。"○莽《诰》作"严乡侯信，诞敢祖乱宗之序"。天降威，知我国有疵，民不康。曰：予复。反鄙我周邦。马曰："疵，瑕也。"郑曰："知我国有疵病之根。"○莽《诰》作"天降威，遗我宝龟,因知我国有些灾,使民不安。是天反复右我汉国也"。今蠢,今翼日,民献有十夫,予翼以于敉宁武图功。莽《诰》作"粤其闻日,宗室之俊有四百人,民献仪九万夫,予敬以终于此谋,继嗣图功"。我有大事,休,朕卜并吉,郑曰:"卜并吉,谓三龟皆从。"○莽《诰》"朕"作"予"。肆予告我友邦君,越尹氏、庶士御事,曰:予得吉卜,予惟以尔庶邦,于伐殷逋播臣。莽《诰》作"故我出大将告郡太守、诸侯、令、长曰:我得吉卜,予惟以汝于伐东郡严乡逋播臣"。尔庶邦君,越庶士、御事,罔不反曰:艰大。民不静,郑曰:"汝君臣不与我同志者,无不反我之意云:'三监畔,其为难大。'"○莽《诰》作"尔国君或者无不反曰:难大,民亦不靖"。亦惟在王宫邦君室。越予小子,考翼不可征,莽《诰》作"帝官诸侯宗室,于小子族父,敬不可征"。王害不违卜。莽《诰》作"帝不违卜",所据无"害"字。肆予冲人永思艰,曰:呜呼! 允蠢鳏寡,哀哉! 莽《诰》作"故予为冲人长思厥难,曰:呜虖! 义、信所犯,诚动鳏寡,哀哉"。予造天役,遗大投艰于朕身。马曰:造,遗也。○莽《诰》作"予遭天役遗,大解难于予身"。越予冲人,不卬自恤。莽《诰》作"以为孺子,不身自恤"。义尔邦君,越尔多士、尹氏御事,绥予曰:无毖于恤。不可不成乃宁考图功。莽《诰》作"予义彼国君泉陵侯上书"云云。○《说文》:"毖,慎也。"已! 予惟小子,莽《诰》作"熙! 惟我孺子之故"。不敢替上帝命。莽《诰》"替"作"僭"。天休于宁王,兴我小邦周,宁王惟卜用,克绥受兹命。今天其相民,矧亦惟卜用。莽《诰》作"天休于安帝室,兴我汉国,惟卜用克绥受兹命。今天其相民,况亦惟卜用"。呜呼! 天明畏,弼我丕丕基。莽《诰》作"呜虖! 天明威辅汉始而大大矣"。王曰:尔惟旧人,尔丕克远省,尔知宁王若勤哉! 莽《诰》作"尔有惟旧人泉陵侯之言,尔不克远省,尔岂知太皇太后若此勤哉"。天闷毖我成功所,予不敢不极卒宁王图事。肆予大化诱我友邦君,莽《诰》作"天毖劳我成功所,予不敢不极卒安皇帝之所图事。肆予告我诸侯王公、列侯、卿、大夫、元士御事"。天棐忱辞,莽《诰》作"天辅诚辞"。又,《汉书·孔光传》引作"天棐谌辞",释之曰:"言有诚道,天辅之也。"其考我民,莽《诰》作"天其累我以民"。予曷其不于前宁人图功攸终? 莽《诰》作"予害敢不于祖宗安人图功所终"。天亦惟用勤毖我民,若有疾,予曷敢不于前宁人攸受休毕? 莽《诰》作"天亦惟劳我民,若有疾,予害敢不于祖宗所受休辅"。王曰:若昔朕其逝,朕言艰日思。若考作室,既底法,厥子乃弗肯堂,矧肯构？厥父菑，厥子乃弗肯播，矧肯获？莽《诰》作“予闻孝子善继人之意，忠臣善成人之事。予思若考作室，厥子堂而构之；厥父菑，厥子播而获之”。厥考翼，其肯曰：予有后，弗弃基？此十二字，伪孔本及郑、王本均有之。郑曰：“其父敬职之人，其肯曰：‘我有后，子孙不废弃我基业乎？’”○莽无此一节。肆予曷敢不越卬敉宁王大命？莽《诰》作“予害敢不于身抚祖宗之所受大命”。若兄考，乃有友伐厥子，民养其劝弗救。莽《诰》作“若祖宗乃有效汤、武伐厥子，民长其劝弗救”。王曰：呜乎！肆哉！尔庶邦君，越尔御事。爽邦由哲，亦惟十人，迪知上帝命。莽《诰》作“乌虖肆哉！诸侯王公、列侯、卿、大夫、元士御事，其劝勉国道明！亦惟宗室之俊，民之表仪，迪知上帝命”。越天棐忱，尔时罔敢易法，矧今天降戾于周邦？惟大艰人，诞邻胥伐于厥室，尔亦不知天命不易。莽《诰》作“粤天辅诚，尔不得易定！况天降定于汉国，惟大蘖人翟义、刘信大逆，欲相伐于厥室，岂亦知命之不易乎”。予永念曰：天惟丧殷，若穑夫，予曷敢不终朕亩？莽《诰》作“予永念曰：天惟丧翟义、刘信。若啬夫，予害敢不终予亩”。天亦惟休于前宁人，予曷其极卜，敢弗于从？莽《诰》作“天亦惟休于祖宗，予害其极卜，害敢不于从”。率宁人有指疆土，莽《诰》“指”作“旨”。王云：“顺文王安人之道，有旨意尽，天下疆土皆使得其所。”矧今卜并吉？莽《诰》“矧”作“况”。肆朕诞以尔东征。天命不僭，莽《诰》作“故予大以尔东征，命不僭差”。卜陈惟若兹。莽《诰》“兹”作“此”。

《尚书·文侯之命》

王若曰：《史记·晋世家》以"王"为襄王，即《左传》使王子虎命晋侯为伯事。今本《书序》及郑本均作"平王"。父义和，马云："王顺曰：父能以义和我诸侯。"郑云："义读为仪。仪、仇，皆匹也，故名仇、字仪。"丕显文武，克慎明德，《史记》"克"作"能"。昭升于上，敷闻在下，《史记》"升"作"登"，"敷"作"布"。马曰："昭，明也。上谓天，下谓人。"惟时上帝集厥命于文王。《史记》作"文武"。亦惟先正，克左右昭事厥辟，郑曰："先正，先臣，谓公卿大夫也。"越小大谋猷，罔不率从，肆先祖怀在位。呜乎！闵予小子嗣，造天丕愆。王曰："遭天之大愆。"殄资泽于下民，侵戎我国家纯。纯同屯。即我御事，罔或耆寿，《汉书·成纪》引"或"作"克"。俊在厥服，《成纪》作"咎在朕躬"。予则罔克。曰惟祖惟父，其伊恤朕躬。呜乎！有绩，予一人永绥在位。《史记》作"恤朕躬，继予一人永其在位"。父义和，汝克昭乃显祖，汝肇刑文武，用会绍乃辟，追孝于前文人。汝多修，扞我于艰。《说文》引"扞"作"捍"，止也。若汝，予嘉。王曰：父义和，其归视尔师，宁尔邦。用赉尔秬鬯一卣，彤弓一，彤矢百，卢弓一，卢矢百，马四匹。《史记》引《左传·僖二十八年》"卢"作"旅"。父往哉！柔远能迩，惠康小民，无荒宁。简恤尔都，郑曰："国都也。"用成尔显德。

《诗经》概要

《书·尧典》："诗言志,歌永言,声依永,律和声。"

案,《汉书·礼乐志》引"永"作"咏",《艺文志》作"咏"。《史记·五帝纪》训"永"为长。两说不同。郑《注》云:"诗,所以言人之志意也。永,长也。歌,又所以长言诗之意,声之曲折,又依长言,声中律乃为和也。"训"永"为长,同史公说。

《周礼·春官》："太师教六诗:曰风,曰赋,曰比,曰兴,曰雅,曰颂。"

郑《注》引郑司农云:"比者,比方于物也。兴者,托事于物。"
郑《注》云:"风,言圣贤治道之遗化也。赋之言铺,直铺陈今之政教善恶。比,见今之失,不敢斥言,取比类以言之。兴,见今之美,嫌于媚谀,取善事以喻劝之。雅,正也,言今之正者,以为后世法。颂之言诵也,容也,诵今之德,广而美之。"

《小戴礼·经解篇》："温柔敦厚,诗教也。"
子夏《诗大序》："《关雎》,后妃之德也,风之始也。所以风化天下而正夫妇也,故用之乡人焉,用之邦国焉。风,风也,教也。风以动之,教以化之。诗者,志之所之也。在心为志,发言为诗。情动于中而形于言。言之不足,故嗟叹之;嗟叹之不足,故永歌之;永歌之不足,不知手之、舞之、足之、蹈之也。情发于声，声成文谓之音。郑《笺》云："声谓宫、商、角、徵、羽也。声成文者，宫、商上下相应也。"治世之音，安以乐，其政和；乱世之音，怨以怒，其政乖；亡国之音，哀以思，其民困。故正得失，动天地，感鬼神，莫近于诗。先王以是经夫妇，成孝敬，厚人伦，美教化，移风俗。故诗有六义焉：一曰风，二曰赋，三曰比，四曰兴，五曰雅，六曰颂。上以风化下，下以风刺上。主文而谲谏，言之者无罪，闻之者足以戒，故曰风。风化、风刺，皆谓譬喻，不斥言也。主文，主与乐之宫商相应也；谲谏，咏歌依违，不直谏也。至于王道衰，礼义废，政教失，国异政，家殊俗，而变风、变雅作矣。国史明乎得失之迹，伤人伦之废，哀刑政之苛，吟咏情性，以风其上，达于事变而怀其旧俗者也。故变风发乎情，止乎礼义。发乎情，民之性也；止乎礼义，先王之泽也。是以言一国之事，系一人之本，谓之风；言天下之事，形四方之风，谓之雅。雅者，正也，言王政之所由废兴也。政有小大，故有《小雅》焉，有《大雅》焉。颂者，美盛德之形容，以其成功，告于神明者也。是谓四始，诗之至也。始者，谓王道兴衰之所由。然则《关雎》《麟趾》之化，王者之风，故系之周公。南，言化自北而南也。《鹊巢》《驺虞》之德，诸侯之风也，先王之所以教，故系之召公。自，从也。从北而南，谓其化从岐周被江汉之域。先王，斥太王、王季。《周南》《召南》，正始之道，王化之基。是以《关雎》乐得淑女，以配君子，忧在进贤，不淫其色。哀窈窕，思贤才，而无伤善之心焉，是《关雎》之义也。""哀"盖字之误也。"哀"当为"衷"，谓中心念恕之也。无伤善之心，谓好逑也。

案，诗有四家，齐、鲁、韩、毛是也。此为《毛诗大序》，子夏所作。其他三家师说，杂见纬书。如《含神雾》引孔子曰："诗者，天地之心，君德之祖，百福之宗，万物之户。"《艺文类聚》五十六引。又云："诗者，持也。"《礼记·内则》《疏》引。"在于敦厚之教，自持其心，讽刺之道，可以扶持邦家者也。"成伯玙《毛诗指说》引。盖均今文《诗》说。若五际、六情诸义，则又《齐诗》所独，非《鲁》《韩》所有也。

《荀子·劝学篇》："诗者，中声之所止也。"

《史记·孔子世家》："古者，诗三千馀篇。及至孔子，去其重，取可施于礼义，上采契、后稷，中述殷、周之盛，至幽、厉之缺，始于衽席。故曰《关雎》之乱以为《风》始，《鹿鸣》为《小雅》始，《文王》为《大雅》始，《清庙》为《颂》始。三百五篇，孔子皆弦歌之，以求合《韶》《武》雅颂之音。"

> 案，此条多《鲁诗》说。

《史记·太史公自序》："《诗》记山川、溪谷、禽兽、草木、牝牡、雌雄，故长于风。"

《史记·滑稽传》："诗以达意。"

扬雄《解难》："《典》《谟》之篇，《雅》《颂》之声，不温纯深润，则不足以扬鸿烈而章缉熙。"

《汉书·艺文志》："《书》曰：'诗言志，歌咏言。'故哀乐之心感，则歌咏之声发。诵其言谓之诗，咏其声谓之歌。故古有采诗之官，王者所以观风俗，知得失，自考正也。孔子纯取周诗，上采殷，下取鲁，凡三百五篇。遭秦而全者，以其讽诵，不独在竹帛故也。"

> 案，《艺文志》又云：《诗》以正言，义之用也。"言"即咏言之言。

又云："《传》曰：'不歌而诵谓之赋。登高能赋，可以为大夫。'言感物造端，材知深美，可与图事，故可以为列大夫也。古者诸侯、卿、大夫交接邻国，以微言相感。当揖让之时，必称《诗》以谕其志。盖以别贤、不肖而观盛衰焉。故孔子曰：'不学《诗》，无以言也。'春秋之后，周道寖坏，聘问歌咏，不行于列国。学《诗》之士，逸在布衣，而贤人失志之赋作矣。大儒孙卿及楚臣屈原，离谗忧国，皆作赋以风，咸有恻隐古诗之义。其后，宋玉、唐勒；汉兴，枚乘、司马相如，下及扬子云，竞为侈丽闳衍之词，没其风谕之义。是以扬子悔之，曰：'诗人之赋丽以则，辞人之赋丽以淫。如孔氏之门人用赋也,则贾谊登堂,相如入室,如其不用何?’”

　　案,此节论后世词赋体出于《诗》。

　　郑玄《诗谱序》:“诗之兴也,谅不于上皇之世。大庭、轩辕,逮于高辛,其时有亡,载籍亦蔑云焉。《虞书》曰:‘诗言志,歌永言,声依永,律和声。’然则《诗》之道放于此乎?有夏承之,篇章泯弃,靡有孑遗。迄及商王,不风不雅,何者?论功颂德,所以将顺其美;刺过讥失,所以匡救其恶。各于其党,则为法者彰显,为戒者著明。周自后稷播种百谷,黎民阻饥,兹时乃粒,自传于此名也。陶唐之末,中叶公刘,亦世修其业,以明民共财。至于大王、王季,克堪顾天。文、武之德,光熙前绪,以集大命于厥身,遂为天下父母,使民有政有居。其时《诗》,风有《周南》《召南》,雅有《鹿鸣》《文王》之属。及成王,周公致太平,制礼作乐,而有颂声兴焉,盛之至也。本之由此风、雅而来,故皆录之,谓之《诗》之正经。后王稍更陵迟,懿王始受谮亨齐哀公。夷身失礼之后,邶不尊贤。自是而下,厉也、幽也,政教尤衰,周室大坏。《十月之交》《民劳》《板》《荡》,勃尔俱作。众国纷然,刺怨相寻。五霸之末,上无天子,下无方伯。善者谁赏,恶者谁罚?纪纲绝矣。故孔子录懿王、夷王时诗,讫于陈灵公淫乱之事,谓之变风、变雅。”

　　挚虞《文章流别论》:“文章者,所以宣上下之象,明人伦之叙,穷理尽性,以究万物之宜者也。王泽流而诗作,成功臻而颂兴,德勋立而铭著,嘉美终而诔集。祝史陈辞,官箴王阙。《周礼》:‘太师掌教六诗:曰风,曰赋,曰比,曰兴,曰雅,曰颂。’言一国之事,系一人之本,谓之风。言天下之事,形四方之风,谓之雅。颂者,美盛德之形容。赋者,敷陈之称也。比者,喻类之言也。兴者,有感之辞也。后世之为诗者多矣,其功德者谓之颂,其馀则总谓之诗。颂,诗之美者也。古者圣帝明王,功成治定而颂声兴。于是奏于宗庙,告于鬼神。故颂之所美者,圣王之德也。古之作诗者,发乎情,止乎礼义。情之发,因辞以形之;礼义之旨,须事以明之。故有赋焉，所以假象尽辞，敷陈其志。古诗之赋，以情义为主，以事类为佐；今之赋，以事形为本，以义正为助。情义为主，则言省而文有例矣；事形为本，则言富而辞无常。文之烦省，辞之险易，盖由于此。夫假象过大，则与类相远；逸辞过壮，则与事相违；辩言过理，则与义相失；丽靡过美，则与情相悖。此四过者，所以背大体而害政教。是以司马迁割相如之浮说，扬雄疾辞人之赋丽以淫。诗之流也，有三言、四言、五言、六言、七言、九言。古诗率以四言为体，而时有一句、二句，杂在四言之间。后世演之，遂以为篇。古诗之三言者，'振振鹭，鹭于飞'之属是也；五言者，'谁为雀无角，何以穿我屋'之属是也；六言者，'我姑酌彼金罍'之属是也；七言者，'交交黄鸟止于桑'之属是也；九言者，'泂酌彼行潦挹彼注兹'之属是也。夫《诗》虽以情志为本，而以成声为节。然则雅音之韵，四言为正。其馀虽备曲折之体，而非诗之正也。"

案，此篇略宗《大序》，而诠发特详。

《文心雕龙·宗经篇》："《诗》主言志，义训同《书》。摛风裁兴，藻词谲喻，温柔在诵，故附深衷。而训诂茫昧，通乎《尔雅》，则文意晓然矣。"

又云："赋颂歌赞，则《诗》立其本。"

《文心雕龙·明诗篇》："大舜云：'诗言志，歌永言。'圣谟所析，义已明矣。是以在心为志，发言为诗。舒文载实，其在兹乎？诗者，持也，持人情性。《三百》之蔽，义归无邪。持之为训，有符焉尔。人禀七情，应物斯感。感物吟志，莫非自然。自商暨周，雅颂圆备。四始彪炳，文义环深。子夏监绚素之章，子贡悟琢磨之句，故商、赐二子，可与言《诗》。自王泽殄竭，风人辍采，春秋观志，讽诵旧章。酬酢以为宾荣，吐纳而成身文。逮楚国讽怨，则《离骚》为刺。秦皇灭典，亦造仙诗。汉初四言，韦孟首唱，匡谏之义，继轨周文。孝武爱文，《柏梁》列韵。严、马之徒，属辞无方。至成帝品录，三百馀篇，朝章国采，亦云周备。而辞人遗翰,莫见五言。所以李陵、班婕妤见疑于后代也。按,《召南·行露》,始肇半章;孺子《沧浪》,亦有全曲;《暇豫》优歌,远见《春秋》;《邪径》童谣,近在成世。阅时取证,则五言久矣。"摘录。

《文心雕龙·诠赋篇》:"《诗》有六义,其二曰赋。赋者,铺也,铺采摛文,体物写志也。《传》云:'登高能赋,可为大夫。'《诗序》则同义,《传》说则异体。综其归涂,实相枝干。刘向云:'赋,不歌而颂。'班固称'古诗之流'也。赋也者,受命于诗人,拓宇于楚词也。于是荀况《礼》《智》,宋玉《风》《钓》,爰锡名号,与诗画境。"摘录。

《文心雕龙·颂赞篇》:"四始之至,颂居其极。颂者,容也,所以美盛德而述形容也。颂主告神,义必纯美。鲁国以公旦次编,商人以前王追录。斯乃宗庙之正歌,非燕飨之常咏也。《时迈》一篇,周公所制;哲人之颂,规式存焉。若夫子云之表充国,孟坚之序戴侯,窦融。仲武之美显宗,史岑之述熹后,或拟《清庙》,或范《駉》《那》,褒德显容,典章一也。"摘录。

又云:"赞者,明也。迁《史》、固《书》,托赞褒贬,约文以总录,颂体以论词。景纯注《雅》,动植赞之,义兼美恶,亦犹颂之变耳。"摘录。

案,以上四则,即《宗经篇》所谓"赋颂歌赞,则《诗》立其本"也。故辑录其说,以见文章各体,半出于《诗》。至于《诗经》文体,篇各不同,亦非绅绎全经,不能深析也。《毛诗》义例,别详下课。

《诗》例举要

倒文例

《邶风·日月篇》："逝不相好。"《传》云："不及我以相好。"首章"逝不古处"，《传》云："逝，逮。古，故也。"

《大雅·文王篇》："永言配命。"《传》云："永，长。言，我也。我长配天命而行。"

《大雅·生民篇》："以归肇祀。"《传》云："始归郊祀也。"

《鄘风·君子偕老篇》："子之不淑，云如之何。"《传》云："有子若是，可谓不善乎？"

《魏风·园有桃篇》："彼人是哉，子曰何其。"《传》云："夫人谓我欲何为乎。"

《大雅·云汉篇》："靡人不周，无不能止。"《传》云："周，救也。无不能止，犹无止不能也。"

《邶风·终风篇》："莫往莫来。"《传》云："人无子道，以来事己，己亦不得以母道往加之。"

《小雅·四月篇》："六月徂暑。"《传》云："徂，往也。六月，火星中，暑盛而往矣。"

错序例

《桧风·羔裘篇》："羔裘如膏，日出有曜。"《传》云："日出照曜，然后见其如膏。"

《小雅·巧言篇》："乱之初生，僭始既涵。乱之又生，君子信谗。"《传》云："僭，数。涵，容也。"《疏》引王肃云："乱之初生，谗人数缘事始自入，尽得容其谗言。"

《大雅·云汉篇》："胡不相畏？先祖于摧。"《传》云："摧,至也。"《疏》云："先祖"之文,宜在"胡不"之上；但下之,与"于摧"共句。

《齐风·猗嗟篇》："猗嗟名兮,美目清兮。"《传》云："目上为名,目下为清。"

《鲁颂·閟宫篇》："朱英绿縢,二矛重弓。"《传》云："朱英,矛饰也。縢,绳也。"

又案,《豳风·七月篇》：七月在野,八月在宇,九月在户,十月蟋蟀入我床下。郑《笺》云：自"七月在野"至"十月入我床下",皆谓蟋蟀也。此亦倒序例。

省文例

《邶风·绿衣篇》："心之忧矣,曷维其已？"《传》云："忧虽欲自止,何时能止也。"

《鲁颂·有駜篇》："自今以始,岁其有。"《传》云："岁其有丰年也。"

《王风·丘中有麻篇》："将其来食。"《传》云："子国复来我,乃得食。"

《小雅·节南山篇》："无小人殆。"《传》云："无以小人之言,至于危殆也。"

《小雅·楚茨篇》："笑语卒获。"《传》云："获,得时也。"

《齐风·南山篇》："必告父母。"《传》云："必告父母庙。"

互词见意例

《周南·关雎篇》：琴瑟友之。《传》云：宜以琴瑟友乐之。下章：钟鼓乐之。

《王风·丘中有麻篇》："丘中有麻,彼留子嗟。"《传》云："丘中垮垧之处,尽有麻、麦、草、木,乃彼子嗟之所治。"次章："丘中有麦。"三章："丘中有李。"

互省例

《小雅·采芑篇》："钲人伐鼓。"《传》云："伐，击也。钲以静之，鼓以动之。"《笺》云："钲也，鼓也，各有人焉。言钲人、伐鼓，互言耳。"

《小雅·楚茨篇》："楚楚者茨，言抽其棘。"《传》云："楚楚，茨棘貌。抽，除也。"《笺》云："茨言楚楚，棘言抽，互辞也。"

反词若正例

《小雅·鹤鸣篇》："乐彼之园，其下维萚。"《传》云："何乐于彼园之观乎？萚，落也。尚有树檀，而下其萚。"

《小雅·白驹篇》："尔公尔侯，逸豫无期。"《传》云："尔公、尔侯耶，何为逸乐无期以反也？"

《郑风·扬之水篇》："扬之水，不流束楚。"《传》云："激扬之水，可谓不能流漂束楚乎？"

《大雅·思齐篇》："肆戎疾不殄。"《传》云："故今大疾害人者，不绝之而自绝也。"亦省"乎"字例。

上下文同义异例

《召南·采蘩篇》："于以采蘩？于沼于沚。"《传》云："蘩，皤蒿也。于，於。沼，池。沚，渚也。"《传》明上"于"字不训"于"。

《大雅·皇矣篇》："爰整其旅，以遏徂旅。"《传》云："旅，师。遏，止。旅，地名也。"

《齐风·猗嗟篇》："抑若扬兮。"《传》云："抑，美色。扬，广扬。"又，"美目扬兮。"《传》云："好目扬眉。"

《豳风·东山篇》："烝在桑野。"《传》云："烝，寘也。"又，下章："烝在栗薪。"《传》云："烝，众也。"

《召南·殷其靁篇》："何斯违斯，莫敢或遑。"《传》云："何此君子也。斯，此。违，去。遑，暇也。"

《周南·卷耳篇》："采采卷耳。"《传》云："采采，事采之也。"

上下文异义同例

《邶风·匏有苦叶篇》："招招舟子，人涉卬否。人涉卬否，卬须我友。"《传》云："卬，我也。"

《大雅·大明篇》："缵女维莘，长子维行。"《传》云："长子，长女也。"

《小雅·杕杜篇》："会言近止，征夫迩止。"《传》云："迩，近也。"

《大雅·抑篇》："谨尔侯度，用戒不虞。"《传》云："不虞，非度也。"

《周南·关雎篇》："参差荇菜，左右流之。窈窕淑女，寤寐求之。"《传》云："流，求也。"

《小雅·巧言篇》："君子如怒，乱庶遄沮。君子如祉，乱庶遄已。"《传》云："沮，止也。"

又案，《毛诗》文异义同，尚有三例。《大雅·卷阿篇》："亦集爰止。"《板篇》："不实于亶。"《传》云："亶，诚也。"《桑柔篇》："云徂何往。"均以同意之字，上下异文。其例一。《小雅·小弁篇》："何辜于天，我罪伊何？"《頍弁篇》："岂伊异人？兄弟匪他。"均上下二句同意。其例二。《王风·中谷有蓷篇》："遇人之艰难矣。"《传》云："艰，亦难也。"《魏风·汾沮洳篇》："殊异乎公路。"均叠用同意之字。其例三。

虚词同字异义例以二句对文、同句并文二例为限。○此与"文平义侧例"互明。

《小雅·无羊篇》："众维鱼矣，实维丰年。旐维旟矣，室家溱溱。"《传》云："阴阳和，则鱼众多矣。溱溱，众也。旐、旟，所以聚众也。"

《大雅·皇矣篇》："不大声以色，不长夏以革。"《传》云："不大声见于色。革，更也。不以长大有所更。"

《小雅·吉日篇》："既伯既祷。"《传》云："伯，马祖也。重物慎微，必先为之祷其祖。祷，祷获也。"

《小雅·节南山篇》："式夷式已。"《传》云："式，用。夷，平也。用平则已。"

《大雅·卷阿篇》："有冯有翼。"《传》云："道可冯依，以为辅翼也。"

《小雅·信南山篇》："是剥是菹。"《传》云："剥瓜为菹也。"

《大雅·常武篇》："匪绍匪游。"《传》云："不敢继以遨游也。"

又案，《周颂·维清篇》：“文王之德之纯。”《传》云：“纯，大也。”两之并列，亦文平义侧。

又案，《小雅·常棣篇》：“是究是图。”《传》云：“究，深也。图，谋。”《周颂·我将篇》：“我将我享。”《传》云：“将，大。享，献也。”下字均为句中间字，与《小雅·伐木篇》“神之听之”上“之”字例同。此与间词例互明。

虚词异字同义例以同句并文为限。

《邶风·日月篇》：“日居月诸，照临下土。”《传》云：“日乎月乎，照临之也。”

《鄘风·柏舟篇》：“母也天只，不谅人只。”《传》云：“母也，天也，尚不信我。”

《召南·何彼秾矣篇》：“维丝伊缗。”《传》云：“伊，维。缗，纶也。”

附：《小雅·桑扈篇》：“彼交匪傲。”《左传·襄二十七年》引作“匪交”。

句法似同实异例

《鄘风·载驰篇》：“载驰载驱。”《传》云：“载，辞也。”又，《小雅·菁菁者莪篇》：“载沈载浮。”《传》云：“载沈亦浮，载浮亦浮。”

《小雅·湛露篇》：“湛湛露斯，匪阳不晞。”《传》云：“露虽湛湛，然见阳则干。”又，《邶风·旄丘篇》：“匪车不东。”《传》云：“不东，言不来东也。”《笺》申《传》云：“女非有戎车乎？何不来东也？”

两篇同文异义例

《邶风·泉水篇》：“遄臻于卫，不瑕有害。”《传》云：“瑕，远也。”《疏》引王肃云：“言愿疾至于卫，不远礼义之害。”又，《二子乘舟篇》：“愿言思子，不瑕有害。”《传》云：“言二子之不远害。”

《周南·卷耳篇》：“嗟我怀人，寘彼周行。”《传》云：“怀，思。寘，置。行，列也。思君子官贤人。置周之列位。”又，《小雅·鹿鸣篇》：“示我周行。”《传》云：“周，至；行，道也。”《疏》引王肃云：“示我以至美之道。”

后章不与前章同义例

《周南·桃夭篇》：首章。“之子于归，宜其室家。”《传》云：“宜以有室家。"二章。"宜其家室。"《传》云："家室，犹室家也。"又三章。"宜其家人。"《传》云："一家之人，尽以为宜。"

《召南·鹊巢篇》：首章。"百两御之。"《传》云："诸侯之子嫁于诸侯，送御皆百乘。"二章。"百两将之。"《传》云："将，送也。"又三章。"百两成之。"《传》云："能成百两之礼也。"

两句似异实同例

《周南·葛覃篇》："薄污我私，薄浣我衣。害浣害否？归宁父母。"《传》云："私，燕服也。"又云："私服宜浣，公服宜否。"

《大雅·思齐篇》："雍雍在宫，肃肃在庙。"《采蘩传》云："宫，庙也。"

连类并称例

《小雅·信南山篇》："南东其亩。"《传》云："或南或东。"

《大雅·绵篇》："鼛鼓弗胜。"《传》云："或鼛或鼓，言劝事乐功也。"

举此见彼例

《郑风·大叔于田篇》："执辔如组，两骖如舞。"《传》云："骖之与服，和谐中节。"《疏》云："此经止云两骖，不云两服。知骖与服和谐中节者，以下二章于此二句，皆说两服、两骖，则知此经亦总骖服，故知如舞之言，兼言服亦中节也。"

《小雅·车攻篇》："选徒嚣嚣。"《传》云："维数车徒者，为有声也。"

《小雅·楚茨篇》："以绥后禄。"《传》云："安，然后受福禄也。"

因此及彼例

《召南·羔羊篇》："羔羊之皮。"《传》云："小曰羔，大曰羊。大夫羔裘以居。"

《大雅·绵篇》："堇荼如饴。"《传》云："堇，菜也。荼，苦菜也。"

二句连读例

《邶风·柏舟篇》："微我无酒，以敖以游。"《传》云："非我无酒可以敖游忘忧也。"

《大雅·常武篇》："王命卿士，南仲太祖。"《传》云："王命南仲于太祖。"

文平义侧例 谓似偶非偶也。

《小雅·常棣篇》："原隰裒矣，兄弟求矣。"《传》云："裒，聚也。求矣,言求兄弟也。"

《大雅·思齐篇》:"不显亦临,无射亦保。"《传》云:"以显临之,保安无厌也。"

《周颂·良耜篇》:"其饟伊黍,其笠伊纠,其镈斯赵。"《传》云:"笠,所以御暑雨也。赵,刺也。"

《小雅·小旻篇》:"维迩言是听,维迩言是争。"《传》云:"争为近言。"

偶语错文例

《大雅·瞻卬篇》:"天何以刺,何神不富?"《传》云:"刺,责。富,福。"

《大雅·桑柔篇》:"四牡骙骙,旟旐有翩。"《传》云:"骙骙,不息也。翩翩,在路不息也。"

《小雅·小弁篇》:"菀彼柳斯,鸣蜩嘒嘒。有漼者渊,萑苇淠淠。"《传》云:"漼,深貌。"

《小雅·大东篇》:"或以其酒,不以其浆。"《传》云:"或醉于酒,或不得浆。"

《小雅·正月篇》:"天夭是椓。"《传》云:"君夭之,在位椓之。"

实词活用例

《小雅·桑扈篇》:"有莺其羽。"《传》云:"莺然有文章。"

《周颂·载芟篇》:"有椒其馨。"《传》云:"椒犹秘也。"

《大雅·文王有声篇》:"文王烝哉。"《传》云:"烝,君也。"

《商颂》:"于赫汤孙。"《传》云:"盛矣,汤为人子孙也。"

动词静词实用例

《小雅·吉日篇》:"其祁孔有。"《传》云:"祈,大也。"

《小雅·节南山篇》:"有实其猗。"《传》云:"实,满;猗,长也。"

《小雅·正月篇》:"有菀其特。"《传》云:"言朝廷曾无桀臣。"

《豳风·七月篇》:"以伐远扬。"《传》云:"远,枝远也。扬,条扬也。"

又,"十月陨蘀。"《传》云:"蘀,落也。"

《周颂·时迈篇》:"肆于时夏。"《传》云:"夏,大也。"

单词状物等于重言例

《邶风·柏舟篇》:"泛彼柏舟,亦泛其流。"《传》云:"泛泛,流貌。柏木,所以宜为舟也,亦泛泛其流,不以济度也。"

《邶风·谷风篇》:"有洸有溃。"《传》云:"洸洸,武也。溃溃,怒也。"

《桧风·匪风篇》:"匪风发兮,匪车偈兮。"《传》云:"发发,飘风,非有道之风。偈偈,病驱,非有道之车。"

《卫风·氓篇》:"其叶沃若。"《传》:"沃若,犹沃沃然。"

《陈风·宛丘篇》:"坎其击鼓。"《传》云:"坎坎,击鼓声。"

《小雅·蓼萧篇》:"零露湑兮。"《传》云:"湑湑然,萧上露貌。"

《王风·丘中有麻篇》:"将其来施。"《传》云:"施施,难进之貌。"

《豳风·东山篇》:"有敦瓜苦。"《传》云:"敦,犹专专也。"

间词例

《小雅·车攻篇》:"徒御不惊,大庖不盈。"《传》云:"不惊,惊也。不盈,盈也。"

《大雅·文王篇》:"有周不显。"《传》云:"有周,周也。不显,显也。"

又,"无念尔祖。"《传》云:"无念,念也。"

《小雅·小弁篇》:"鹿斯之奔。"《传》云:"谓鹿之奔走。"

《周颂·清庙篇》:"秉文之德。"《传》云:"执文德之人。"

《豳风·破斧篇》:"亦孔之将。"《传》云:"将,大也。"《笺》申《传》云:"其德亦甚大。"

虚数例

《豳风·东山篇》:"九十其仪。"《传》云:"言其多仪也。"

《小雅·甫田篇》:"岁取十千。"《传》云:"十千,言多也。"

《周颂·噫嘻篇》:"终三十里。"《传》云:"终三十里,言各极其望也。"

《周颂·载芟篇》:"以洽百礼。"《传》云:"百礼,言多。"

《毛传》例略

一、赋、比、兴之说，本于《周官·太师》。

《传》例以赋、比之文易见，兴或难知，故《传》文言兴特详。惟多首章言兴，次章以下不言者，当随类引伸。

二、制度悉与《周官》《左氏传》《国语》相合。

间有引《戴记》者，亦与《周官》不背。

惟《采芑传》"五官之长，出于诸侯，曰天子之老"，五官之说，与《周礼》不合。

三、事实以《序》为主，悉与《左氏传》《国语》相合。

四、训释《诗》词、《诗》意，悉与《左氏传》《国语》及《荀子》相合。

惟《节南山篇》："庶民弗信。"《传》云："庶民之言弗可信。"似与《国语》不合。

五、训诂多本《尔雅》。

惟《式微篇》"式微式微"，《伐木篇》"丁丁""嘤嘤"，《生民篇》"殷帝武敏"，《传》文所释，与《雅》不同。

《诗》及《尔雅》均多借字，其本字仍当求之《说文》。

郑氏《诗笺》，虽以《毛诗》为主，然解释制度，多与两汉古文家师说不同。郑解《周礼》亦言。且多参用三家《诗》。嗣则王肃述《毛》，确宗《传》说，惟间有谬误。孙毓亦多宗《毛》，王基则惟申《郑》说。此古代《毛诗》师说之大略也。

《邶风·燕燕篇》

燕燕于飞，差池其羽。《传》云："燕燕，鳦也。燕之于飞，必差池其羽。"之子于归，远送于野。《传》云："之子，去者也。归，归宗也。远送，过礼。于，於也。郊外曰野。"瞻望弗及，泣涕如雨。《传》云："瞻，视也。"

燕燕于飞，颉之颃之。《传》云："飞而上曰颉，飞而下曰颃。"之子于归，远于将之。《传》云："将，行也。"瞻望弗及，伫立以泣。《传》云："伫立，久立也。"

燕燕于飞，下上其音。《传》云："飞而上曰上音，飞而下曰下音。"之子于归，远送于南。《传》云："陈在卫南。"瞻望弗及，实劳我心。

仲氏任只，其心塞渊。《传》云："仲，戴妫字也。任，大。塞，瘗。渊，深也。"终温且惠，淑慎其身。《传》云："惠，顺也。"先君之思，以勖寡人。《传》云："勖，勉也。"

《燕燕》四章，章六句。

《小雅·小旻篇》

旻天疾威，敷于下土。《传》云："敷，布也。"〇案，《荡篇》："疾威上帝。"
《传》："疾，病人矣。威，罪人矣。"谋犹回遹，何日斯沮。《传》云："回，邪。遹，辟。
沮，坏也。"谋臧不从，不臧覆用。我视谋犹，亦孔之邛。《传》云："邛，病也。"

潝潝訿訿，亦孔之哀。《传》云："潝潝然患其上，訿訿然思不称乎上。"谋之
其臧，则具是违。谋之不臧，则具是依。我视谋犹，伊于胡底。

我龟既厌，不我告犹。《传》云："犹，道也。"谋夫孔多，是用不集。《传》
云："集，就也。"发言盈庭，谁敢执其咎？《传》云："谋人之国，国危则死之，古之
道也。"如匪行迈，谋是用不得于道。〇案，《左传·襄八年》引此诗，杜《注》云：
"匪，彼也。"

哀哉为犹，匪先民是程，匪大犹是经。维迩言是听，维迩言是争。
《传》云："古曰在昔，昔曰先民。程，法。经，常。犹，道。迩，近也。争为近言。"如彼
筑室于道谋，是用不溃于成。《传》云："溃，遂也。"

国虽靡止，或圣或否。民虽靡膴，或哲或谋，或肃或艾。《传》云："靡止，
言小也。人有通圣者，有不能者；亦有明哲者，有聪谋者。艾，治也。有恭肃者，有治理
者。"〇案，《疏》引王肃云："膴，大也。无大，有人言少也。"如彼泉流，无沦胥以败。
〇案，《雨无正》"沦胥"，《传》："沦，率也。胥，与相同。沦胥，犹云相率。"此倒字例。

不敢暴虎，不敢冯河。人知其一，莫知其他。《传》云："冯，陵也。
徒涉曰冯河，徒搏曰暴虎。一，非也。他，不敬小人之危殆也。"战战兢兢，《传》云：
"战战，恐也。兢兢，戒也。"如临深渊，《传》云："恐队也。"如履薄冰。《传》
云："恐陷也。"

《小旻》六章。三章，章八句；三章，章七句。

《大雅·假乐篇》

假乐君子,显显令德,宜民宜人,受禄于天。《传》云:"假,嘉也。宜民宜人,宜安民、宜官人也。"保右命之,自天申之。○案,《大明》:"保右命尔。"《传》云:"右,助。"

干禄百福,子孙千亿。穆穆皇皇,宜君宜王。《传》云:"宜君王天下也。"不愆不忘,率由旧章。

威仪抑抑,德音秩秩。无怨无恶,率由群匹。《传》云:"抑抑,美也。秩秩,有常也。"受福无疆,四方之纲。

之纲之纪,燕及朋友。《传》云:"朋友,群臣也。"○按,《雍篇》:"燕及皇天。"《传》云:"燕,安也。"百辟卿士,媚于天子,不解于位,民之攸塈。《传》云:"塈,息也。"

《假乐》四章,章六句。

《大雅·烝民篇》

天生烝民，有物有则。民之秉彝，好是懿德。《传》云："烝，众。物，事。则，法。彝，常。懿，美也。"天监有周，昭假于下。○案，《云汉》："昭假无赢。"《传》云："假，至也。"保兹天子，生仲山甫。《传》云："仲山甫，樊侯也。"

仲山甫之德，柔嘉维则。令仪令色，小心翼翼。古训是式，威仪是力。天子是若，明命使赋。《传》云："古，故。训，道。若，顺。赋，布也。"

王命仲山甫，式是百辟。缵戎祖考，王躬是保。《传》云："戎，大也。"○案，"保"字，《传》例训"安"。出纳王命，王之喉舌。赋政于外，四方爰发。《传》云："喉舌，冢宰也。"

肃肃王命，仲山甫将之。邦国若否，仲山甫明之。《传》云："将，行也。"既明且哲，以保其身。夙夜匪解，以事一人。

人亦有言：柔则茹之，刚则吐之。○案，《方言》："茹，食也。"维仲山甫，柔亦不茹，刚亦不吐。不侮矜寡，不畏强御。○案，《荡》《传》："强御，强梁御善也。"

人亦有言：德輶如毛，民鲜克举之。我仪《释文》本作"义"。图之。《传》云："仪，宜也。"维仲山甫举之，爱莫助之。衮职有阙，维仲山甫补之。《传》云："有衮冕者，君之上服也。仲山甫补之，善补过也。"

仲山甫出祖，四牡业业。征夫捷捷，每怀靡及。《传》云："言述职也。业业，言高大也。捷捷，言乐事也。"○案，《皇皇者华》《传》："每，虽。怀，和也。"四牡彭彭，八鸾锵锵。王命仲山甫，城彼东方。《传》云："东方，齐也。古者诸侯之居逼隘，则王者迁其邑而定其居。盖去薄姑而迁于临菑也。"

四牡骙骙，八鸾喈喈。仲山甫徂齐，式遄其归。《传》云："骙骙，犹彭彭也。啴啴,犹锵锵也。遄,疾也。言周之望仲山甫也。"吉甫作诵,穆如清风。仲山甫永怀,以慰其心。《传》云:"清微之风,化养万物者也。"

　　《烝民》八章,章八句。

《周颂·武篇》

　　于皇武王，无竞维烈。《传》云："烈，业也。"○案，《烈文》："继序其皇之。"《毛传》训"皇"为美。又，《抑篇》："无竞维人。"《传》云："无竞，竞也。"是"无"为语词。允文文王，克开厥后。嗣武受之，胜殷遏刘，耆定尔功。《传》云："武，迹。刘，杀。耆，致也。"

　　《武》一章，章七句。

《春秋》概要

成十四年《左传》:"故君子曰:'《春秋》之称,微而显,志而晦,婉而成章,尽而不污,惩恶而劝善。非圣人,谁能修之?'"

昭三十一年《左传》:"故曰:《春秋》之称,微而显,婉而辨。上之人能使昭明,善人劝焉,淫人惧焉。是以君子贵之。"

贾逵《春秋序》:"孔子览史记,就是非之说,立素王之法。"

　　案,两汉《左氏》家以为,孔子自卫反鲁,作《春秋》,约以周礼,三年文成。众说并同。

《小戴礼记·经解篇》:"属词比事,《春秋》教也。"

《贾子新书·道德术》:"立《春秋》者,守往事之合德之理,与不。有揽误。合而纪其成败,以为来事师法。"

《汉书·律历志》刘歆《三统术》曰:"夫历春秋者,天时也。列人事而因以天时。《传》曰:"民受天地之中以生,所谓命也。是故有礼谊、动作、威仪之则,以定命也。能者养以之福,不能者败以取祸。"故列十二公、二百四十二年之事,以阴阳之中制其礼。故春为阳中,万物以生;秋为阴中,万物以成。是以事举其中,礼取其和,历数以闰正天地之中,以作事厚生,皆所以定命。"

　　案,汉代《左氏》家并以"春秋"之义,取法阴阳之中,与刘氏同。

《史记·十二诸侯年表》："是以孔子明王道,干七十馀君,莫能用。故西观周室,论史记旧闻,兴于鲁而次《春秋》,上记隐,下至哀之获麟。约其辞文,去其烦重,以制义法。王道备,人事浃。七十子之徒,口受其《传》指,为有所刺讥、褒讳、挹损之文词,不可以书见也。鲁君子左丘明惧弟子人人异端,各安其意,失其真,故因孔子史记,具论其语,成《左氏春秋》。"

《汉书·艺文志》："古之王者,世有史官。君举必书,所以慎言行,昭法式也。左史记言,右史记事。事为《春秋》,言为《尚书》。帝王靡不同之。周室既微,载籍残缺。仲尼思存前圣之业,以鲁周公之国,礼文备物,史官有法,故与左丘明观其史记,据行事,仍人道,因兴以立功,就败以成罚;假日月以定历数,藉朝聘以正礼乐。有所褒讳贬损,不可书见,口授弟子。弟子退而异言。丘明恐弟子各安其意,以失其真,故论本事而作《传》,明夫子不以空言说《经》也。"

案,以上二则,于《左氏传》源流,序述至详。

《后汉书·班彪传》载彪《后传略论》曰："定、哀之间,鲁君子左丘明论集其文,作《左氏传》三十篇。又撰异同,号曰《国语》,二十一篇。由是《乘》《梼杌》之事遂阔,而《左氏》《国语》独章。"

《论衡·案书篇》:"《国语》,《左氏》之外传也。"

韦昭《国语解叙》曰:"昔孔子发愤于旧史,垂法于素王。左丘明因圣言以摅意,托王义以流藻。其渊原深大,沈懿雅丽,可谓命世之才、博物善作者也。其明识高远,雅思未尽,故复采录前世穆王以来,下讫鲁悼、智伯之诛,邦国成败,嘉言善语,阴阳律吕,天时人事,逆顺之数,以为《国语》。其文不主于经,故号曰《外传》,所以包罗天地,探测祸福,发起幽微,章表善恶者,昭然甚明。实与经藝并陈,非特诸子之伦也。"

案,以上三则,于《国语》源流,叙述至详。汉人称《国语》,均冠"春秋"之文,亦或径称《春秋传》。

《后汉书·卢植传》：植上书曰："今《毛诗》《左氏》《周礼》，各有传、记，其与《春秋》共相表里。

　　案，观于卢植所言，足证《左氏》一书，与古文经传互为表里。

《法言·重黎篇》："或问《周官》，曰：立事。《左氏》，曰：品藻。"

《北堂书钞》引卢植论《左传》曰："囊括古今，表里人事。"

《北堂书钞》引贺循论《左传》曰："文采若云月，高深若江海。"

《文心雕龙·宗经篇》曰："《春秋》辨理，一字见义，故观辞立晓，而访义方隐。"

又曰："纪、传、移、檄，则《春秋》为根。"

《文心雕龙·史传篇》："夫子闵王道之缺，伤斯文之坠，静居以叹凤，临衢而泣麟，于是就太师以正雅颂，因鲁史以修《春秋》，举得失以表黜陟，征存亡以标劝戒。褒见一字，贵如轩冕；贬在片言，诛深斧钺。然睿旨幽隐，经文婉约。丘明同时，实得微言。乃原始要终，创为传体。传者，转也，转受经旨，以授于后。实圣文之羽翮，记籍之冠冕也。"

　　案，《史通·六家篇》析《春秋》家、《左传》家、《国语》家为三，此即后世史体所出。强生分别，兹弗录。

《春秋左氏传》例略

　　《春秋》作于孔子，三《传》先师持说实同。司马迁曰："至于为《春秋》，笔则笔，削则削。子夏之徒，不能赞一辞。"《孔子世家》。刘歆曰："制作《春秋》。"《让太常博士书》。陈钦曰："孔子作《春秋》，有正言。"《五经异义》引。贾逵曰："孔子作《春秋》，明是非之说，立素王之法。"服虔曰："孔子作《春秋》，于春每月书王，以统三王之正。"均孔《疏》引。是左氏先师，以《春秋》为孔子所作，弗以《春秋》为孔子所述也。

　　《春秋》三《传》，同主诠经。《左传》为书，体殊二《传》。或《经》无其文，《传》详其事；《经》《传》异词，学者疑之。窃考先师遗说，知《传》有《经》无，所以明《经》文笔削。试举其证，约有数端。《经》文不书"荡意诸归宋"，服虔《注》云："施而不德。"《襄·经》书"卫弑君剽"，不言"杀子角"，服《注》以为"举重"。《襄·经》书"陈杀二庆"，弗书"以陈叛"及"楚讨"，服虔《注》云："不成恶人肆其志。"举其三证，是知《传》书事实，主明《经》例。举凡《传》详《经》略，以及《传》有《经》无者，笔削所昭，莫不著义。凡《传》详月日而《经》不书、《传》举姓名而《经》弗著者，例与斯同。至于同一事实，成、襄以前惟书于《传》；成、襄以后，斯著于《经》。以《传》勘《经》，类存微旨。如《成·传》华元结晋、楚之成，不书于《经》；《襄·传》宋向戌弭兵，则书于《经》。《庄·传》子颓之乱，不书于《经》；《僖·传》子带之乱，略书于《经》；《昭·传》子朝之乱，详书于《经》是也。又如宣、成以前，楚灭诸夏，晋灭夷狄，卿惟见《传》。成、襄以后，卿悉见《经》。比类以观，可以知其微旨矣。以史册旧文为说，夫岂可哉！

　　《经》文之例，其有奥蕴难见者，厥有三端。一曰推隐。《僖·经》

"西宫灾",《汉书·五行志》刘歆说,以为言西宫,知有东宫,知举国皆灾。二曰虚书。《庄·经》"夫人孙于齐",贾、服以为,夫人在齐未归,因公以小祥念母,故书孙齐。三曰省词。《宣·经》:"楚子、郑人侵陈,遂侵宋。晋赵盾率师救陈。"《传》有"宋"字。服虔以为,赵盾既救陈,而楚师侵宋;赵盾欲救宋,而楚师解去。斯三例者,审词若易,绎义恒难。是非好学深思、研寻古谊,固未易径通其说矣。

汉儒旧说,"凡"与"不凡",无新、旧之别,不以五十凡为周公《礼经》,明《经》为孔子所作,《经》文书法,创自孔子也。杜预以下,悉以五十凡为周公旧典。魏晋以前,未闻斯说。今以本《传》证之。《庄十一年》"得隽曰克",《成十二年》"自周无出",《传》均言"凡"。又《隐元年》云:"如二君,故曰克。"《僖二十四年》云:"天子无出。"《传》文均弗言"凡"。两文互较,厥例实符。周、孔之分,新、旧之别,果安在耶?后师疏明杜例,至以易数、大衍相拟,斯愈弗足辨矣。

《经》为孔子所作,故《经》字相同,即为同旨。《传》文发例,或词著于此,谊通于彼。如《庄·经》"师还",《传》云:"善鲁庄公。"是"还"为善词。《宣·经》"归父还自晋",《传》亦云"善",文与相应。又,《僖·经》:"邢人、狄人伐卫。"狄之书《经》,例以国举,兹特书人;《传》有"狄师还"之文,知亦《春秋》善狄之词。其有前《传》发例,后《传》无文,《注》扩《传》义者。如《襄·经》取邿,《传》云:"书取,言易。"《昭传》又云:"不用师徒曰取。"是"取"为"易"例。故《昭·经》取郓,贾《注》谓"郓人自服,不成围";公在乾侯,取阚,贾谓"季氏不用师徒",是其例也。亦有《传》无明文、《注》申《经》旨者。如《定·经》贾《注》,以次渠蒢为"善救郑",是"次"为善例。《僖·经》"楚屈完来盟于师",服《注》以言"来"为"外楚",嫌楚无罪,言"来"以外之,是"来"为外词。绎寻《注》谊,知他《经》书"次"、书"来",谊亦同此,犹之"取"为"易"例,亦犹"纳"为难词也。又如《经》文书"用",刘、贾以为不宜用之词。《经》书"有年""大有年""有鹳鹆来巢",刘、贾及许均云:"不宜有之词。"同词同旨,厥证益昭。至于杜预,始有"不为例"之说矣。

《传》文发例,其有词著于此、义通于彼者,不惟该同事之《经》,亦且该殊事之《经》。如《成·传》:"国逆曰入。"所发之例,仅主去国。然《桓·经》许叔入许,先儒以为国逆。《昭·经》华向入南里,贾氏谓华貙兄弟召而逆之。是逆而不立,亦为《经》例所及。又据杜预《释例》云:"贾氏虽夫人姜氏之入亦以为例。"是《经》文书"入",均从国逆为文,"入"非记事常词也。至《宣·传》"与谋曰及",《传》以师出为例,杜预《释例》则曰:"刘、许、贾、颍滥以《经》诸'及'字为义,本不在例。今欲强合,所以多相错乱。"据彼说,是《经》文书"及",先儒均即"与谋"为说。故《文·经》晋杀士縠及箕郑,贾以箕郑非首谋。援是以推,知《定·经》仲佗、石彄书"暨",亦以佗、彄非首谋也。若《僖·传》"左右曰以",亦举出师为例。杜预《释例》复曰:"'以'之于言,所涉甚多。刘、贾、许、颍既不守例为断,又不能尽通诸'以',唯杂取'晋人执季孙以归刘子''单子以王猛居于皇尹氏''召伯以王子朝奔楚''随示以义'数事而已。"又云:"诸称'以',皆小'以'大、下'以'上,非其宜也。"是《经》文所书之"以",均与能左右之"以"例同。贾、颍以下,通其说者鲜矣。

《经》文书事,亦有同词异实之例。如三命以下书"人",此通例也。《宣·经》:"宋人及楚人平。"贾氏说曰:"称人,众词,善其与众同欲。"又,《文·经》"弑君称人",刘、贾、许、颍以为,君恶及国,则称国以弑;恶及国人,则称人以弑。此与大夫称"人"不同者也。未赐族不称氏,为《经》通例。若《桓·经》"宋督弑君",贾氏说曰:"督有无君之心,故去氏。"此与宋万去氏不同者也。"子"为贵称,亦《经》通例。若《庄·经》"齐人取子纠",贾逵说云:"称子者,愍之。"亦与高子书"子"不同者也。明于此例,举凡同词同旨者,可以昭圣经书法之常。其有同词异实者,亦可穷先圣作《经》之旨。属词比事之用,其在斯乎?

《经》有褒贬互见例,绎寻汉说,犹克推寻。《文·经》:"王使荣叔归含且赗。"上征汉例,则书"且",所以讥两使;书"王",亦以示恩深也。《庄·经》:"公伐齐,纳纠。"上征汉例,则不书"公子",以明次正;纠弗系"齐",亦以明齐人绝纠也。援是以推,知《襄·经》"己未,卫侯出奔齐"，书日，所以明大讨；奔不书名，亦以明卫衎之罪损于卫朔。譬犹公孙敖出奔，《经》既书日，则不去族也。是以鄢陵之战，书晦讥楚，则楚子仍书；鸡父之战，吴以国举，则削书晦日。自非错综经文，以尽其意，孰能究其旨哉？

《春秋》以错文见义，此汉说也。杜《序》引其文，孔《疏》申其义。《疏》之言曰："《春秋》之《经》，侵伐、会盟及战败、克取之类，文异而义殊，错文以见义。先儒知其如是，因谓苟有异文，莫不著意。"据孔说，是汉儒之谊，以为《经》有异文，悉关笔削。无例之《经》，说自杜始，未必移以概汉说也。

异文著例，有属于《经》文特例者。鸡父之战，邓胡六国，师弗析书，贾氏说云："恶其同役而不同心。"以师无总书之例也。《襄·经》："取邾田，自漷水。"贾、服说云："刺晋偏鲁贪。"以《经》书取邑，不书疆域所至也。斯二例者，于《经》例均为一见于简册，则为特书。其详略不同，固非鲁史旧文也。

《经》有同一事实而词有增损者。如延厩不言"作"，南门并言"新作"，刘、贾说曰："言新，有故木。言作，有新木。"蒐红不言"大"，蒐比蒲书"大"，刘、贾、颍、服说曰："不言大者，公大失权。在三家书大者，言大众尽在三家。"是虽《经》文析书之例，亦抑异文著义之条也。援是以推，楚诱蔡侯书名，诱戎蛮子不书名，贾以不名为"立其子"。戍虎牢系郑，城小穀不系齐，贾以穀不系齐，世其禄。由是而言，字有损益，悉出孔修，弗缘史册之文有羡夺也。

《春秋》之例，凡侵伐、灭入、取邑之属，《经》或称师，或不称师。又，《传》详战事，《经》或弗书。详略不同，易滋众惑。通以汉说，知称师，所以明用师之道。书战，亦以明有词也。若无词，不能敌有词，则不书战。斯例既昭，众疑冰涣。又如同一归国，或书所自，或则弗书。通以汉例，则归书所自，所以明所自之国为有力。斯数例者，均为征南所摘。然《经》无定揭，焉克贯异为同？无异化康庄为歧径也。

《经》有恒例，习者易知。至于变文为例，其别有三：一曰从志，二曰曲讳，三曰充类。所谓从志者，《传》以文姜会防为齐志，伐洙为宋志，而《隐·传》克段，又有"谓之郑志"之文。服虔说曰："公本养成其恶而加诛，使不得生出。此郑伯之志意也。"又，《襄·经》成郑虎牢，《传》申之曰："非郑地也，言将归之。"先儒说《经》，亦持此意。《隐·经》："卫州吁弑其君完。"《庄·经》："齐无知弑其君诸儿。"贾以州吁、无知为弑君取国，故以国言。是州吁、无知系国，从其取国之志也。《僖·经》："卫子莒庆盟于洮。"时卫君已葬，贾、服以为明不失子道。是既葬称子，亦以从卫君追远之情也。推之他《经》，其例并合。所谓曲讳者，《传》有讳国恶之文。又，天王狩于河阳，《传》引仲尼说曰："言非其地，且明德也。"谓《经》讳召君不成晋恶。先儒因之，以补《传》说。《哀·经》："孟子卒。"贾君说曰："若言吴之长女。"《闵·传》"狄灭卫"，《经》文书"入"，贾君说曰："不使夷狄得志于中国。"斯均曲讳之文。所谓充类者，郑非夷狄，《成·经》"郑伐许"，不称将帅，贾氏说曰："夷狄之，刺无知也。"鲁为中夏，《成·经》"天子赐命"，不书"天王"，贾氏说曰："成公八年，乃得锡命，与夷狄同，故称天子。"是其例也。缘是以推，《文·经》"齐人执子叔姬"，非在室女。《经》文以子系氏，服虔说曰："闵其子杀、身执，故言子，为在室词。"谓从在室之例也。《僖·传》"许男新城卒于师"，《经》无"于师"之文，贾氏说曰："善会，主加礼，若卒于国。"谓从在国之例也。《昭·经》："楚公子比弑其君虔经，系乾溪。"乾溪地为楚境。先儒以地乾溪为失，所谓从国外之例也。斯例既明，是知公孙婴齐卒狸貆，郑伯卒剸，宋公平卒曲棘，地均在国，《经》均书地，所以明失所。公孙敖、仲遂、公孙婴齐卒不于国，公与小敛，《传》无明文，《经》亦书日，所以明恩深，俾从与敛之例也。《经》文书法，隐显不恒。参伍以变，与《易》同源。执一以求，抵牾斯众。非通天下之变，其孰能预于斯哉？

　　《经》文书法，有不予而实予者，亦有文予而实不予者。《襄·经》盟宋之役，叔孙去族，《传》以不书其族为"违命"。贾氏说曰："叔孙，义也。鲁疾之，非也。"谓鲁人疾其违命，《春秋》因之，非《春秋》疾其违命也。不予实予，斯其例矣。《文·经》宋华耦来盟，易书司马华孙。《传》言："鲁人以为敏。"服虔说曰："鲁人不知其非，反尊贵之。"谓鲁人嘉其知礼。《春秋》因之，非《春秋》嘉其知礼也。文予实不予，斯其例矣。援是以推，蔡仲闭君臣之道，启篡弑之路。《桓·经》"宋人执仲"，《经》不书名，先儒说曰："郑人嘉之，以字告，故书字。"是犹蔡季归蔡，先儒以为无臣子之词，《传》有"蔡人嘉季"之文，《经》亦书字。季非《春秋》所嘉，知仲亦《春秋》所弗予。纪季归仇背国，其例亦同。贬褒寓《传》，书法从时，所谓婉而成章也。《传》言："非圣人，孰能修之？"斯之谓也。

　　《春秋》一经，首以时、月、日示例。《公》《穀》二家，例各诠《经》。《左氏》所诠，尤为近实。乃《传》文所著书日例，仅日食、大夫卒二端，馀则隐含弗发，以俟隅反。汉儒创通条例，执例诠《经》，于时月日书法，三致意焉。虽遗说湮沦，存仅百一，然掇彼剩词，详施考核，盖以《经》书月日，详略不同，均关笔削。礼文隆杀，援是以区；君臣善恶，凭斯而判。所谓辨同异、明是非者，胥于是乎在。故数事同月，而有系月、不系之殊；二事同日，复有书日、不书之别。又或去月书日，使二事同日，隐有系时、系日之分，义法昭垂，迥超二《传》。至征南《释例》，荡抉旧藩。彼以日食、大夫卒而外，别无《传》例可征，故《大夫卒例》曰："丘明之《传》，月无征文。日之为例，二事而已，其馀详略，皆无义例。而诸儒溺于《公羊》《穀梁》之说，横为《左氏》造日月褒贬之例，以他书驱合《左氏》。引二条之例，以施诸日无例之月，疑"日"字当在"之"下。妄以生义。此所以乖误而谬戾也。"不知汉儒之说，或宗师训，或据《传》文。即与二《传》偶符，亦匪雷同剿说。观于《桓·经》两书"丙戌"，一为鲁、郑同盟，一为卫丧。以旧说通之，一由载辞之详，一由赠吊之厚。去上日，则涉辞略；去下日，则涉礼亏。又，各《经》之中，或时月空书，或时月不具。以旧说通之，则去月由于不视朔，去时由于不登台，与《僖五年传》文宛合。斯例不明，则别嫌明微之旨乖，而惩恶劝善之谊失矣。《释例》又曰："要盟、战败、崩薨、卒葬之属，颇多书日。自文公以上，书日者二百四十九；宣公以下亦俱，六公书日者四百三十二。此则久远遗落，不与近同也。承他国之告，既有详略，且鲁国故典，亦又参差。去其日月，则或害事之先后；备其日月，则古史有所不载。故《春秋》皆不以日月为例。"据杜说,则《经》文所书时月日,均承旧史。今考昭、定之朝,距修《经》未远,乃昭公十年不书冬,定十四年亦然,则久远遗落之说非矣。且春不书"王",何以独见于《桓·经》?奔不书日,何以两书于卫衎?于此而曰匪义例所寓,夫岂可哉?杜既深抵汉例,孔《疏》本之,亦以溺于二《传》为讥,《序疏》。而汉儒大义,至是尽沦矣。

《经》有内外异词例,如内则逾年称爵,外则既葬称爵;内大夫可会外诸侯,外大夫不得会公是也。斯为《左氏》嫥例。若内讳出奔为逊,讳杀为刺,讳朝为如,以及内书来盟、外书莅盟,内书以邑来奔、外书以邑入于某,内讳弑君、外不讳弑,则为三《传》通例,弗独内大夫贬则去族、外大夫贬则称人已也。有王及侯国异词例,如《桓·传》"凡诸侯之女行,惟王后书",《僖·传》"天子无出",《成·传》"凡自周,无出",《庄·传》"京师败,曰王师败绩于某"是也。若天王系爵,诸侯以爵系国;天王书崩,不名;诸侯书卒,书名;王世子不名,诸侯世子书名;天王书求,诸侯书乞,亦均三《传》通例。故夷夏内外例,亦为三《传》所同。就左氏《传》例言之,《庄·传》谓"诸侯有四夷之功,则献于王,中国则否",《僖·传》谓"杞用夷礼,故曰子",均其验也。是以吴、楚主盟,《经》均变词先晋、宋,及黄池盟会可征。更就汉例言之,《闵·传》"狄灭卫",《经》文讳"灭"言"入",贾君说曰:"不使夷狄得志于中国。"《昭·经》"陈灾",贾、服说曰:"愍陈,不与楚,故存陈而书之。言陈尚为国也。"内夏外夷之旨,谳此益昭。又,《隐·经》"率师入极",贾君以极为戎都,是夷狄别都于国,异于诸夏之以国名都。此《定·经》入郢所由异于他经之"入曹""入向"也。若就进退之例言之,荆、吴、狄、戎皆以国举,荆、狄变例称"人",所以示进,《僖·经》"邢人、狄人伐卫"是也。诸夏变例称国,所以昭贬,《成·经》"郑伐许"、《昭·经》"晋伐鲜虞"是也。楚及秦、吴,初有大夫,均不举氏,故得臣、宜申以陋去族。成公以后,楚臣称氏,而秦鍼则称弟。是亦进夷从夏之例也。《传》于秦术、吴札,书《经》均详,志其知礼且有国,无"陋矣"之文。惜汉说久湮,鲜可诠次。知《昭·经》鸡父之战,贾君说云:"夷之,故不书晦。"亦其谊。征南以下,达者益鲜,遂令内夏外夷之义,惟存二《传》,而《左氏》无闻。

惜哉！

《经》出孔修，弗以史文为据，亦与赴告之词不同。本《传》所诠，至为昭悉。《襄二十年传》曰："名藏在诸侯之策，曰：'孙林父、宁殖出其君。'"宣十四年，卫杀孔达，《传》曰："遂告于诸侯：'寡君有不令之臣达，构我敝邑于大国，既服其罪矣。'"僖廿四年，天王居郑，《传》曰："王使来告难：'不榖不德，得罪于母弟之宠子带，鄙在郑地氾，敢告叔父。'"此均《经》异告词之证，亦即《经》殊旧史之征也。王充《论衡·超奇篇》曰："孔子得史记，以作《春秋》。至于立义、创意、褒贬、赏诛不复因史记者，眇思自出于胸中也。"是其确证。如云赴告必书，则京师告饥，明著《隐·传》，何以事弗书《经》？且君举必书，语详《庄·传》，然公不视朔，不举斯书。又，鲁臣聘晋，相继于朝。《襄·传》谓"史不绝书，府无虚月"，《经》文所书，亦仅数事。是知《经》文所略，恒为史策所详；史策所无，亦或《经》文所有。证以本《传》，其谊炳然矣。《隐·传》："不书于策。""策"即孔子之《经》。杜氏妄解此语，以为史例："大事书策，小事书简牍。"众误均基于此。

《传》详事实，综括始终，所以诠《经》文所予夺。《襄·传》志华弱、乐辔事，服虔说曰："《传》故举之，明《春秋》之义，善恶皆见。"是其例矣。亦有本《传》直书其事，不待讥褒，是非自见者。如《庄·传》志宋闵、长万事，则长万弑君，罪轻于华督，故知万未赐族，与督之去氏不同。《僖·传》记狄灭温，苏子无信，则温为狄灭，咎由自致，故直狄灭，与《闵·经》灭卫讳"灭"言"入"不同。《传》之于《经》，相为表里，因与二《传》无以异也。《传》文引事系年，均关眇旨。如《文·经》"作主"，《传》系《僖》篇，贾君说曰："僖公始不顺祀，生则致哀姜，终则小寝，以慢典常。其子文公，缘事邪志，作主陵迟。于是文公复有夫人归，嗣子罹咎。《传》故上系此文于《僖公》篇。"此犹夫人孙齐，书于《庄·经》元年三月也。据贾说，是丘明作《传》，旨主阐经。《传》所取舍，各有义例。其所以通发本末，爰始要终者，率均折衷《经》旨，经纬相成，固非矫袭史文比也。杜氏不察，以《僖·传》"作主"为简编错缪失次，非丘明之正，无异以曲士校雠之识，上测经传也。汉师之说，夫岂然哉？

《传》引时人诠礼之词，均为《传》说。知者，《隐·传》因生赐姓众仲之说也,《昭·传》间朝而会叔向之说也,许慎《五经异义》引之,均云《左氏》说,是知《传》所采录,必与《经》旨相昭。若词涉典礼,亦必与《经》文制度互明。虽及《外传》,其例亦然。此日祭、月祀之文,所由并为《传》说也。

《襄·传》歌《小雅》《大雅》,歌《颂》,服虔说曰:"斯时《雅》《颂》未定,而云为之歌《小雅》《大雅》,歌《颂》者,《传》家据已定录之。"据服说,是《传》于时史所记之词,多所更易,且以已定之《五经》为据,不尽援据旧文。此盖《左氏》先师相承旧说,而服君采之者也。《传》以诠《经》,亦其谊矣。

汉儒《左氏》说,其较二《传》为密者,厥有数端。凡《经》书典礼,恒据本《传》为说,一也。据本《传》所志事实,以明《经》文书法,如子招、乐忧去弟,以称公子。是也。二也。据《传》例以说他条之《经》,凡《经》字相同,即为同恉,见上。三也。引《月冠》事,《经》有系月、不系月之分,四也。据《三统》术校《经》历,朔闰分至,所推悉符,五也。日食,以所食之月为主,据日缠以定分野,嫥以灾异系所分之域,与二《传》师说泛举时政者,疏密有殊,此由《传》说去卫地,如鲁地而推。六也。

杜氏以下,说本《传》者,均以汉说为溺于二《传》。不知汉儒说《传》,异于二《传》,厥证繁多,试举大端言之。汉儒以"三统"为天地人,不谓三王。刘歆《三统历》曰:"于春,每月书王,易三极之统。"又曰:"天以甲子,地以甲辰,人以甲申。孟、仲季,各用事为统首。"此与《公羊》通三统绝异者也。服虔说云:"于春,每月书王,以统三王之正。"非子骏古谊。汉儒谓《经》贬夷狄,举国不举州。古《左氏》说曰:"郑伐许,夷狄之,刺无知也。"晋伐鲜虞同。《庄·经》:"荆败蔡师于莘。"贾君说曰:"秦始皇父讳楚,而改为荆。"此与《公羊》州不若国绝异者也。是知《左氏》先师,诠解《经》文,各有师说。即与二《传》偶合,亦系《经》例相同。其有本《传》无说,取资二《传》者,亦自有故。盖子骏以前,本《传》师说未备。尹更始、尹咸、翟方进之伦,均通《穀梁》;张敞之属,兼治《公羊》。师承派别,辗转相传。至于东汉,则先郑父子,并通《公羊》;贾氏亦为《穀梁》大师,兼采二《传》。职此之由,要非强附二

《传》比也。若以兼采二《传》为异端,此则杜氏之私言,奚可执为定论哉!

汉儒治《左氏》者,刘、贾、许、颍,均以义例说《经》,而大义略符。故杜《例》所举,恒以刘、贾、许、颍并词。即杜《序》所谓特举刘、贾、许、颍之违,以见同异也。先郑亦创通条例,惜遗说罕存,无由窥其概略。服氏集众家之说,其所阐发,盖于故训典制为详,故魏晋以降,恒以贾、服并词。至于后郑,虽有《箴膏肓》诸作,然与本《传》师说,弗尽符合,学者择而观之可也。郑驳《五经异义》,说亦溷杂。

东汉《左氏》古义,有附著他籍者。舍先郑《周官注》、后郑群经《注》、许君《说文》外,若马融《尚书》《周官注》,卢植《礼记解诂》,蔡邕《月令章句》、赵岐《孟子章句》,宋忠《世本注》,王逸《楚辞章句》,应劭《汉仪》《汉书注》,高诱《吕氏春秋注》《淮南子注》,采用《传》说,均有可征。其以子书采用《传》说者,王充《论衡》,王符《潜夫论》,荀悦《申鉴》,徐幹《中论》,应劭《风俗通义》,仲长统《昌言》是也。又班彪、朱浮、杜林、冯衍、张衡、崔瑗、胡广之伦,所撰文词,亦多《传》说。汇而集之,可以观其大概矣。

三国之时,若王朗、糜信、董遇、高堂隆、谯周之伦,均通《传》说。其遗说稍具者,魏则王肃、孔晁,吴则韦昭,于《经》《传》之文,均有攘撮,上与刘、贾义符。晋则皇甫谧、干宝、郭璞之俦,诠引《经》《传》,犹多古谊。东晋以降,杜说寖行,而汉谊遂失矣。

杜《注》之误,属于训诂、典制者,其失小;属于义例者,其失巨。爰稽其失,厥有廿端。以《经》《传》为误,一也。《经》阙,二也。《经》倒文,三也。传写失之,四也。无义例,五也。《经》直因史成文,《经》用旧史,六也。书法一彼一此,并仍史旧,七也。史言其实,所书非例,八也。史特书,九也。史异词,十也。史略文,十一也。史缺文,十二也。史失之,十三也。《经》不书,因史旧法,十四也。史承告词书策,《春秋》承策为《经》,十五也。告词略,十六也。书名、不书名,从赴,执例。十七也。以某事告,故时史因以为文,十八也。不书,悉由不赴,十九也。不书,悉由不告庙,二十也。窃以杜说之误,亦有自来。盖由以常识测《经》，使《经》说悉趋平易，用是荡汉说之篱藩，抉前儒之阃奥。其旨弥浅，其谊弥乖。上倜师《传》，下丛《经》诟。说《经》之舛，百世莫能解也。

杜说《经》例，立异先儒。不以日月为例，一也。不以一字为褒贬，二也。再命书《经》，三也。诸侯不贬爵称人，四也。书爵与否，从所称，五也。书爵不同，悉因时王黜陟，六也。未列于会，不称君，七也。盟以国、地，地主与盟，八也。凡书"败"，悉以"皆阵"为说，《经》于两弗相敌者，均书败，不书战，当云："《经》不从皆阵例。"九也。母弟，《经》书"公子"，非贬词。十也。

杜说《经》《传》，有变乱《经》文书法者。《经》之所褒，杜之所贬，孔父、仇牧、荀息是也。《经》之所贬，杜之所褒，蔡季、纪季、孔宁、仪行父是也。其有变乱典例者，如既葬除丧、蒸尝以仲月、旱雩非过雩是也。六朝以还，惟卫冀隆、刘炫之伦，稍施攻诘。然确中杜失及足伸汉谊者，十弗二三。此古学所繇弗明也。

杜说隐、襄二《传》，厥謏尤繁。《隐元年》"及宋人盟于宿"，《注》云："客主无名，皆微者也。"又曰："凡盟以国、地者，国主亦与盟。"二年"莒人入向"，《注》曰："将卑、师少。""纪裂繻来逆女"，《注》曰："逆女，或称使，或不称使。昏礼不称主人。""夫人子氏薨"，《注》云："隐让桓以为太子，成其母丧，以赴诸侯。"审绎词旨，均本《公羊》。是其肤引二《传》，虽刘、贾、许、颍，亦弗若是之过也。均之采用二《传》。杜说晚出，自弗若刘、贾说有师承。顾云"简二《传》而去异端"，夫岂然哉？

《春秋·隐元年》郑伯克段于鄢左氏传

初，贾《注》云："凡言出者，隔其年，后有祸福，将终之，故言初也。"郑武公娶于申，曰武姜。生庄公及共叔段。贾、服以"共"为谥。庄公寤生，惊姜氏，《史记》以"寤生"为生之难。《风俗通》云："俗说：儿堕地，未可开目，便能视者，为寤生。"故名曰寤生。遂恶之。爱共叔段，欲立之。亟请于武公，公弗许。及庄公即位，为之请制。公曰：制，岩邑也。虢叔死焉。佗邑唯命。请京，贾《注》云：京，郑都邑。使居之，谓之京城大叔。祭仲曰：都城过百雉，国之害也。马、郑玄、王肃云："雉，长三丈。"古左氏说："百雉，三百丈。"先王之制：大都，不过参国之一；中，五之一；小，九之一。今京不度，非制也。君将不堪。公曰：姜氏欲之，焉辟害？对曰：姜氏何厌之有？不如早为之所，无使滋蔓。蔓，难图也。服《注》云："滋，益也。蔓，延也。"蔓草犹不可除，况君之宠弟乎？公曰：多行不义，必自毙。姑待之。既而大叔命西鄙、北鄙贰于己。韦昭《周语》《注》："贰，贰心也。"公子吕曰：国不堪贰。君将若之何？欲与大叔，臣请事之；若弗与，则请除之。无生民心。公曰：无庸！将自及。大叔又收贰以为己邑，至于廪延。子封曰：可矣。厚将得众。公曰：不义不暱，《说文》引"暱"作"昵"。昵，黏也。厚将崩。大叔完聚，服《注》云："聚，聚禾黍也。"缮甲兵，具卒乘，将袭郑。夫人将启之。公闻其期，曰：可矣。命子封帅车二百乘，以伐京。京叛大叔段。段入于鄢。公伐诸鄢。五月辛丑，大叔出奔共。贾《注》云："共，国名。"书曰：郑伯克段于鄢。段不弟，故不言弟。如二君，故曰克。郑伯，讥失教也；谓之郑志，服云："公本欲养成其恶而加诛，使不得生出。此郑伯之志意也。"不言出奔，难之也。

《春秋·襄二十七年》盟于宋左氏传

　　宋向戌善于赵文子，又善于令尹子木，欲弭诸侯之兵以为名。如晋，告赵孟。赵孟谋于诸大夫。韩宣子曰：兵，民之残也，财用之蠹，小国之大菑也。将或弭之。虽曰不可，必将许之。弗许，楚将许之，以召诸侯，则我失为盟主矣。晋人许之。如楚，楚亦许之。如齐，齐人难之。陈文子曰：晋、楚许之，我焉得已？且人曰弭兵，而我弗许，则固携吾民矣。将焉用之？齐人许之。告于秦，秦亦许之。皆告于小国，为会于宋。五月甲辰，晋赵武至于宋。丙午，郑良霄至。六月，丁未朔，宋人享赵文子，叔向为介。司马置折俎，礼也。折俎，即《周语》"殽烝"，谓体解节折，升之于俎也。仲尼使举是礼也，以为多文辞。服云："以其多文辞，故特举而用之。"后世谓之孔氏聘辞，以孔氏有其辞，故《传》不复载。戊申，叔孙豹、齐庆封、陈须无、卫石恶至。甲寅，晋荀盈从赵武至。丙辰，邾悼公至。壬戌，楚公子黑肱先至，成言于晋。丁卯，宋向戌如陈，从子木成言于楚。戊辰，滕成公至。子木谓向戌：请晋、楚之从，交相见也。庚午，向戌复于赵孟。赵孟曰：晋、楚、齐、秦，匹也。晋之不能于齐，犹楚之不能于秦也。楚君若能使秦君辱于敝邑，寡君敢不固请于齐？壬申，左师复言于子木。子木使驲谒诸王。王曰：释齐、秦，他国请相见也。秋七月戊寅，左师至。是夜也，赵孟及子晰盟，以齐言。庚辰，子木至自陈。陈孔奂、蔡公孙归生至。曹、许之大夫皆至。以藩为军，《国语》"藩"作"蕃"，韦《注》："篱落也。"晋、楚各处其偏。伯夙谓赵孟曰：楚氛甚恶，《说文》："氛，祥气也。"惧难。赵孟曰：吾左还，入于宋，若我何？辛巳，将盟于宋西门之外。楚人衷甲。伯州犁曰：合诸侯之师，以为不信，无乃不可乎？夫诸侯望信于楚,是以来服。若不信,是弃其所以服诸侯也。固请释甲。子木曰:晋、楚无信久矣!事利而已。苟得志焉,焉用有信?太宰退,告人曰:令尹将死矣,不及三年。求逞志而弃信,志将逞乎?志以发言,言以出信,信以立志。参以定之。信亡,何以及三?赵孟患楚衷甲,以告叔向。叔向曰:何害也?匹夫一为不信犹不可,单毙其死。《说文》:"殚,殛尽也。""毙,顿仆也。"即此"单""毙"二文正字。若合诸侯之卿,以为不信,必不捷矣!食言者不病,非子之患也。夫以信召人,而以僭济之,必莫之与也。安能害我?且吾因宋以守病,则夫能致死。与宋致死,此四字,俗本或挽。虽倍楚可也。子何惧焉?又不及是。曰弭兵以召诸侯,而称兵以害我,吾庸多矣,非所患也。季武子使谓叔孙以公命曰:视邾、滕。既而齐人请邾,宋人请滕,皆不与盟。叔孙曰:邾、滕,人之私也。我,列国也,何故视之?宋、卫,吾匹也。乃盟。故不书其族,言违命也。贾云:"叔孙,义也。鲁疾之,非也。"服云:"叔孙欲尊鲁国,不为人私。虽以违命见贬,其于尊国之义,得之。"晋、楚争先。晋人曰:晋,固为诸侯盟主,未有先晋者也。楚人曰:子言晋、楚匹也。若晋常先,是楚弱也。且晋、楚狎主诸侯之盟也久矣,岂专在晋?叔向谓赵孟曰:诸侯归晋之德只,非归其尸盟也。子务德,无争先!且诸侯盟,小国固必有尸盟者。楚为晋细,不亦可乎?乃先楚人。书先晋,晋有信也。

《周语》定王语晋随会　韦注

晋侯使随会聘于周。晋侯,晋文公之孙、成公之子景公獳也。随会,晋正卿,士蒍之孙、成伯之子士季武子也。定王飨之肴烝,定王,周襄王之孙、顷王之子、定王榆也。烝,升也。升折俎之肴。原公相礼。原公,周卿士原襄公也。相,佐也。范子私于原公,范子,随会也。食采于随、范,故或曰随会、范会。曰:吾闻王室之礼无毁折,今此何礼也?王见其语也,召原公而问之,原公以告。王召士季,季,范武子字。曰:子弗闻乎?禘郊之事,则有全烝。全烝,全其牲体而升之也。凡郊禘,皆血腥。王公立饫,则有房烝;王,天子。公,诸侯。礼之立成者为饫。房,大俎也。《诗》云:笾豆大房。谓半解其体,升之房。亲戚宴飨,则有肴烝。肴烝,升体解节折之俎也,谓之折俎。今女非他也,而叔父使士季实来修旧德,以奖王室。奖,成也。唯是先王之宴礼,欲以贻女。贻,遗也。余一人敢设饫禘焉,饫,半体。禘,全体。忠非亲礼,而干旧职,以乱前好?忠,厚也。亲礼,亲戚宴飨之礼也。旧职,故事。前好,先王之好也。且唯戎、狄则有体荐。体,委与之也。夫戎、狄,冒没轻儳,贪而不让。冒,抵触也。没,入也。儳,进退上下无列也。其血气不治,若禽兽焉。其适来班贡,不俟馨香嘉味,适,往也。班,赋也。故坐诸门外,而使舌人体委与之。舌人,能达异方之志,象胥之官也。女,今我王室之一二兄弟,以时相见,兄弟,晋也。将和协典礼,以示民训则,协,合也。典,常也。无亦择其柔嘉,无亦,不亦也。柔,脆也。嘉,美也。选其馨香,洁其酒醴,品其百笾,笾,竹器,容四升,其实枣、粟、糗、饵之属也。修其簠簋,修,备也。簠簋,黍稷之器也。奉其牺象,牺,牺樽,饰以牺牛。象,象樽,以象骨为饰也。出其樽彝,樽、彝,皆受酒之器。陈其鼎俎,俎设于左,牛、豕为一列,鱼、腊、肠、胃为一列,肤特于东。净其巾幂,净,洁也。巾幂,所以覆樽彝。敬其被除,犹扫除也。体解节折而共饮食之。于是乎有折俎加豆,加豆,谓既食之后所加之豆也。其实芹菹、兔醢之属。酬币宴货,酬,报也。聘有酬宾束帛之礼。其宴,束帛为好,谓之宴货也。以示容合好,示容仪,合和好也。胡有孑然其郊戎、狄也?孑然,全体之貌也。夫王公诸侯之有饫也,将以讲事成章,讲,讲军旅,议大事。章,章程也。建大德、昭大物也,大德,大功。大物,戎器也。故立成礼烝而已。立成,不坐也,升其备物而已。饫以显物,宴以合好。显物,示物备也。故岁饫不倦,岁行饫礼,不至于懈倦。时宴不淫,一时之闲,必有宴礼,不至于淫湎。月会、会,计也。计一月之经用。旬修,修十日之中所成为者。日完不忘。日完,一日之所为。不忘,不忘其礼也。服物昭庸,采饰显明,庸,功也。冕服、旗章,所以昭有功;五采之饰,所以显明德也。文章比象,黼黻、绘绣之文章也。比象,比文以象山、龙、华虫之属。周旋序顺,周旋,容止。序,次也。各以次比顺于礼也。容貌有崇,崇,饰也。容止可观也。威仪有则。则,法也。其威可畏,其仪可度也。五味实气,味以实气,气以行志。五色精心,五色之章,所以异贤、不肖,精其心也。五声昭德,昭德,谓政平者其乐和也,亦谓见其乐、知其德。五义纪宜。五义,谓父义、母慈、兄友、弟恭、子孝也。饮食可飨,和同可观,肴烝,故可飨。以可去否曰和,一心不二曰同。和同之道行,则德义可观。财用可嘉,酬币宴货,以将厚意,故可嘉也。则顺而德建。则,法也。建,立也。古之善礼者,将焉用全烝?武子遂不敢对而退。归,乃讲聚三代之典礼,三代,夏、殷、周也。于是乎修执秩以为晋法。秩,常也。可奉执以为常也。

《周语》单穆公谏铸大钱　韦注

景王二十一年，将铸大钱。景王，周灵王之子景王贵也。二十一年，鲁昭之十八年也。钱者，金币之名，所以贸货物、通财用也。古曰泉，后转曰钱。贾侍中云："虞、夏、商、周，金币三等：或赤、或白、或黄。黄为上币，铜、铁为下币。大钱者，大于旧，其价重也。"单穆公曰：不可。穆公，王卿士，单靖公之曾孙。古者，天灾降戾，降，下也。戾，至也。灾谓水旱、蝗螟之类。于是乎量资币，权轻重，以振救民。量，度也。资，财也。权，称也。振，拯也。民患轻，则为作重币以行之，民患币轻而物贵，则作重币，以行其轻也。于是乎有母权子而行，民皆得焉。重曰母，轻曰子，以子贸物。物轻，则子独行；物重，则以母权而行之。子母相通，民皆得其欲。若不堪重，则多作轻而行之，亦不废重，于是乎有子权母而行，小大利之。堪，任也。不任之者，币重物轻，妨其用也。故作轻币，杂而用之，以重者贸贵，以轻者贸其贱。子权母者，母不足，则以子平而行之，故钱小大，民皆以为利也。今王废轻而作重，民失其资，能无匮乎？废轻而作重，则本竭而末寡，故民失其资也。若匮，王用将有所乏，民财匮，无以供上，故王用将乏也。乏则将厚取于民。厚取，厚敛也。民不给，将有远志，是离民也。给，共也。远志，逋逃也。且夫备，有未至而设之，备，国备也。未至而设之，谓备预不虞，安不忘危。有至而后救之，谓若救火疗疫，量资币、平轻重之属。是不相入也。二者先后各有宜。不相入，不相为用也。可先而不备，谓之怠；怠，缓也。可后而先之，谓之召灾。谓民未患轻而重之，离民匮财，是谓召灾。周，固羸国也，天未厌祸焉，而又离民以佐灾，无乃不可乎！言周故已为羸病之国，天降祸灾，未厌已也。将民之与处而离之，将灾是备御而召之，则何以经国？君以善政为经，臣奉而成之为纬也。国无经，何以出令？令之不从，上之患也，故圣人树德于民以除之。

树,立也。除,除令不从之患。《夏书》有之,曰:"关石、和均,王府则有。"《夏书》,逸《书》也。关,门关之征也。石,今之斛也。言征赋调钧,则王之府藏常有也。一曰:关,衡也。《诗》亦有之,曰:"瞻彼旱麓,榛楛济济。《诗·大雅·旱麓》之首章也。旱,山名也。山足曰麓。榛,似栗而小。楛,木名。济济,盛貌。盛者,言王者之德被及也。恺悌君子,干禄恺悌。"恺,乐也。悌,易也。干,求也。君子,谓君长也。言阴阳调,草木盛,故君子求禄,其心乐易。夫旱麓之榛楛殖,殖,长也。故君子得以易乐干禄焉。若夫山林匮竭,林麓散亡,薮泽肆既,肆,极也。既,尽也。散亡,谓无山林衡虞之政。民力雕尽,田畴荒芜,资用乏匮。雕,伤也。谷地为田,麻地为畴。荒,虚也。芜,秽也。君子将险哀之不暇,而何易乐之有焉?险,危也。且绝民用以实王府,绝民用,谓费小钱而铸大也。犹塞川原而为潢污也,其竭也无日矣。大曰潢,小曰污。竭,尽也。无日,无日数也。若民离而财匮,灾至而备亡,王其若之何?备亡,无救灾之备也。吾周官之于灾备也,其所怠弃者多矣,周官,周六官。灾备,备灾之法令。而又夺之资,以益其灾,是去其藏而翳其人也。王其图之!善政藏于民。翳,犹屏也。人,民也。夺其资,民离叛,是远屏其民也。一曰,翳,灭也。王弗听,卒铸大钱。

《春秋》庄二十年、二十一年左氏传

摘录,附《国语》。

庄二十年《左氏传》:冬,王子颓享五大夫,乐及遍舞。贾《注》云:"皆舞六代之乐。"郑伯闻之,见虢叔,曰:寡人闻之:哀乐不时,殃咎必至。今王子颓歌舞不倦,乐祸也。夫司寇行戮,君为之不举,而况敢乐祸乎?奸王之位,祸孰大焉?临祸忘忧,忧必及之。盍纳王乎?虢公曰:寡人之愿也。

庄二十一年《左氏传》:春,胥命于弭。夏,同伐王城。郑伯将王自圉门入,虢叔自北门入,杀王子颓及五大夫。

《周语》:惠王三年,惠王,周庄王孙、釐王之子惠王凉也。三年,鲁庄公十九年。边伯、石速、芮国出王而立王子颓。三子,周大夫也。子颓,庄王之少子王姚之子。王姚嬖于庄王,生子颓。子颓有宠,芮国为之师。及惠王即位,取芮国之圃及边伯之宫,又收石速之秩,故三子出王而立子颓。姚,羊消切。王处于郑三年。子颓饮三大夫酒,子国为客,子国,芮国也。客,上客也。乐及遍儛。遍儛,六代之乐也,谓黄帝曰云门,尧曰咸池,舜曰箫韶,禹曰大夏,殷曰大濩,周曰大武。一曰,诸侯、大夫遍儛也。郑厉公见虢叔,厉公,郑庄公之子厉公突。虢叔,王卿士,虢公林父也。曰:吾闻之:司寇行戮,君为之不举,不举乐也。而况敢乐祸乎?今吾闻子颓歌舞不思忧。夫出王而代其位,祸孰大焉?临祸忘忧,是谓乐祸,祸必及之。盍纳王乎?虢叔许诺。郑伯将王自圉门入,虢叔自北门入,二门,王城门也。杀子颓及三大夫,王乃入。

《三礼》概略

《小戴礼记·经解篇》："恭俭庄敬，《礼》教也。"

《小戴礼记·礼器篇》："经礼三百，曲礼三千。"

《史记·自序》："礼以节人。"

《法言·寡见篇》："说体者莫辩乎《礼》。"

《汉书·艺文志》："《礼》以明体。"

《汉书·艺文志》又云："《易》曰：'有夫妇、父子、君臣、上下，礼义有所错。'而帝王质文，世有损益。至周，曲为之防，事为之制。故曰：'礼经三百，威仪三千。'及周之衰，诸侯将逾法度，恶其害己，皆灭去其籍。自孔子时而不具，至秦大坏。汉兴，鲁高堂生传《士礼》十七篇。讫孝、宣世，后仓最明。戴德、戴圣、庆普，皆其弟子，三家立于学官。《礼古经》者，出于鲁淹中及孔氏，与十七篇文相似，多三十九篇。及《明堂阴阳》《王史氏记》所见，多天子、诸侯、卿、大夫之制，虽不能备，犹愈仓等推《士礼》而致于天子之说。"

案，《汉·志》所列《礼经》十七篇，即今《仪礼》。郑《注》所引今文。又列《礼古经》五十六卷，古谓古文，其十七篇与《仪礼》同，郑《注》所引古文。馀则汉人所谓佚礼也。《汉·志》又列《记》百三十一篇，即今大、小《戴记》。故《大戴记》文八十五篇，《小戴》四十六篇。厥后，马融取《月令》、《明堂位》、取自《明堂阴阳记》。《乐记》三篇，增入《小戴记》，计四十九篇。郑玄因之作《注》，即今《礼记》。其《大戴记》八十五篇，六朝以降，仅存三十九篇，即今所行《大戴礼》是也。

《汉书·艺文志》："《周官经》六篇。《周官传》四篇。"

　　案，《汉书·河间献王传》谓献王得《周官》。贾公彦叙《周礼》废兴，谓武帝时，书入秘府，亡《冬官》一篇，以《考工记》足之。刘歆末年，知周公致太平之道，迹具在斯。荀悦《汉纪》亦谓，刘歆以《周官经》六篇为《周礼》。

《文心雕龙·宗经篇》："《礼记》立体弘用，据事制范，章科纤曲，执而后显。"
又云："铭诔箴祝，则《礼》总其端。"
颜之推《家训》："祭祀哀诔，生于《礼》者也。"

　　案，以上三则，均以《礼经》及《记》与文学有关，故录之以备参考。

《周礼·天官·宫伯》

　　宫伯掌王宫之士庶子,凡在版者。先郑云:"版,名籍也。以版为之。"掌其政,令行其秩叙,作其徒役之事,授八次、八舍之职事。先郑云:"在内为次,在外为舍。"若邦有大事,作宫众,则令之。月终则均秩,岁终则均叙。以时颁其衣裘,掌其诛赏。

《考工记·冶氏》

冶氏为杀矢，刃长寸，围寸，铤十之，重三垸。先郑云："铤，箭足入稿中者也。垸，量名。"戈广二寸，内倍之，胡三之，援四之。后郑云："戈，今句孑戟也。"先郑云："援，直刃也。胡，其孑。"已倨则不入，已句则不决。长内则折前，短内则不疾。是故倨句外博，重三锊。先郑云："锊，量名也。"戟广寸有半寸，内三之，胡四之，援五之。后郑云："戟，今三锋戟。"倨句中矩，与刺重三锊。先郑云："刺，谓援也。"后郑云："刺者，著柲，直前如鐏。"

中国中古文学史讲义

第一课　概论

物成而丽,交错发形;分动而明,刚柔判象:在物佥然,文亦犹之。惟是捝欲通嗑,纮埏实同;偶类齐音,中邦臻极。何则?准声署字,修短搇均;字必单音,所施斯适。远国异人,书违颉、诵,翰藻弗殊,侔均斯逊。是则音泮轻轩,象昭明两;比物丑类,泯踦从齐;切响浮声,引同协异,乃禹域所独然,殊方所未有也。

此一则,明俪文律诗,为诸夏所独有。今与外域文学竞长,惟资斯体。

《易·大传》曰:“物相杂,故曰文。”《论语》曰:“郁郁乎文哉!”由《易》之说,则青白相比、玄黄厝杂之谓也;由《语》之说,则会集众彩、含物化光之谓也。嗣则洨长《说文》,诂道相诠;成国《释名》,即绣为辟。准萌造字之基,顾诶正名之恉。文匪一端,殊途同轨。必重明丽正,致饰尽亨,缀兆舒疾,周旋矩规,然后考命物以极情性,观形容以况物宜。故能光明上下,劈措万类,未有志白贲而说翰如,执素功以该缋事者也。

此一则,申明“文”诂,俾学者顾名思义,非偶词俪语,弗足言“文”。

文区科臬,流衍万殊。董、贾摛词,未均羡绌。彦和综律,始阐音和。清浊周疏,间世斯审。后贤所闾,古或未昭。何则？人性之能,别声被色而已。声弗过五,而生变比音,弗可胜奏;色弗过五,而成文不乱,不可胜宣。故舞佾在庭,方员自形;蕤宾孔和,左钟退应。因物而作,或秉自然。至若龙璪齐晖,上下异昭;笙镛节律,间代而鸣,彰彩谐音,率繇世巧。由是而言,前哲因情以纬文,后贤截文以适轨。故沈思翰藻,今古斯同,而美媲黄裳,六朝臻极。辄近论文,恒以后弗承前为诟。然六爻之位,皆繇左右;羁偶隆奇,曷云成列？况周冕玉藻,前后遂延;骤易夏收,必乖俛仰。至于律吕官商,虽基沈论,然锡銮失和,虽有金辂樊缨,末由昭其度;双璜错鸣,虽有韫鞁幽衡,末由俯其媢。故文而弗俪,治丝以棼之说也;俪不和律,琴瑟砖壹之说也。

　　此一则,诠明齐、梁文词,于律为进,弗得援后世弗率程律之作,上薄齐、梁。

"著诚去伪","从质舍文",两词频似,旨弗同科。世儒瞀犹,以"质"诠"诚"。不知说而丽明,物晓斯类;明不可息,冥升奚贞？古入公门,必彰列彩,杂服是习,不愆安礼。火龙可贱,于昔蔑闻。夫蔑席之平,素衣之襸,犹必画纯铄其华,朱绣炜其褙,况于记久明远,经纬天地者乎？孔崇先进,旨主刺时,故有质无文,葛卢垂贬。质果可复,则是彪蒙匪吉,虎炳匪孚,子羽未可休,棘成未足绌也。又,隋、唐以前,便章文笔;五代而降,捋类翕观。裋褐在躬,袭蒙衰裳之名;土铏是饭,因云雕俎可齐。董仲舒有言:"名生于真。非其真,弗以为名。"背厥真名,此万民所由丧察也。

　　此一则,诠明沈思翰藻,弗背文律。归、茅、方、姚之伦,弗得以华而弗实相訾。

文崇六代,惟主考型。若夫宣究流衍,撢引绪端,习肄所及,两汉实先。譬之大飨:丹漆丝纩,庭实旅陈。蒲越稿秸,兼昭贵本。于礼有然,庸伤翩反？况复娴习雅故，底究六籍。扬、马、张、蔡，各臻厥茂。伐柯取则，执一斯封。率迪众长，或庶几焉。

此一则，明六朝以前之文，必当研习。

第二课 文学辨体

　　此篇以阮氏《文笔对》为主,特所引群书,以类相从,各附案词,以明文轨。

　　《晋书·蔡谟传》:"文笔论议,有集行于世。"
　　《宋书·傅亮传》:"高祖登庸之始,文笔皆是记室参军滕演;北征广固,悉委长史王诞。"
　　《北史·魏高祖纪》:"有大文笔,马上口授。"
　　《魏书·温子昇传》:"台中文笔,皆子昇为之。"
　　《北史·温子昇传》:"张皋写子昇文笔,传于江外。"
　　《北齐书·李广传》:"毕义云集其文笔十卷。"
　　《陈书·陆琰传》:"其所制文笔,多不存本。"
　　《陈书·刘师知传》:"工文笔。"
　　《陈书·徐伯阳传》:"年十五,以文笔称。"

　　据上九证,知古云"文笔",犹今人所云"诗文""诗词",确为二体。

　　《南史·颜延之传》:"宋文帝问延之诸子才能,延之曰:'竣得臣笔,测得臣文。'"

　　据上一证,知"文"之与"笔",弗必两工,犹今工文者弗必工诗也。

梁元帝《金楼子·立言篇》云："夫子门徒,转相师受,通圣人之经者谓之儒。屈原、宋玉、枚乘、长卿之徒,止于辞赋,则谓之文。今之儒,博穷子史,但能识其事、不能通其理者,谓之学。至如不便为诗如阎纂,善为章奏如伯松,若是之流,泛谓之笔;吟咏风谣,流连哀思者,谓之文。"

又云："笔,退则非谓成篇,进则不云取义,神其巧惠笔端案,"惠"“慧"古通。而已。至如文者,惟须绮縠纷披,宫徵靡曼,唇吻遒会,情灵摇荡。而古之文笔,今之文笔,其源又异。"

刘勰《文心雕龙·总术篇》云："今之常言,有文、有笔,以为无韵者笔也,有韵者文也。"

据上三证,是偶语韵词谓之文,凡非偶语韵词,概谓之笔。盖文以韵词为主,无韵而偶,亦得称文。《金楼》所诠,至为昭晰。

《汉书·楼护传》："长安号曰'谷子云笔札'。"
《梁书·任昉传》："尤长载笔。"
《南史·沈约传》："彦昇工于笔。"
《陈书·徐陵传》："国家有大手笔,皆陵草之。"
《陈书·陆琼传》："讨周迪、陈宝应等,都官符及诸大手笔,并敕付琼。"
《唐书·蒋偕传》："三世踵修国史,世称良笔。"

据上六证,是官牍、史册之文,古概称"笔"。盖"笔"从"聿"声,古名"不聿"。"聿"“述"谊同,故其为体,惟以直质为工,据事直书,弗尚藻彩。《礼·曲礼篇》曰:"史载笔。"孔修《春秋》,亦曰"笔则笔,削则削"。后世以降,凡体之涉及传状者,均笔类也。陆机《文赋》,诠述诗赋十体,弗及传记,亦其明征。

《南史·孔珪传》："与江淹对掌辞笔。"
《陈书·岑之敬传》："雅有辞笔。"

据上二证，均"辞""笔"并言。"辞"当作"词"，"词"与"文"同。《说文》云："词，意内而言外也。"《周易·乾·文言》曰："修辞立其诚。"又，《系辞》上曰："系辞焉以尽其言。""修""饰"互文，"系""缀"同情。是词之为体，迥异直言。屈、宋之作，汉标"楚辞"，亦其证也。是知六朝之"辞"，亦以偶语韵文为限。

《梁书·刘潜传》："字孝仪，秘书监孝绰弟也。绰常曰：'三笔六诗。'三，即孝仪；六，孝威也。"
《梁书·庾肩吾传》载简文《与湘东王论文》曰："诗既若此，笔又如之。"
《北史·萧圆肃传》："撰时人诗笔为《文海》四十卷。"
《杜甫集·寄贾司马严使君》诗："贾笔论孤愤，严诗赋几篇。"
赵璘《因话录》："韩文公与孟东野友善，韩公文至高，孟长于五言，时号'孟诗韩笔'。"

据上五证，均"诗""笔"并言。盖诗有藻韵，其类亦可称文；笔无藻韵，唐人散体，概属此类。故昌黎之作，在唐称"笔"；后世文家，奉为正宗，是均误"笔"为"文"者也。

《南齐书·晋安王子懋传》："文章诗笔，乃是佳事。"

据上一证，是"笔"与"诗""文"并殊。

刘禹锡《中山集·祭韩侍郎文》："子长在笔，予长在论。"

据上一证，是"笔"与"论"殊。盖"笔"主直书，"论"则兼尚植指,故《文赋》隶"论"于"文",于记事之体则否。

　　合前列各证观之,知散行之体,概与"文"殊。唐、宋以降,此谊弗明,散体之作,亦入文集。若从孔子"正名"之谊,则言无藻韵,弗得名"文"。以"笔"冒"文",误孰甚焉! 又,文苑、列传,前史佥同。唐、宋以降,文学陵迟,仅工散体,恒立专传。名实弗昭,万民丧察,因并辨之。

第三课 论汉魏之际文学变迁

　　建安文学，革易前型。迁蜕之由，可得而说。两汉之世，户习"七经"，虽及子家，必缘经术。魏武治国，颇杂刑名。文体因之，渐趋清峻，一也。建武以还，士民秉礼。迨及建安，渐尚通侻。侻则侈陈哀乐，通则渐藻玄思，二也。献帝之初，诸方棋峙，乘时之士，颇慕纵横。骋词之风，肇端于此，三也。又，汉之灵帝，颇好俳词。见杨赐、蔡邕《传》。下习其风，益尚华靡。虽迄魏初，其风未革，四也。今摘史乘、群书之文涉及文学变迁者，条列如下。

《文心雕龙·时序篇》："自哀、平陵替，光武中兴，深怀图谶，颇略文华。然杜笃献诔以免刑，班彪参奏以补令，虽非旁求，亦不遗弃。及明帝叠耀，崇爱儒术，肆礼璧堂，讲文虎观。孟坚珥笔于国史，贾逵给札于瑞颂；东平擅其懿文，沛王振其通论，帝则藩仪，辉光相照矣。自安、和已下，迄至顺、桓，则有班、傅、三崔，王、马、张、蔡，磊落鸿儒，才不时乏，而文章之选，存而不论。然中兴之后，群才稍改前辙，华实所附，斟酌经辞。盖历政讲聚，故渐靡儒风者也。降及灵帝，时好辞制，造《羲皇》之书，开鸿都之赋，而乐松之徒，招集浅陋，故杨赐号为驩兜，蔡邕比之俳优，其馀风遗文，盖蔑如也。自献帝播迁，文学蓬转。建安之末，区宇方辑。魏武以相王之尊，雅爱诗章；文帝以副君之重，妙善辞赋；陈思以公子之豪，下笔琳琅。并体貌英逸，故俊才云蒸。仲宣委质于汉南，孔璋归命于河北，伟长从宦于青土，公幹狗质于海隅；德琏综其斐然之思，元瑜展其翩翩之乐；文蔚、休伯之俦，于叔、邯郸淳字，元作子俶。德祖杨修字。之侣,傲雅觞豆之前,雍容衽席之上,洒笔以成酣歌,和墨以藉谈笑。观其时文,雅好慷慨,良由世积乱离,风衰俗怨,并志深而笔长,故梗概而多气也。至明帝篡戎,制诗度曲,征篇章之士,置崇文之观,何晏。刘劭。群才,迭相照耀。少主相仍,唯高贵英雅,顾盼合章,动言成论。于时正始馀风,篇体轻澹,而嵇、阮、应、缪,并驰文路矣。”

案,此篇略述东汉、三国文学变迁,至为明晰,诚学者所当参考也。

《魏志·王粲传》:粲字仲宣,山阳高平人也。献帝西迁,粲徙长安,左中郎将蔡邕见而奇之。时邕才学显著,贵重朝廷,常车骑填巷,宾客盈坐。闻粲在门,倒屣迎之。粲至,年既幼弱,容状短小,一坐尽惊。邕曰:“此王公孙也,有异才,吾不如也。吾家书籍文章,尽当与之。”年十七,司徒辟,诏除黄门侍郎,以西京扰乱,皆不就。乃之荆州,依刘表。表以粲貌寝而体弱通侻,不甚重也。表卒,粲劝表子琮,令归太祖。太祖辟为丞相掾,赐爵关内侯,后迁军谋祭酒。魏国既建,拜侍中。博物多识,问无不对。时旧仪废弛,兴造制度,粲恒典之。初,粲与人共行,读道边碑。人问曰:“卿能闇诵乎?”曰:“能。”因使背而诵之,不失一字。观人围棋,局坏,粲为覆之。棋者不信,以帊盖局,使更以他局为之。用相比校,不误一道。其强记默识如此。性善算,作算术,略尽其理。善属文,举笔便成,无所改定,时人常以为宿构;然正复精意覃思,亦不能加也。著诗、赋、论、议垂六十篇。建安二十一年,从征吴。二十二年春,道病卒,时年四十一。始文帝为五官将,及平原侯植皆好文学。粲与北海徐幹字伟长、广陵陈琳字孔璋、陈留阮瑀字元瑜、汝南应玚字德琏、东平刘桢字公幹,并见友善。幹为司空军谋祭酒掾属,五官将文学。琳前为何进主簿。进欲诛诸宦官,太后不听。进乃召四方猛将,并使引兵向京城,欲以劫恐太后,竟以取祸。琳避难冀州,袁绍使典文章。袁氏败,琳归太祖。瑀少受学于蔡邕。建安中,都护曹洪欲使掌书记,瑀终不为屈。太祖并以琳、瑀为司空军谋祭酒,管记室,军国书檄,多琳、瑀所作也。琳徙门下督,瑀为仓曹掾属,场、桢各被太祖辟为丞相掾属。场转为平原侯庶子,后为五官将文学;桢以不敬被刑,刑竟署吏。咸著文赋数十篇。瑀以十七年卒,干、琳、场、桢二十二年卒。文帝书与元城令吴质曰:"昔年疾疫,亲故多离其灾。徐、陈、应、刘,一时俱逝。观古今文人,类不护细行,鲜能以名节自立。而伟长独怀文抱质,恬淡寡欲,有箕山之志,可谓彬彬君子矣。著《中论》二十馀篇,辞义典雅,足传于后。德琏常斐然有述作意,其才学足以著书,美志不遂,良可痛惜! 孔璋章表殊健,微为繁富。公幹有逸气,但未遒耳。元瑜书记翩翩,致足乐也。仲宣独自善于辞赋,惜其体弱,不起其文;至于所善,古人无以远过也。昔伯牙绝弦于钟期,仲尼覆醢于子路,痛知音之难遇,伤门人之莫逮也。诸子但为未及古人,自一时之隽也。"自颍川邯郸淳、繁钦,陈留路粹,沛国丁仪、丁廙,弘农杨修,河内荀纬等,亦有文采,而不在此七人之列。场弟璩,璩子贞,咸以文章显。璩官至侍中,贞咸熙中,参相国军事。瑀子籍,才藻艳逸,而倜傥放荡,行己寡欲,以庄周为模则,官至步兵校尉。时又有谯郡稽康,文辞壮丽,好言老、庄,而尚奇任侠。至景元中,坐事诛。景初中,下邳桓威出自孤微,年十八而著《浑舆经》,依道以见意。从齐国门下书佐、司徒署吏,后为安成令。吴质,济阴人,以文才为文帝所善,官至振威将军,假节都督河北诸军事,封列侯。摘录。

附录

《卫觊传》:"觊字伯儒。少夙成,以才学称。受诏典著作,又为《魏官仪》,凡所撰述数十篇。建安末,河南潘勖,黄初时,河内王象,亦与觊并以文章显。"

《刘廙传》:"廙字恭嗣。著书数十篇,及与丁仪共论刑礼,并传于世。"

《刘劭传》:"劭字孔才。凡所撰述,《法论》《人物志》之类百馀篇。同时东海缪袭,亦有才学,多所述叙。袭友人山阳仲长统,汉末作《昌言》。陈留苏林、京兆韦诞、谯国夏侯惠、任城孙该、河东杜挚等,亦著文赋,颇传于世。"

《陈思王植传》："撰录植前后所著赋、颂、诗、铭、杂论,凡百馀篇。"

《中山恭王衮传》："能属文,凡所著文章二万馀言。才不及陈思王,而好与之侔。"

《王朗传》："朗著《易》《春秋》《孝经》《周官》传,奏议、论、记,咸传于世。"

《刘放传》："善为书檄,三祖诏命有所招喻,多放所为。"

《蜀志·郤正传》："凡所著述诗、论、赋之属,垂百篇。"

《吴志·韦曜华覈传》："曜、覈所论事章疏,咸传于世也。"

据以上诸《传》,可审三国人文之大略。

《魏志·文帝纪评》："文帝天资文藻,下笔成章,博闻强识,才艺兼该。"

《陈思王植传评》："陈思文才富艳,足以自通后叶。"

《王粲等传评》："昔文帝、陈王以公子之尊,博好文采,同声相应,才士并出,惟粲等六人最见名目。"

又云："卫觊亦以多识典故,相时王之式。刘劭该览学籍,文质周洽。刘廙以清鉴著。"

《蜀志·秦宓传评》："文藻壮美。"

《郤正传评》："正文辞粲烂,有张、蔡之风。"

《吴志·王蕃楼玄贺邵韦曜华覈传评》："薛莹称蕃弘博多通,玄才理条畅,邵机理清要;曜笃学好古,有记述之才。胡冲以为玄、邵、蕃一时清妙,略无优劣。必不得已,玄宜在先,邵当次之。华覈文赋之才,有过于曜,而典诰不及也。"节录。

据以上诸评,可审三国文体之大略。

魏文帝《典论》："文人相轻,自古而然。傅毅之于班固,伯仲之间耳,而固小之,与弟超书曰:'武仲以能属文,为兰台令史,下笔不能自休。'夫人善于自见,而文非一体,鲜能备善,是以各以所长,相轻所短。里语曰:'家有弊帚,享之千金。'斯不自见之患也。今之文人,鲁国孔融文举、广陵陈琳孔璋、山阳王粲仲宣、北海徐幹伟长、陈留阮瑀元瑜、汝南应场德琏、东平刘桢公幹,斯七子者,于学无所遗,于辞无所假,咸以自骋骥騄于千里,仰齐足而并驰,以此相服,亦良难矣。盖君子审己以度人,故能免于斯累,而作论文。王粲长于辞赋,徐幹时有齐气,然粲之匹也。如粲之《初征》《登楼》《槐赋》《征思》,幹之《玄猿》《漏卮》《圆扇》《橘赋》,虽张、蔡,不过也,然于他文,未能称是。琳、瑀之章、表、书记,今之隽也。应场和而不壮,刘桢壮而不密。孔融体气高妙,有过人者,然不能持论,理不胜词,至乎杂以嘲戏;及其所善,扬、班俦也。常人贵远贱近,向声背实,又患阉于自见,谓己为贤。夫文,本同而末异。盖奏议宜雅,书论宜理,铭诔尚实,诗赋欲丽。此四科不同,故能之者偏也。唯通才,能备其体。文以气为主,气之清浊有体,不可力强而致。譬诸音乐,曲度虽均,节奏同检;至于引气不齐,巧拙有素,虽在父兄,不能以移子弟。盖文章,经国之大业,不朽之盛事。年寿有时而尽,荣乐止乎其身,二者必至之常期,未若文章之无穷。是以古之作者,寄身于翰墨,见意于篇籍,不假良史之辞,不托飞驰之势,而声名自传于后。故西伯幽而演《易》,周旦显而制礼,不以隐约而弗务,不以康乐而加思。夫然,则古人贱尺璧而重寸阴,惧乎时之过已。而人多不强力,贫贱则慑于饥寒,富贵则流于逸乐,遂营目前之务,而遗千载之功,日月逝于上,体貌衰于下,忽然与万物迁化,斯志士之大痛也。融等已逝,唯幹著《论》,成一家言。"

案,此篇推论建安文学优劣,深切著明。文气之论,亦基于此。

魏文帝《与吴质书》:"昔年疾疫,亲故多离其灾。徐、陈、应、刘,一时俱逝,痛可言邪!昔日游处,行则连舆,止则接席,何曾须臾相失?每至觞酌流行,丝竹并奏,酒酣耳热,仰而赋诗。当此之时,忽然不自知乐也,谓百年己分,可长共相保。何图数年之间,零落略尽,言之伤心!

顷撰其遗文,都为一集,观其姓名,已为鬼录。追思昔游,犹在心目,而此诸子,化为粪壤,可复道哉!观古今文人,类不护细行,鲜能以名节自立。而伟长独怀文抱质,恬淡寡欲,有箕山之志,可谓彬彬君子者矣。著《中论》二十馀篇,成一家之言,辞义典雅,足传于后,此子为不朽矣。德琏常斐然有述作之意,其才学足以著书,美志不遂,良可痛惜!间者历览诸子之文,对之抆泪,既痛逝者,行自念也。孔璋章表殊健,微为繁富。公幹有逸气,但未遒耳。其五言诗之善者,妙绝时人。元瑜书记翩翩,致足乐也。仲宣独自善于辞赋,惜其体弱,不足起其文;至于所善,古人无以远过。昔伯牙绝弦于钟期,仲尼覆醢于子路,痛知音之难遇,伤门人之莫逮。诸子但为未及古人,自一时之隽也。今之存者,已不逮矣。后生可畏,来者难诬,然恐吾与足下不及见也。年行已长大,所怀万端,时有所虑,至通夜不瞑,志意何时复类昔日?已成老翁,但未白头耳。光武言:‘年三十馀,在兵中十岁,所更非一。’吾德不及之,年与之齐矣!以犬羊之质,服虎豹之文;无众星之明,假日月之光。动见瞻观,何时易乎?恐永不复得为昔日游也!少壮真当努力,年一过往,何可攀援?古人思秉烛夜游,良有以也。”此篇据《文选》录。

曹子建《与杨德祖书》:“仆少小好为文章,迄至于今,二十有五年矣。然今世作者,可略而言也。昔仲宣独步于汉南,孔璋鹰扬于河朔,伟长擅名于青土,公幹振藻于海隅,德琏发迹于此魏,足下高视于上京。当此之时,人人自谓握灵蛇之珠,家家自谓抱荆山之玉。吾王于是设天网以该之,顿八纮以掩之,今悉集兹国矣。然此数子,犹复不能飞轩绝迹,一举千里。以孔璋之才,不闲于辞赋,而多自谓能与司马长卿同风,譬画虎不成,反为狗也。前有书嘲之,反作论,盛道仆赞其文。夫钟期不失听,于今称之,吾亦不能妄叹者,畏后世之嗤余也。世人之著述,不能无病。仆尝好人讥弹其文,有不善者,应时改定。昔丁敬礼常作小文,使仆润饰之。仆自以才不过若人,辞不为也。敬礼谓仆:‘卿何所疑难?文之佳恶,吾自得之。后世谁相知定吾文者邪?’吾尝叹此达言,以为美谈。昔尼父之文辞,与人通流。至于制《春秋》,游、夏之徒,乃不能措一辞。过此而言不病者,吾未之见也。盖有南威之容,乃可以论于淑媛；有龙泉之利，乃可以议于断割。刘季绪才不能逮于作者，而好诋诃文章，掎摭利病。昔田巴毁五帝、罪三王、呰五霸于稷下，一旦而服千人；鲁连一说，使终身杜口。刘生之辩，未若田氏；今之仲连，求之不难，可无叹息乎？人各有好尚。兰茝荪蕙之芳，众人所同好，而海畔有逐臭之夫；《咸池》《六茎》之发，众人所共乐，而墨翟有非之之论，岂可同哉？今往仆少小所著辞赋一通，相与夫街谈巷说，必有可采；击辕之歌，有应风雅。匹夫之思，未易轻弃也。辞赋小道，固未足以揄扬大义，彰示来世也。昔扬子云，先朝执戟之臣耳，犹称'壮夫不为'也。吾虽德薄，位为蕃侯，犹庶几戮力上国，流惠下民，建永世之业，留金石之功，岂徒以翰墨为勋绩、辞赋为君子哉？"

又，德祖答书亦云："若仲宣之擅汉表，陈氏之跨冀域，徐、刘之显青、豫，应生之发魏国，斯皆然矣。至如修者，听采风声，仰德不暇，目周章于省览，何惶骇于高视哉？"

　　案，以上数书，于建安诸子文学得失，足审大凡。

　　《文心雕龙·才略篇》："孔融气盛于为笔，祢衡思锐于为文，有偏美焉。潘勖凭经以骋才，故绝群于锡命；王朗发愤以托志，亦致美于序铭。然自卿、渊已前，多俊才而不课学；雄、向已后，颇引书以助文。此取与之大际，其分不可乱者也。魏文之才，洋洋清绮；旧谈抑之，谓去植千里。然子建思捷而才俊，诗丽而表逸；子桓虑详而力缓，故不竞于先鸣，而乐府清越，《典论》辩要，迭用短长，亦无懵焉。但俗情抑扬，雷同一响，遂令文帝以位尊减才，思王以势窘益价，未为笃论也。仲宣溢才，捷而能密；文多兼善，辞少瑕累。摘其诗赋，则七子冠冕乎！琳、瑀以符檄擅声，徐幹以赋论标美，刘桢情高以会采，应玚学优以得文；路粹、杨修，颇怀笔记之工；丁仪、邯郸，亦含论述之美，有足算焉。刘劭《赵都》，能攀于前修；何晏《景福》，克光于后进。休琏应璩《风情》，则《百壹》标其志；吉甫璩子应贞字《文理》，则《临丹》成其采。"

　　《文心雕龙·体性篇》："仲宣躁锐，故颖出而才果；公幹气褊，故言壮而情骇。"

《文心雕龙·风骨篇》："故魏文称文以气为主,气之清浊有体,不可力强而致。故其论孔融则云'体气高妙',论徐幹则云'时有齐气',论刘桢则云'时有逸气'。公幹亦云:'孔氏卓卓,信含异气,笔墨之性,殆不可胜。'并重气之旨也。"

案,彦和所论三则,于建安文学得失,品评綦当。

《宋书·谢灵运传论》："若夫平子艳发,文以情变,绝唱高踪,久无嗣响。至于建安,曹氏基命。三祖、陈王,咸蓄盛藻,甫乃以情纬文,以文被质。自汉至魏,四百馀年,辞人、才子,文体三变。相如工为形似之言,二班长于情理之说,子建、仲宣以气质为体,并摽能擅美,独映当时。是以一世之士,各相慕习。源其飙流所始,莫不同祖《风》《骚》,徒以赏好异情,故意制相诡。"

案,此节独标气质为说,与彦和所论文气合。

《文心雕龙·明诗篇》："又,古诗佳丽,或称枚叔。其《孤竹》一篇,则傅毅之词,比采而推,两汉之作乎?观其结体散文,直而不野,婉转附物,怊怅切情,实五言之冠冕也。至于张衡《怨篇》,清曲可味;《仙诗》《缓歌》,雅有新声。暨建安之初,五言腾踊。文帝、陈思,纵辔以骋节;王、徐、应、刘,望路而争驱。并怜风月,狎池苑,述恩荣,叙酣宴,慷慨以任气,磊落以使才。造怀指事,不求纤密之巧;驱词逐貌,惟取昭晰之能。此其所同也。"

案,此节明建安诗体,殊于东汉中叶之作。

《文心雕龙·乐府篇》："至宣帝雅颂,诗效《鹿鸣》;迄及元、成,稍广淫乐。正音乖俗,其难也如此。暨后郊庙,惟杂雅章,辞虽典文,而律非虁、旷。至于魏之三祖，气爽才丽，宰割辞调，音靡节平。观其《北上》众引，《秋风》列篇，或述酣宴，或伤羁戍，志不出于淫荡，辞不离于哀思。虽三调之正声，实《韶》《夏》之郑曲也。"

案，此节明建安乐府变旧作之体。

《文心雕龙·铨赋篇》："及仲宣靡密，发端必遒；伟长博通，时逢壮采。"

《文心雕龙·颂赞篇》："魏、晋辨颂，鲜有出辙。"

《文心雕龙·诔碑篇》："至如崔骃诔赵，刘陶诔黄，并得宪章，工在简要。陈思叨名，而体实烦缓。《文皇诔》末，旨言自陈，其乖甚矣。"

又云："自后汉以来，碑碣云起，才锋所断，莫高蔡邕。孔融所创，有慕伯喈；张、陈两文，辨给足采，亦其亚也。"

《文心雕龙·哀吊篇》："建安哀辞，惟伟长差善。《行女》一篇，时有恻怛。"

《文心雕龙·谐隐篇》："至魏文因俳说以著《笑书》，薛综凭宴会而发嘲调，虽抃推疑"雅"字。席，而无益时用矣。"

又云："荀卿《蚕赋》，已兆其体。至魏文、陈思，约而密之。高贵乡公博举品物，虽有小巧，用乖远大。"

《文心雕龙·论说篇》："魏之初霸，术兼名、法。傅嘏、王粲，校练名理。"

《文心雕龙·诏策篇》："建安之末，文理代兴。潘勖《九锡》，典雅逸群；卫觊《禅诰》，疑有脱字。符命炳耀，弗可加矣。"

《文心雕龙·章表篇》："昔晋文受册，三辞从命。是以汉末让表，以三为断。曹公称为表不必三让，又勿得浮华。所以魏初表章，指事造实。求其靡丽，则未足美矣。"

又云："文举之荐祢衡，气扬采飞；孔明之辞后主，志尽文畅。虽华实异旨，并表之英也。琳、瑀章表，有誉当时；孔璋称健，则其标也。陈思之表，独冠群才。观其体赡而律调，辞清而志显，应物制巧，随变生趣,执辔有馀,故能缓急应节矣。"

《文心雕龙·奏启篇》:"魏代名臣,文理迭兴。若高堂《天文》,黄观即王观。《教学》,王朗《节省》,甄毅《考课》,亦尽节而知治矣。"

《文心雕龙·书记篇》:"公幹笺记,丽而规益。子桓弗论,故世所共遗。若略名取实,则有美于为诗矣。"

案,以上各条,于建安文章各体之得失,以及与两汉异同之故,均能深切著明,故摘录之。魏人所作文集,具详《隋·经籍志》,兹不赘述。

又案,建安文学,实由文帝、陈王提倡于上。观文帝《典论》逸篇云:"所著书、论、诗、赋,凡六十篇。"《御览》九十三引。又,《与王朗书》曰:"惟立德扬名,可以不朽,其次莫如著篇籍。故论撰所著《典论》、诗、赋,盖百馀篇,集诸儒于肃城门内,讲论大义,侃侃无倦。"《魏志·文帝纪》《注》。又作《叙诗》云:"为太子时,北园及东阁讲堂并赋诗,命王粲、刘桢、阮瑀、应场等同作。"《初学记》十引。此均文帝自述之词也。卞兰《赞述太子赋序》,亦谓"沈思泉涌,发藻云浮"。

又案,陈思王《前录序》曰:"故君子之作也,俨乎若高山,勃乎若浮云,质素也如秋蓬,摛藻也如春葩,泛乎洋洋,光乎皓皓,与《雅》《颂》争流,可也。余少而好赋,其所尚也,雅好慷慨。所著繁多,虽触类而作,然芜秽者众,故删定别撰,为《前录》七十八篇。"《艺文类聚》五十五引。此为思王自述之词。故明帝《追录陈思王遗文诏》亦曰:"自少至终,篇籍不离手。"又曰:"撰录植前后所著赋、颂、诗、铭、著论,凡百馀篇,副藏内外。"《魏志·植传》。是思王之文,久为当世所传,故一时文人兴起者众。至于明帝,虽文采渐衰,然亦笃好艺文。观其以所作《平原公主诔》,手诏陈王植曰:"吾既薄才,至于赋、诔特不闲。从儿陵上还,哀怀未散,作儿诔,为田公家语耳。"《御览》五百九十六引。案,此诔不传。陈王答表则言:"文义相扶,章章殊兴,句句感切。"《御览》五百九十六引。此为明帝工文之证。又,高贵乡公《原和逌等作诗稽留诏》云:"吾以暗昧,爱好文雅,广延诗赋,以知得失。"《魏志》本纪。此又少王提倡文学之证也。故有魏一朝，文学独冠于吴、蜀。

又案，魏代名贤，于当时文学之士，亦多评品之词。如吴质《答魏太子笺》曰："陈、徐、应、刘，才学所著，于雍容侍从，实其人也。"《文选》。《答东阿王书》亦曰："众贤所述，亦各有志。"《文选》。均即七子之文言也。

又案，陈思王《王仲宣诔》曰："文若春华，思若涌泉，发言可咏，下笔成篇。"《文选》。王粲《阮文瑜诔》曰："简书如雨，强力敏成。"《艺文类聚》引。鱼豢《魏略·武诸王传论》曰："植之华采，思若有神。"《魏志·任城王等传》裴《注》引。亦均文章定论。自此以外，若陈思王《与吴季重书》云："得所来讯，文采委曲，晔若春荣，浏若清风。"《文选》。殷褒《荐朱伦表》曰："飞辞抗论，骆驿奇逸。"《艺文类聚》五十三引。明帝诏何桢云："扬州别驾何桢，有文章才。"《御览》五百八十七引。亦足补史传之缺。至若吴质论元瑜、孔璋，以为不能持论。吴质《答魏太子笺》谓："东方朔、枚皋之徒，不能持论，即阮、陈之俦也。"鱼豢论王、繁诸子，仅云"光泽足观"。《魏志·王粲传》《注》，引鱼豢《魏略·王繁阮陈路传论》曰："寻省往者，鲁连、邹阳之徒，援譬引类，以解缔结，诚彼时文辩之隽也。今览王、繁、阮、陈、路诸人前后文旨，亦何昔不若哉！其所以不论者，时世异耳。"又曰："譬之朱漆，虽无桢幹，其为光泽，亦壮观也。"虽为一时之言，亦千古之定说也。

又案，文章各体，至东汉而大备。汉、魏之际，文家承其体式，故辨别文体，其说不淆。如魏文《答卞兰教》云："赋者，言事类之所附也。颂者，美盛德之形容。"《魏志·卞后传》《注》引。又，陈思王《上卞太后诔表》曰："臣闻铭以述德，诔以述哀。"《艺文类聚》十五。均其证也。惟东汉以来，赞颂、铭诔之文，渐事虚辞，颇背立诚之旨。故桓范《世要论·赞象篇》曰："夫赞象所作，所以昭述勋德，思咏政惠。此盖《诗·颂》之末流，宜由上而兴，非专下而作也。若言不足纪，事不足述，虚而为盈，亡而为有，此圣人之所疾、庶人之所耻。"又，《铭诔篇》曰："夫渝世富贵，乘时要世，爵以略至，官以贿成。而门生、故吏，合集财货，刊石纪功，称述勋德。高邈伊、周,下陵管、晏,远追豹、产,近逾黄、邵。势重者称美,财富者文丽,欺耀当时,疑误后世。"以上二篇,均见《群书治要》。于当时文弊,诠论至详。其《铭诔篇》又谓:"诔谥乃人主权柄,而汉世不禁,使私称与王命争流,臣子与君上俱用。"盖谓诔文乃君上所锡,不当私作。其说亦与古合。盖文而无实,始于斯时。非惟韵文为然也,即作论、著书,亦蹈此失。故《世要论·序作篇》曰:"世俗之人,不解作体,而务泛溢之言,不存有益之义。"《群书治要》。文胜之弊,即此可睹。故援引其说,以见当时文学之得失,亦以见文章各体,由质趋华,非一朝一夕之故,其所由来者渐矣。汉人惟为己书作序,未有为他书作序者。有之,自三国始。

第三课　附录

汉、魏之际，文学变迁，既如上课所述矣，然其变迁之迹，非证以当时文章各体，不足以考其变迁之由。今略录祢衡以下文章十二篇，以明概略。

一、祢衡《鲁夫子碑》　受天至精，纯粹睿哲。崇高足以长世，宽容足以广包，幽明足以测神，文藻足以辨物。然而敏学以求之，下问以诹之，虚心以受之，深思以咏之。愍周道之回遹，悼九畴之乖悖，故发愤忘食，应聘四方。鲁以大夫之位，任以国政之权，譬若飞鸿鸾于中庭，骋骐骥于闾巷也。是以期月之顷，五教克谐，移风易俗，邦国肃焉，无思不服。懿文德以纡馀，缀三五之纪纲，流洪耀之休赫，旷万世而扬光。夫大明以动，天则也；广大无疆，地德也；《六经》混成，洪式也。备此三者，圣极也。合吉凶于鬼神，遂殂落于梦寐。是以风烈流行，无所不通，故立石铭勋，以示昭明。辞曰：煌煌上天，笃降若人。邈矣幽哉！千祀一邻。明德弘监，情性存存；奕奕纯煆，稽宪乾坤。曜彼灵祇，以训黎元；终日乾乾，配天之行。在险而正，在困而亨；穷达之运，委诸穹苍。日月则阴，天地不光，圣睿殂崩，大猷不纲。《艺文类聚》二十。案，此篇《类聚》所引，似缺篇首数语。

二、祢衡《吊张衡文》　南岳有精，君诞其姿；清和有理，君达其机。故能下笔绣辞，扬手文飞。昔伊尹值汤，吕尚遇旦，嗟矣君生，而独值汉。苍蝇争飞，凤凰已散；元龟可羁，河龙可绊。石坚而朽，星华而灭。唯道兴隆，悠永靡绝，君音永浮，河水有竭，君声永流。周旦先没,发梦孔丘。余生虽后,身亦存游。士贵知己,君其勿忧。《太平御览》五百九十六。

　　案,东汉之文,均尚和缓。其奋笔直书,以气运词,实自衡始。《鹦鹉赋序》谓:"衡因为赋,笔不停辍,文不加点。"知他文亦然。是以汉、魏文士,多尚聘辞,或慷慨高厉,或溢气坌涌,孔融《荐祢衡疏》语。此皆衡文开之先也。孔融引重衡文,即以此启。故融之所作,多范伯喈;惟《荐衡表》,则效衡体,与他篇文气不同。

三、陈琳《为曹洪与魏文帝书》　十一月五日,洪白:前初破贼,情参意奢,说事颇过其实。得九月二十日书,读之喜笑,把玩无厌,亦欲令陈琳作报。琳顷多事,不能得为。念欲远以为欢,故自竭老夫之思。辞多不可一二,粗举大纲,以当谈笑。汉中地形,实有险固,四岳三涂,皆不及也。彼有精甲数万,临高守要,一夫挥戟,万夫不得进。而我军过之,若骇鲸之决细网,奔兕之触鲁缟,未足以喻其易。虽云王者之师,有征无战;不义而强,古今常有。故唐、虞之世,蛮夷猾夏;周宣之盛,亦雠大邦。《诗》《书》叹载,言其难也。斯皆凭阻恃远,故使其然。是以察兹地势,谓为中材处之,殆难仓卒。来命陈彼妖惑之罪,叙王师旷荡之德,岂不信然?是夏、殷所以丧,苗、扈所以毙,我之所以克,彼之所以败也。不然,商、周何以不敌哉?昔鬼方聋昧,崇虎谗凶,殷辛暴虐,三者皆下科也。然高宗有三年之征,文王有退修之军,孟津有再驾之役,然后殪戎胜殷,有此武功。未有星流景集,飚奋霆击,长驱山河,朝至暮捷,若今者也。由此观之,彼固不逮下愚,则中才之守不然,明矣。在中才则谓不然,而来示乃以为彼之恶稔,虽有孙、田、墨、翟,犹无所救,窃又疑焉。何者?古之用兵,敌国虽乱,尚有贤人,则不伐也。是故三仁未去,武王还师;宫奇在虞,晋不加戎;季梁犹在,强楚挫谋。暨至众贤奔绌,三国为墟。明其无道有人,犹可救也。且夫墨子之守,萦带为垣,高不可登;折箸为械,坚不可入。若乃距阳平,据石门,摅八阵之列,骋奔牛之权,焉肯土崩鱼烂哉?设令守无巧拙,皆可攀附,则公输已陵宋城，乐毅已拔即墨矣，墨翟之术何称？田单之智何贵？老夫不敏，未之前闻。盖闻过高唐者，效王豹之讴；游睢、涣者，学藻缋之彩。闲自入益部，仰司马、扬、王遗风，有子胜斐然之志，故颇奋文辞，异于他日。怪乃轻其家丘，谓为倩人，是何言欤？夫骐骥垂耳于林垌，鸿雀戢翼于污池，亵之者固以为园囿之凡鸟、外厩之下乘也。及整兰筋，挥劲翮，陵厉清浮，顾盼千里，岂可谓其借翰于晨风，假足于六驳哉？恐犹未信丘言，必大噱也。洪白。《文选》。

案，孔璋之文，纯以骈辞为主，故文体渐流繁富。《文选》所载《檄豫州》《檄吴将校部曲》二文，亦与此同。文之由简趋烦，盖自此始。

四、吴质《答东阿王书》 质白：信到。奉所惠贶，发函伸纸，是何文采之巨丽，而慰喻之绸缪乎！夫登东岳者，然后知众山之迤逦也；奉至尊者，然后知百里之卑微也。自旋之初，伏念五六日，至于旬时，精散思越，惘若有失。非敢羡宠光之休，慕猗顿之富，诚以身贱犬马，德轻鸿毛，至乃历玄阙，排金门，升玉堂，伏虚槛于前殿，临曲池而行觞。既威仪亏替，言辞漏渫，虽恃平原养士之懿，愧无毛遂耀颖之才；深蒙薛公折节之礼，而无冯谖三窟之效；屡获信陵虚左之德，又无侯生可述之美。凡此数者，乃质之所以愤积于胸臆，怀眷而悁邑者也。若追前宴，谓之未究，倾海为酒，并山为肴，伐竹云梦，斩梓泗滨，然后极雅意，尽欢情，信公子之壮观，非鄙人之所庶几也。若质之志，实在所天：思投印释绂，朝夕侍坐，钻仲父之遗训，览老氏之要言，对清酤而不酌，抑嘉肴而不享，使西施出帷，嫫母侍侧，斯盛德之所蹈，明哲之所保也。若乃近者之观，实荡鄙心：秦筝发徽，二八迭奏，埙、箫激于华屋，灵鼓动于座右，耳嘈嘈于无闻，情踊跃于鞍马；谓可北慑肃慎，使贡其楛矢；南震百越，使献其白雉，又况权、备，夫何足视乎？还治讽采所著，观省英玮，实赋颂之宗，作者之师也。众贤所述，亦各有志。昔赵武过郑，七子赋《诗》，《春秋》载列，以为美谈。质，小人也，无以承命。又所答贶，辞丑义陋，申之再三,赧然汗下。此邦之人,闲习辞赋,三事大夫,莫不讽诵,何但小吏之有乎?重惠苦言,训以政事,恻隐之恩,形乎文墨。墨子回车,而质四年,虽无德与民,式歌且舞。儒、墨不同,固以久矣。然一旅之众,不足以扬名;步武之间,不足以骋迹。若不改辙易御,将何以效其力哉?今处此而求大功,犹绊良骥之足,而责以千里之任;槛猿猴之势,而望其巧捷之能者也。不胜见恤,谨附遣白答,不敢繁辞。吴质白。《文选》。

五、应璩《与曹长思书》 璩白:足下去后,甚相思想。叔田有无人之歌,阛阓有匪存之思,风人之作,岂虚也哉?王肃以宿德显授,何曾以后进见拔,皆鹰扬虎视,有万里之望。薄援助者,不能追参于高妙,复敛翼于故枝,块然独处,有离群之志。汲黯乐在郎署,何武耻为宰相,千载揆之,知其有由也。德非陈平,门无结驷之迹;学非扬雄,堂无好事之客;才劣仲舒,无下帷之思;家贫孟公,无置酒之乐。悲风起于闺闼,红尘蔽于机榻。幸有袁生,时步玉趾,樵苏不爨,清谈而已,有似周党之过闵子。夫皮朽者毛落,川涸者鱼逝,春生者繁华,秋荣者零悴,自然之数,岂有恨哉?聊为大弟陈其苦怀耳。想还在近,故不益言。璩白。《文选》。

六、陶丘一《荐管宁表》 臣闻:龙凤隐耀,应德而臻;明哲潜遁,俟时而动。是以鸒鷔鸣岐,周道兴隆;四皓为佐,汉帝用康。伏见太中大夫管宁,应二仪之中和,总九德之纯懿,含章素质,冰絜渊清,玄虚澹泊,与道逍遥;娱心黄、老,游志六艺,升堂入室,究其阃奥。韬古今于胸怀,包道德之机要。中平之际,黄巾陆梁,华夏倾荡,王纲弛顿。遂避时难,乘桴越海,羁旅辽东三十馀年。在《乾》之《姤》,匿景藏光,嘉遁养浩,韬韫儒、墨,潜化傍流,畅于殊俗。黄初四年,高祖文皇帝畴谘群公,思求隽乂,故司徒华歆举宁应选。公车特征,振翼遐裔,翻然来翔。行遇屯厄,遭罹疾病,即拜太中大夫。烈祖明皇帝嘉美其德,登为光禄勋。宁疾弥留,未能进道。今宁旧疾已瘳,行年八十,志无衰倦。环堵筚门,偃息穷巷,饭鬻糊口,并日而食,吟咏《诗》《书》,不改其乐。困而能通,遭难必济,经危蹈险,不易其节,金声玉色,久而弥彰。揆其终始，殆天所祚，当赞大魏，辅亮雍熙。衮职有阙，群下属望。昔高宗刻象，营求贤哲；周文启龟，以卜良佐。况宁前朝所表，名德已著，而久栖迟，未时引致，非所以奉遵明训，继成前志也。陛下践阼，纂承洪绪，圣敬日跻，超越周成。每发德音，动谘师傅。若继二祖招贤故典，宾礼俊迈，以广缉熙；济济之化，侔于前代。宁清高恬泊，拟迹前轨；德行卓绝，海内无偶。历观前世玉帛所命，申公、枚乘、周党、樊英之俦，测其渊源，览其清浊，未有厉俗独行若宁者也。诚宜束帛加璧，备礼征聘，仍授几杖，延登东序，敷陈坟索，坐而论道，上正璇玑，协和皇极，下阜群生，彝伦攸叙，必有可观，光益大化。若宁固执匪石，守志箕山，追迹洪崖，参踪巢、许，斯亦圣朝同符唐、虞，优贤扬历，垂声千载。虽出处殊涂，俯仰异体，至于兴治美俗，其揆一也。《魏志·宁传》。

案，以上三文，体虽不同，然均词浮于意，足以考文体恢张之渐。盖东汉之文，虽多反复申明之词，然不以隶事为主，亦不徒事翰藻也。

七、丁仪《刑礼论》 天垂象，圣人则之。天之为岁也，先春而后秋；君之为治也，先礼而后刑。春以生长为德，秋以杀戮为功；礼以教训为美，刑以威严为用。故先生而后杀，天之为岁；先教而后罚，君之为治也。天不以久远更其春冬，而人也得以古今改其礼刑哉？太古之世，民故质朴。质朴之民，宜其易化。是以中古之君子，或结绳以治，或象刑惟明。夏后肉辟，民转奸诈，刑弥滋繁，礼亦如之。由斯言之，古之刑省，礼亦宜略。今所论辨，虽出传记之前，夫流东，源不得西；景正，形不得倾，自然之势也。后世礼、刑，俱失于前。先后之宜，故自有常。今夫先刑者，用其末也。由礼禁未然之前，谓难明之礼，古人不能行也。按如所云"礼，嫂叔不亲"之属也，非太古之礼也。所云"礼"者，岂此也哉？古者民少而兽多，未有所争。民无患则无所思，故未有君焉。后民祸多，强暴弱，于是有贤人焉，平其多少，均其有无，推逸取劳，以身先之。民获其利，归而乐之。乐之，得为君焉。夫刑之记君也，精具筋力，民畏其强，而不敢校，得为君也。恐上古未具刑罪之品，设逋亡之法，惧彼为我，而以勇力侵暴于己。能与则校，不能，归奉之，明矣。且上古之时，贼耳，非所谓君也。此段有误文。上古虽质，宜所以为君，会当先别男女，定夫妇，分土地，班食物，此先以礼也。夫妇定，而后禁淫焉；货物正，而后止窃，此后刑也。《艺文类聚》五十四。

案，东汉论文，如《延笃》《仁孝》之属，均详引经义，以为论断。其有直抒己意者，自此论始。魏代名理之文，其先声也。又，《类聚》十一引王粲《难钟荀太平论》，二十引孔融《圣人优劣论》，亦与此体略同，惟非全文。

八、刘廙《政论·疑贤篇》   自古人君，莫不愿得忠贤而用之也。既得之，莫不访之于众人也。忠于君者，岂能必利于人？苟无利于人，又何能保誉于人哉？故常愿之于心，而常失之于人也。非愿之之不笃而失之也，所以定之之术非也。故为忠者，获小赏而大乖违于人，恃人君之独知之耳；而获访之于人，此为忠者福无几，而祸不测于身也。得于君，不过斯须之欢；失于君，而终身之故患。苟赏名，而实穷于罚也。是以忠者逝而遂，智者虑而不为。为忠者不利，则其为不忠者利矣。凡利之所在，人无不欲。人无不欲，故无不为不忠矣。为君者，以一人而独虑于众奸之上，虽至明，而犹困于见阉，又况庸君之能睹之哉？庸人知忠之无益于己，而私名之可以得于人；得于人，可以重于君也，故笃私交，薄公义。为己者，殖而长之；为国也，抑而割之。是以真实之人黜于国，阿欲之人盈于朝矣。由是，田、季之恩隆，而齐、鲁之政衰也。虽戒之市朝，示之刀锯，私欲益盛，齐、鲁日困。何也？诚威之以言，而赏之以实也。好恶相错，政令日弊。昔人曰："为君难。"不其然哉？《群书治要》。

九、蒋济《万机论·刑论篇》   患之巨者，狡猾之狱焉。狡黠之民，不事家事，烦贷乡党，以见厌贱。因反忿恨，看国家忌讳，造诽谤，崇饰戏言，以成丑语，被以叛逆，告白长吏。长吏或内利疾恶尽节之名，外以为功,遂使无罪并门灭族,父子孩毫,肝脑涂地,岂不剧哉!求媚之臣,侧入取舍,虽炀子啖君、孤己悦主而不惮也,况因捕叛之时,无悦亲之民,必获尽节之称乎?夫妄造诽谤,虚书叛逆,狡黠之民也;而诈忠者知而族之,此国之大残,不可不察也。《群书治要》。

案,上二篇,足稽魏代子书,纯以推极利弊为主,不尚华词,与东汉异。

十、杜恕《请令刺史专民事不典兵疏》 帝王之道,莫尚乎安民;安民之术,在于丰财。丰财者,务本而节用也。方今二贼未灭,戎车亟驾,此自熊虎之士展力之秋也。然缙绅之儒,横加荣慕,搤腕抗论,以孙、吴为首。州郡牧守,咸共忽恤民之术,修将率之事;农桑之民,竞干戈之业,不可谓务本。帑藏岁虚,而制度岁广;民力岁衰,而赋役岁兴,不可谓节用。今大魏奄有十州之地,而承丧乱之弊,计其户口,不如往昔一州之民。然而二方僭逆,北虏未宾;三边遘难,绕天略币;所以统一州之民,经营九州之地,其为艰难,譬策羸马以取道里,岂可不加意爱惜其力哉?以武皇帝之节俭,府藏充实,犹不能十州拥兵,郡且二十也。今荆、扬、青、徐、幽、并、雍、凉缘边诸州,皆有兵矣,其所恃内充府库、外制四夷者,惟兖、豫、司、冀而已。臣前以州郡典兵,则专心军功,不勤民事,宜别置将守,以尽治理之务,而陛下复以冀州宠秩吕昭。冀州户口最多,田多垦辟;又有桑、枣之饶,国家征求之府,诚不当复任以兵事也。若以北方当须镇守,自可专置大将以镇安之。计所置吏士之费,与兼官无异。然昭于人才尚复易,中朝苟乏人,兼才者势不独多。以此推之,知国家以人择官,不为官择人也。官得其人,则政平讼理。政平,故民富实;讼理,故囹圄空虚。陛下践阼,天下断狱百数十人;岁岁增多,至五百馀人矣。民不益多,法不益峻。以此推之,非政教陵迟、牧守不称之明效欤?往年牛死,通率天下,十能损二;麦不半收,秋种未下。若二贼游魂于疆场,飞刍輓粟,千里不及。究此之术,岂在强兵乎?武士劲卒愈多,愈多愈病耳。夫天下犹人之体,腹心充实,四支虽病,终无大患。今兖、豫、司、冀，亦天下之腹心也。是以愚臣惓惓，实愿四州之牧守，独修务本之业，以堪四支之重。然孤论难持，犯欲难成，众怨难积，疑似难分，故累载不为明主所察。凡言此者，类皆疏贱。疏贱之言，实未易听。若使善策必出于亲贵，亲贵固不犯四难以求忠爱，此古今之所常患也。《三国志·杜畿传》。

十一、夏侯玄《时事议》　夫官才用人，国之柄也。故诠衡专于台阁，上之分也；孝行存乎闾巷，优劣任之乡人，下之叙也。夫欲清教审选，在明其分叙，不使相涉而已。何者？上过其分，则恐所由之不本，而干势驰骛之路开；下逾其叙，则恐天爵之外通，而机权之门多矣。夫天爵下通，是庶人议柄也；机权多门，是纷乱之原也。自州郡中正品度官才之来，有年载矣，缅缅纷纷，未闻整齐，岂非分叙参错、各失其要之所由哉？若令中正但考行伦辈，伦辈当行均，斯可官矣。何者？夫孝行著于家门，岂不忠恪于在官乎？仁恕称于九族，岂不达于为政乎？义断行于乡党，岂不堪于事任乎？三者之类，取于中正，虽不处其官名，斯任官可知矣。行有大小，比有高下，则所任之流，亦焕然明别矣。奚必使中正干铨衡之机于下，而执机柄者有所委仗于上，上下交侵，以生纷错哉？且台阁临下，考功校否，众职之属，各有官长，旦夕相考，莫究于此；闾阎之议，以意裁处，而使匠宰失位，众人驱骇，欲风俗清静，其可得乎？天台县远，众所绝意。所得至者，更在侧近，孰不修饰以要所求？所求有路，则修己家门者，已不如自达于乡党矣；自达乡党者，已不如自求之于州邦矣。苟开之有路，而患其饰真离本，虽复严责中正，督以刑罚，犹无益也。岂若使各帅其分，官长则各以其属能否，献之台阁。台阁则据官长能否之第，参以乡闾德行之次，拟其伦比，勿使偏颇；中正则唯考其行迹，别其高下，审定辈类，勿使升降。台阁总之，如其所简；或有参错，则其责负自在有司。官长所第，中正辈拟，比随次率而用之；如其不称，责负在外。然则内外相参，得失有所，互相形检，孰能相饰？斯则人心定而事理得，庶可以静风俗而审官才矣。《三国志·玄传》。此上系《议》之首篇，《志》之所载，尚有《论官制》及《论文质》二篇，兹弗录。

案，东汉奏疏，多含蓄不尽之词；魏人奏疏之文，纯尚真实，无不尽之词。观此二篇，足稔大概。

十二、王肃《请恤杀平刑疏》 大魏承百王之极，生民无几，干戈未戢，诚宜息民而惠之以安静遐迩之时也。夫务畜积而息疲民，在于省徭役而勤稼穑。今宫室未就，功业未讫，运漕调发，转相供奉。是以丁夫疲于力作，农者离其南亩，种谷者寡，食谷者众；旧谷既没，新谷莫继。斯则有国之大患，而非备豫之长策也。今见作者三四万人，九龙可以安圣体，其内足以列六宫。显阳之殿，又向将毕。惟泰极已前，功夫尚大，方向盛寒，疾疢或作。诚愿陛下发德音，下明诏，深愍役夫之疲劳，厚矜兆民之不赡，取常食廪之士，非急要者之用，选其丁壮，择留万人，使一期而更之，咸知息代有日，则莫不悦以即事，劳而不怨矣。计一岁有三百六十万夫，亦不为少。当一岁成者，听且三年。分遣其馀，使皆即农，无穷之计也。仓有溢粟，民有馀力，以此兴功，何功不立？以此行化，何化不成？夫信之于民，国家大宝也。仲尼曰："自古皆有死，民非信不立。"夫区区之晋国，微微之重耳，欲用其民，先示以信。是故原虽将降，顾信而归，用能一战而霸，于今见称。前车驾当幸洛阳，发民为营，有司命以营成而罢。既成，又利其功力，不以时遣。有司徒营其目前之利，不顾经国之体。臣愚，以为自今以后，傥复使民，宜明其令，使必如期。若有事以次，宁复更发，无或失信。凡陛下临时之所行刑，皆有罪之吏、宜死之人也，然众庶不知，谓为仓卒。故愿陛下下之于吏，而暴其罪。钧其死也，无使污于官掖，而为远近所疑。且人命至重，难生易杀，气绝而不续者也，是以圣贤重之。孟轲称杀一无辜以取天下，仁者不为也。汉时，有犯跸惊乘舆马者，廷尉张释之奏使罚金，文帝怪其轻，而释之曰："方其时，上使诛之则已。今下廷尉。廷尉，天下之平也。一倾之，天下用法皆为轻重，民安所措其手足？"臣以为大失其义，非忠臣所宜陈也。廷尉者，天子之吏也，犹不可以失平，而天子之身反可以惑谬乎？斯重于为己，而轻于为君，不忠之甚也。周公曰："天子无戏言。言则史书之，工诵之，士称之。"言犹不戏，而况行之乎？故释之之言,不可不察;周公之戒,不可不法也。《魏志》本《传》。

　　案,此疏与前二疏同。

　　又案,《文心雕龙》诸书,或以魏代文学,与汉不异。不知文学变迁,因自然之势。魏文与汉不同者,盖有四焉。书檄之文,骋词以张势,一也;论说之文,渐事校练名理,二也;奏疏之文,质直而屏华,三也;诗赋之文,益事华靡,多慷慨之音,四也。凡此四者,概与建安以前有异,此则研究者所当知也。

第四课　魏晋文学之变迁

魏代自太和以迄正始，文士辈出，其文约分二派。一为王弼、何晏之文，清峻简约，文质兼备，虽阐发道家之绪，实与名、法家言为近者也。此派之文，盖成于傅嘏，而王、何集其大成。夏侯玄、钟会之流，亦属此派。溯其远源，则孔融、王粲，实开其基。一为嵇康、阮籍之文，文章壮丽，总采骋辞，虽阐发道家之绪，实与纵横家言为近者也。此派之文，盛于竹林诸贤。溯其远源，则阮瑀、陈琳，已开其始。惟阮、陈不善持论，孔、王虽善持论，而不能藻以玄思，故世之论魏、晋文学者，昧厥远源之所出。今征引群籍，以著魏、晋文学之变迁，且以明晋、宋文学之渊源，以备参考。凡论文学之变迁，当观其体势若何，然后文派异同，可得而说。

甲、傅嘏及王何诸人

《三国志·魏·傅嘏传》："常论才性同异，钟会集而论之。"

《三国志·嘏传》《注》引《傅子》曰："嘏既达治好正，而有清理识要，好论才性，原本精微，鲜能及之。司隶校尉钟会年甚少，嘏以明智交会。"

《世说新语·文学篇》："傅嘏善言虚胜，荀粲谈尚玄远，每至共语，有争而不相喻。裴冀州释二家之义，通彼我之怀，常使两情相得，彼此具畅。"案，刘《注》引《荀粲别传》云："粲到京邑，与傅嘏谈。嘏善名理，粲尚玄远。"

案，与嘏同时善言名理者，为荀粲。裴松之《三国志·荀彧传》

《注》引何劭《荀粲传》曰："粲字奉倩。即彧少子。诸兄并以儒术论议，而粲独好言道。常以为子贡称'夫子之言性与天道，不可得闻'，然则六籍虽存，固圣人之糠秕。粲兄俣难曰：'《易》亦云：圣人立象以尽意，系辞焉以尽言，则微言胡为不可得而闻见哉？'粲答曰：'盖理之微者，非物象之所举也。今称立象以尽意，此非通于意外者也。系辞焉以尽言，此非言乎系表者也。斯则象外之意、系表之言，固蕴而不出矣。'及当时能言者莫能屈。案，《世说注》摘引此文，称《荀粲别传》，知《别传》即劭所撰《粲传》也。粲与嘏善，夏侯玄亦亲，常谓嘏、玄曰：'子等在世涂间，功名必胜我，但识劣我耳。'嘏难曰：'能盛功名者，识也。天下孰有本不足而末有馀者耶？'粲曰：'功名者，志局之所奖也。然则志局自一物耳，固非识之所独济也。'"此荀粲善言名理之证。又，《世说·文学篇》刘《注》引《管辂传》曰："裴使君即谓裴徽。徽字文季，曾为冀州刺史。有高才逸度，善言玄妙。"《世说·文学篇》亦曰："王辅嗣弱冠诣裴徽，徽问曰：'夫无者，诚万物之所资。圣人莫肯致言，而老氏申之无已，何耶？'弼曰：'圣人体无，无又不可以训，故言必及有。老、庄未免于有，恒训其所不足。'"此裴徽喜言名理之证。徽、粲言理之文，今鲜可考，然清谈之风，实基于此。盖嘏、粲诸人，其辨理名理，均当明帝太和时，固较王、何为尤早也。

《文心雕龙·论说篇》："傅嘏、王粲，校练名理。"

案，嘏文载于《魏志》本传者，有《征吴对》《难刘劭考课法》各篇。《难刘劭考课法》，语语核实，近于名、法家言。是知嘏言名理，实由综核名实为基。

又，《艺文类聚》所引，有《请立贵妃为皇后表》《皇初颂》。其《才性论》不传。

又案，《雕龙》以嘏与王粲并言。《艺文类聚》所引粲文，有《难钟荀太平论》，其词曰："圣莫盛于尧，而洪水方割，丹朱淫虐，四族凶佞矣。帝舜因之，而三苗畔戾矣。禹又因之，而防风为戮矣。此三圣，古之所大称也，继踵相承，且二百年，而刑罚未尝一世而乏也。然则此三圣能平。三圣能平，则何世能致之乎？孔子称曰：'唯上智与下愚不移。'不移者，丹朱、四凶、三苗之谓也。当纣之世，殷罔不小大，好草窃奸宄。周公迁殷顽民于洛邑，其下愚之人必有之矣。周公之于三圣，不能逾也。三圣有所不化矣，有所不移矣。周公之不能化殷之顽民，所可知也。苟不可移，必或犯罪。罪而弗刑，是失所也；犯而刑之，刑不可错矣。孟轲有言：'尽信书，不如无书。'有大而言之者，'刑错'之属也。岂亿兆之民，历数十年，而无一人犯罪、一物失所哉？谓之'无'者，'尽信书'之谓也。"又，《安身论》曰："盖崇德莫盛乎安身，安身莫大乎存政，存政莫重乎无私，无私莫深乎寡欲。是以君子安其身而后动，易其心而后语，定其交而后行。然则动者，吉凶之端也；语者，荣辱之主也；求者，利病之几也；行者，安危之决也。故君子不妄动也，必适于道；不徒语也，必经于理；不苟求也，必造于义；不虚行也，必由于正。夫然，用能免或击之凶，厚自天之佑。故身不安则殆，言不顺则悖，交不审则惑，行不笃则危。四者存乎中，则忧患接乎外矣。忧患之接，必生于自私，而兴于有欲。自私者不能成其私，有欲者不能济其欲，理之至也。"观此二文，知粲工持论，雅似魏、晋诸贤。其它所著，别有《儒吏论》《务本论》《爵论》，亦见《类聚》诸书所引，均于名、法之言为近。《魏志·粲传》引《典略》曰："粲才既高，辩论应机。"岂不信哉？王辅嗣为王业之子，业即粲之嗣子也。知辅嗣善持论，亦承仲宣之传。

《三国志·魏·钟会传》："会弱冠，与山阳王弼并知名。弼好论儒道，辞才逸辩，注《易》及《老子》。为尚书郎，年二十馀卒。"裴《注》云："弼字辅嗣。"

又，《曹爽传》："何晏，何进孙也。少以才秀知名，好老、庄言，作《道德论》及诸文赋、著述凡数十篇。"摘录。裴《注》："晏字平叔。"

《世说新语·文学篇》刘《注》引《魏氏春秋》曰："晏少有异才,善谈《易》《老》。"

又引《文章叙录》曰："晏能清言,而当时权势、天下谈士,多宗尚之。"

又引《文章叙录》曰："自儒者论,以老子非圣人,绝礼弃学。晏说与圣人同,著论行于世也。"

《三国志·魏·夏侯玄传》："玄字太初,少知名。"裴《注》引《魏氏春秋》曰："玄尝著《乐毅》《张良》及《本无肉刑论》,辞旨通远,咸传于世。"

《三国志·魏·钟会传》："少敏慧凤成。及壮,有才数技艺,而博学精练名理。会尝论《易无互体》《才性同异》。及会死后,于会家得书二十篇,名曰《道论》,而实刑名家也,其文似会。"《世说·文学篇》刘《注》引《魏志》,作"会论《才性同异》,传于世"。

《三国志·会传》《注》引何劭《王弼传》曰："弼幼而察慧,年十馀,好老氏,通辩能言。父业,为尚书郎。时裴徽为吏部郎,弼未弱冠,往造焉。徽一见而异之,问弼曰:'夫无者,诚万物之所资也。然圣人莫肯致言,而老子申之无已者,何?'弼曰:'圣人体无,无又不可以训,故不说也。老子,是有者也,故恒言无,所不足。'寻亦为傅嘏所知。于时,何晏为吏部尚书,甚奇弼,叹之曰:'仲尼称后生可畏。若斯人者,可与言天人之际乎!'正始中,弼补台郎。初除,觐爽,请间。爽为屏左右,而弼与论道,移时,无所他及。淮南人刘陶,善论纵横,为当时所推。每与弼语,常屈弼。弼天才卓出,当其所得,莫能夺也。性和理,乐游宴,解音律,善投壶。其论道,附会文辞,不如何晏;自然有所拔得,多晏也。颇以所长笑人,故时为士君子所疾。弼与钟会善,会论义以校练为家,然每服弼之高致。何晏以为圣人无喜怒哀乐,其论甚精,钟会等述之。弼与不同,以为圣人茂于人者,神明也;同于人者,五情也。神明茂,故能体冲和以通无;五情同,故不能无哀乐以应物。然则圣人之情,应物而无累于物者也。今以其无累,便谓不复应物,失之多矣。弼注《易》,颍川人荀融难弼'大衍'义。弼答其意,白书以戏之曰:'夫明,足以寻极幽微，而不能去自然之性。颜子之量，孔父之所预在，然遇之不能无乐，丧之不能无哀。又常狭斯人，以为未能以情从理者也，而今乃知自然之不可革。足下之量，虽已定乎胸怀之内，然而隔逾旬朔，何其相思之多乎？故知尼父之于颜子，可以无大过矣.'弼注《老子》，为之指略，致有理统。著《道略论》，注《易》，往往有高丽言。太原王济好谈，病老、庄，常云：'见弼《易注》，所悟者多。'然弼为人浅，而不识物情。正始十年，曹爽废，以公事免。其秋，遇疠疾亡，时年二十四。无子，绝嗣。弼之卒也，晋景王闻之，嗟叹者累日，其为高识所惜如此。"摘录。○案，此传多为《世说》诸书所本。《世说》刘《注》引《魏氏春秋》亦云："弼论道约美不如晏，自然出拔过之。"所云"论道约美"，即指《老》《易》诸《注》言。

案，晏文传于今者，以《景福殿赋》、《文选》。《瑞颂》、《艺文类聚》。《论语集解序》为最著。其议礼之文，有《难蒋济叔嫂无服论》、《通典》。《祀五郊六宗厉殃议》；同上。论古之文，有《白起论》、《史记·起传》集解。《冀州论》。《御览》引。据《世说·文学篇》，则晏曾注《老子》，后见弼《注》，改以所《注》为《道》《德》二论，今已不传。其析理之文传于今者，有《列子·仲尼篇》张《注》所引《无名论》。其文曰："为民所誉，则有名者也；无誉，无名者也。若夫圣人，名无名，誉无誉。谓无名为道、无誉为大，则夫无名者可以言有名矣，无誉者可以言有誉矣。然与夫可誉、可名者，岂同用哉？此比于无所有，故皆有所有矣；而于有所有之中，当与无所有相从，而与夫有所有者不同。同类无远而相应，异类无近而不相违。譬如阴中之阳，阳中之阴，各以物类自相求从。夏日为阳而夕夜远，与冬日共为阴；冬日为阴而朝昼远，与夏日同为阳：皆异于近而同于远也。详此异同，而后无名之论可知矣。凡所以至于此者，何哉？夫道者，惟无所有者也。自天地已来，皆有所有矣；然犹谓之道者，以其能复用无所有也。故虽处有名之域，而没其无名之象，由以在阳之远体，而忘其自有阴之远类也。夏侯玄曰：天地以自然运，圣人以自然用。自然者，道也。道本无名，故老氏曰'强为之名'。仲尼称尧'荡荡无能名焉',下云'巍巍成功',则强为之名,取世所知而称耳,岂有名而更当云'无能名焉'者邪?夫惟无名,故可得遍以天下之名名之,然岂其名也哉?唯此是喻而终莫悟,是观泰山崇崛,而谓元气不浩芒者也。"观晏此论,知晏之文学,已开晋、宋之先,而晏、玄所持之理,亦可悉其大略矣。

又案,弼文传于世者,今鲜全篇,惟《易注》《易略例》《老子注》均为完书。其《易略例·明象篇》曰:"自统而寻之,物虽众,则知可以执一御也;由本以观之,义虽博,则知可以一名举也。处旋机以观大运,则天地之动未足怪也;据会要以观方来,则六合辐凑未足多也。故举卦之名,义有主矣;观其象词,则思过半矣。夫古今虽殊,军国异容,中之为用,故未可远也。品制万变,宗主存焉。"又《明爻篇》曰:"情伪之动,非数之所求也。故合散屈伸,与体相乖。形躁好静,质柔爱刚,体与情反,质与愿违。巧历不能定其算数,圣明不能为之典要,法制所不能齐,度量所不能均也。召云者龙,命吕者律。二女相违,而刚柔合体;隆墀永叹,远壑必盈。投戈散地,则六亲不能相保;同舟而济,则胡、越何患乎异心?故苟识其情,不忧乖远;苟明其趣,不烦强武。"观此二则,可以窥辅嗣文章之略。盖其为文,句各为义,文质兼茂,非惟析理之精也。

又案,王、何注经,其文体亦与汉人迥异。如《易·乾卦》三爻,王《注》云:"处下体之极,居上体之下,在不中之位,履重刚之险。上不在天,未可以安其尊也;下不在田,未可以宁其居也。纯修下道,则居上之德废;纯修上道,则处下之礼旷。故终日乾乾,至于夕惕,犹若厉也。"又,《复卦·象传》《注》云:"复者,反本之谓也。天地,以本为心者也。凡动息则静,静非对动者也;语息则默,默非对语者也。然则天地虽大,富有万物,雷动风行,运化万变,寂然至无,是其本矣。故动息地中,乃天地之心见也。若其以有为心,则异类未获具存矣。"又,何晏《论语集解·为政篇》"百世可知"《注》云:"物类相召,世数相生,其变有常,故可预知。"又,《里仁篇》"德不孤"章《注》云:"方以类聚,同志相求,故必有邻,是以不孤。"又,《子罕篇》"唐棣之华"节《注》云:"夫思者,当思其反。反是不思,所以为远;能思其反,何远之有?言权可知,惟不知思耳。思之有次序,斯可知矣。"举斯数则,足审大凡。厥后郭象注《庄子》,张湛注《列子》,李轨注《法言》,范宁注《穀梁》,其文体并出于此,而汉人笺注文体,无复存矣。

又案,玄之所著,有《夏侯子》,其遗文偶见《太平御览》。其《肉刑论》、见《通典》。《乐毅论》,《艺文类聚》。至今具存。馀文详本传。《御览》所引,别有《辨乐论》二则,盖与嗣宗辨难之文也。其一则云:"阮生云:'律吕协则阴阳和,音声适则万物类。天下无乐,而欲阴阳和调,灾害不生,亦以难矣。'此言律吕音声,非徒化治人物,可以调和阴阳,荡除灾害也。夫天地定位,刚柔相摩,盈虚有时。尧遭九年之水,忧民阻饥;汤遭七年之旱,欲迁其社,岂律吕不和、音声不通哉?此乃天然之数,非人道所协也。"

又案,会文传于今者,以《檄蜀文》、《平蜀上言》、本传。《母夫人张氏传》本传《注》。为最著。其《御览》诸书所引,别有《刍荛论》,与《魏志》所云《道论》,或即一书。《隋·志》:"五卷。"其析理之文,如《魏志》所载《易无互体》《才性同异》诸论,今均不传。《世说·文学篇》云:"钟会撰《四本论》,欲使嵇公一见。"刘《注》云:"四本者,有才性同、才性异、才性合、才性离也。尚书傅嘏论同,中书令李丰论异,侍郎钟会论合,屯骑校尉王广论离。"据刘说,则《才性同异论》即《四本论》,乃与嘏等同作,复集合其义而论之者也。会作《老子注》,其逸文时见各家甄引。

乙、嵇阮之文

《三国志·魏·王粲传》:"阮瑀子籍,才藻艳逸,而倜傥放荡,行己寡欲,以庄周为模。"裴《注》:"籍字嗣宗。"

案,《魏志》以"才藻艳逸"评籍,最为知言。籍为元瑜之子,瑜之所作,如《为曹公作书与孙权》诸篇,均尚才藻,多优渥之言,此即籍文所自出也。

嵇叔良《魏散骑常侍阮嗣宗碑》曰："先生承命世之美,希达节之度。得意忘言,寻妙于万物之始;穷理尽性,研几于幽明之极。"《广文选》。杨慎《丹铅总录》以此文为东平太守嵇叔良撰,是也。或作叔夜撰,非是。

臧荣绪《晋书》曰："籍善属文论,初不苦思,率尔便成。"《文选·五君咏》李《注》引。

　　案,籍才思敏捷,盖亦得自元瑜。《世说·文学篇》谓,魏封晋王为公,备礼九锡,就籍求文。籍时宿醉,书札为之,无所点定。足与臧书之说互明。刘《注》引顾恺之《晋文章记》曰："阮籍劝进,落落有弘致。"

《三国志·魏·王粲传》:"时又有谯郡嵇康,文辞壮丽,好言老、庄,而尚奇任侠。"裴《注》:"康字叔夜。"

　　案,《魏志》以"文辞壮丽"评康,亦至当之论。

《三国志注》引嵇喜所撰《康传》曰:"家世儒学,少有隽才,旷迈不群,高亮任性,学不师授,博洽多闻。长而好老、庄之业,恬静无欲。善属文论,弹琴、咏诗,自足于怀抱之中。著《养生篇》,撰录上古以来圣贤隐逸、遁心遗名者,集为传赞。"摘录。

《三国志注》引《魏氏春秋》曰:"康所著诸文论六七万言,皆为世所玩咏。"

　　案,《世说注》诸书所引,有《嵇康集目录》,《太平御览》引作"嵇康集序"。

《御览》引李充《翰林论》曰:"研求名理,而论难生焉。论贵于允理,不求支离。若嵇康之论,成文美矣。"

　　案，李氏以论推嵇，明论体之能成文者，魏、晋之间，实以嵇氏为最。

《文心雕龙·体性篇》："嗣宗俶傥，故响逸而调远；叔夜隽侠，故兴高而采烈。"

　　案，彦和以"响逸调远"评籍文，与《魏志》"才藻艳逸"说合。盖阮文之丽，丽而清者也。以"兴高采烈"评康文，亦与《魏志》"文词壮丽"说合。盖嵇文之丽，丽而壮者也。均与徒事藻采之文不同。

《文心雕龙·时序篇》："正始馀风，篇体轻澹，而嵇、阮、应、缪，并驰文路。"

　　案，彦和此论，盖兼王、何诸家之文言，故言"篇体轻澹"。其兼及嵇、阮者，以嵇、阮同为当时文士，非以"轻澹"目嵇、阮之文也。即以诗言，嵇诗可以"轻澹"相目，岂可移以目阮诗哉？

《文心雕龙·才略篇》："嵇康师心以遣论，阮籍使气以命诗，殊声而合响，异翮而同飞。"

　　案，此节以论推嵇，以诗推阮，实则嵇亦工诗，阮亦工论，彦和特互言见意耳。

《文心雕龙·明诗篇》："正始明道，诗杂仙心，何晏之徒，率多浮浅；惟嵇志清峻，阮旨遥深，故能标焉。"《明诗篇》又谓"叔夜含其润"。

　　案，嵇、阮之文，艳逸壮丽，大抵相同。若施以区别，则嵇文近汉孔融，析理绵密，阮所不逮；阮文近汉祢衡，托体高健，嵇所不及。

此其相异之点也。至其为诗,则为体迥异。大抵嵇诗清峻,而阮诗高浑。彦和所谓"遥深",即阮诗之旨言,非谓阮诗之体也。

又案,钟氏《诗品》谓阮籍《咏怀》之诗,可以陶性灵,发幽思,言在耳目之内,情寄八荒之外,会于《风》《雅》,厥旨渊放,归趣难求。又谓康诗露才,颇伤渊雅之志,然托喻清远,良有鉴裁,亦未失高流。与彦和所评相近,亦嵇、阮诗体不同之证也。要之,魏初诗歌,渐趋轻靡。嵇、阮矫以雄秀,多为晋人所取法。故彦和评论魏诗,亦惟推重二子也。

又案,阮氏之文传于今者,有《东平赋》《首阳山赋》《鸠赋》《猕猴赋》《清思赋》《元父赋》,大抵语重意奇,颇事华采。其意旨所寄,所为《大人先生传》,其体亦出于汉人设论,如《解嘲》之属。然杂以骚、赋各体,为汉人所未有。若《文选》所录《为郑冲劝晋王笺》《诣蒋公奏记辞辟命》,文虽雅健,非阮氏文章之本色也。其论文传于今者,若《通老论》诸文,今均弗完,惟见《御览》诸书所引。其见于明人所刻《阮集》者,《阮集》,《隋·志》十三卷,今其存者仅矣。有《通易论》《达庄论》《乐论》三篇。《通易》综贯全经之义,以推论世变之由。其文体奇偶相成,间用韵语。《达庄论》亦多韵语,然词必对偶,以气骋词。《乐论》文尤繁富,辅以壮丽之词。如首段云:"夫乐者,天地之体,万物之性也。合其体、得其性则和,离其体、失其性则乖。昔者圣人之作乐也,将以顺天地之性,作万物之生也。故定天地八方之音,以迎阴阳八风之声;均黄钟中和之律,开群生万物之情。故律吕协则阴阳和,音声适而万物类;男女不易其所,君臣不犯其位;四海同其观,九州一其节。奏之圜丘,而天神下降;奏之方岳,而地祇上应。天地合其德,则万物和其生;刑赏不用,而民自安矣。乾坤易简,故雅乐不烦;道德平淡,故无声无味。不烦,则阴阳自通;无味,则百物自乐。日迁善成化而不自知,风俗移易而同于是乐,此自然之道,乐之所始也。"阮氏之文,盖以此数篇为至美。别有《答伏义书》一书,亦足窥阮氏文体之概略。其词曰:"承音览旨,有心翰迹。夫九苍之高,迅羽不能寻其巅;四溟之深,幽鳞不能测其底,矧无毛分所能论哉?且玄云无定体,应龙不常仪。或朝济夕卷,翕忽代兴;或泥潜天飞，晨降宵升。舒体则八维不足以畅迹，促节则无间足以从容。是又蟪蛄所不能瞻，璞虫所不能解也。然则弘修渊邈者，非近力所能究矣；灵变神化者，非局器所能察矣。何吾子之区区，而吾真之务求乎？人力势不能齐，好尚舛异。鸾凤凌云汉以舞翼，鸠鹩悦蓬林以翱翔；蜎浮八滨以濯鳞，鳖娱行潦而群逝。斯用情各从其好，以取乐焉。据此非彼，胡可齐乎？夫人之立节也，将舒网以笼世，岂樽樽以入罔？方开模以范俗，何暇毁质以通或作"适"。检？若良运未协，神机无准，则腾精抗志，邈世高超，荡精举于玄区之表，摅妙节于九垓之外，而翔翱之乘景，跃蹁蹮，陵忽荒，从容与道化同逍，逍遥与日月并流，交名虚以齐变，及英祇以等化。上乎无上，下乎无下，居乎无室，出乎无门。齐万物之去留，随六气之虚盈，总玄网于太极，抚天一于寥廓。飘埃不能扬其波，飞尘不能垢其洁，徒寄形躯于斯域，何精神之可察？虽业无不闻，略无不称，而明有所逮，未可怪也。观君子之趋，欲衔倾城之金，求百钱之售，制造天之礼，儗肤寸之检；劳玉躬以役物，守臊秽以自毕，沈牛迹之泛薄，愠河汉之无根。其陋可愧，其事可悲。亮规略之悬逾，信大道之弘幽。且局步于常衢，无为思远以自愁。比连疢愤，力喻不多。"此文亦阮氏意旨所寄，观其文体，馀可类推。

又案，嵇氏之文传于今者，以《琴赋》《太师箴》为最著，别有《卜疑》、文仿《卜居》。《家诫》、《与山巨源绝交书》、《与吕长悌绝交书》，其文体均变汉人之旧。论文自《养生论》外，有《答向子期难养生论》《释私论》《管蔡论》《明胆论》《难宅无吉凶摄生论》《答某氏难宅无吉凶摄生论》，本集作"答张辽叔"。析理绵密，亦为汉人所未有。嵇文长于辨难，文如剥茧，无不尽之意，亦阮氏所不及也。其所著《声无哀乐论》，文词尤为繁富。今摘录其首节。其词曰："夫天地合德，万物贵生。寒暑代往，五行以成。故章为五色，发为五音。音声之作，其犹臭味在于天地之间。其善与不善，虽遭遇浊乱，其体自若而不变也，岂以爱憎易操、哀乐改度哉？及宫商集化，声音克谐，此人心至愿，情欲之所钟。古人知情不可恣，欲不可极，因其所用，每为之节，使哀不至伤、乐不至淫，斯其大较也。然乐云乐云，钟鼓云乎哉？哀云哀云，哭泣云乎哉？因兹而言，玉帛非礼敬之实，歌舞非悲哀之主也。何以明之？夫殊方异俗，歌哭不同。使错而用之，或闻哭而欢，或听歌而戚，然而哀乐之情均也。今用均同之情，而发万殊之声，斯非音声之无常哉？然声音和比，感人最深者也。劳者歌其事，乐者舞其功。夫内有悲痛之心，则激切哀言。言比成诗，声比成音。杂而咏之，聚而听之，心动于和声，情感于苦言，嗟叹未绝，而泣涕流涟矣。夫哀心藏于苦心内，遇和声而后发。和声无象，而哀心有主。夫以有主之哀心，因乎无象之和声，其所觉悟，唯哀而已，岂复知吹万不同而使其自已哉？风俗之流，遂成其政。是故国史明政教之得失，审国风之盛衰，吟咏情性，以讽其上，故曰‘亡国之音哀以思’也。夫喜、怒、哀、乐、爱、憎、惭、惧，凡此八者，生民所以接物传情，区别有属而不可溢者也。夫味以甘苦为称。今以甲贤而心爱，以乙愚而情憎，则爱憎宜属我，而贤愚宜属彼也。可以我爱而谓之爱人，我憎而谓之憎人，所喜则谓之喜味，所怒则谓之怒味哉？由此言之，则外内殊用，彼我异名。声音自当以善恶为主，则无关于哀乐；哀乐自当以情感为主，则无系于声音。名实俱去，则尽然可见矣。”又，《难张辽叔自然好学论》曰：“夫民之性，好安而恶危，好逸而恶劳。故不扰，则其愿得；不逼，则其志从。洪荒之世，大朴未亏，君无文于上，民无竞于下。物全理顺，莫不自得。饱则安寝，饥则求食，怡然鼓腹，不知为至德之世也。若此，则安知仁义之端、礼律之文？及至人不存，大道陵迟，乃始作文墨，以传其意；区别群物，使有类族；造立仁义，以婴其心；制其名分，以检其外；劝学讲文，以神其教。故《六经》纷错，百家繁炽，开荣利之途，故奔骛而不觉。是以贪生之禽，食园池之粱菽；求安之士，乃诡志以从俗。操笔执觚，足容苏息；积学明经，以代稼穑。是以因而后学，学以致荣；计而后习，好而习成，有似自然，故令吾子谓之自然耳。推其原也，《六经》以抑引为主，人性以从欲为欢。抑引则违其愿，从欲则得自然。然则自然之得，不由抑引之《六经》；全性之本，不须犯情之礼律。故仁义务于理伪，非养真之要术；廉让生于争夺，非自然之所出也。由是言之，则乌不毁以求驯，兽不群而求畜，则人之真性无为，正当自然，耽此礼学矣。论又云：'嘉肴珍膳，虽所未尝，尝必美之，适于口也。处在阗室，睹丞烛之光，不教而悦得于心。况以长夜之冥，得照太阳，情变郁陶，而发其蒙，虽事以末来，情以本应，则无损于自然好学。'难曰：夫口之于甘苦，身之于痛痒，感物而动，应事而作，不须学而后能，不待借而后有。此必然之理，吾所不易也。今子以必然之理，喻未必然之好学，则恐似是而非之议、学如一粟之论，于是乎在也。今子立《六经》以为准，仰仁义以为主，以规矩为轩驾，以讲诲为哺乳，由其途则通，乖其路则滞。游心极视，不睹其外，终年驰骋，思不出位，聚族献议，唯学为贵。执书摛句，俯仰咨嗟，使服膺其言，以为荣华。故吾子谓《六经》为太阳，不学为长夜耳。今若以讲堂为丙舍，以诵讽为鬼语，以《六经》为芜秽，以仁义为臭腐，睹文籍则目嚼，修揖让则变伛，袭章服则转筋，谭礼典则齿龋，于是兼而弃之，与万物为更始，则吾子虽好学不倦，犹将阙焉。则向之不学，未必为长夜，《六经》未必为太阳也。俗语曰：'乞儿不辱马医。'若遇上有无文之始，可不学而获安，不勤而得志，则何求于《六经》，何欲于仁义哉？以此言之，则今之学者，岂不先计而后学？苟计而后动，则非自然之应也。子之云云，恐故得菖蒲菹耳。"观此二文，足审嵇氏论文之体矣。

又案，魏、晋文章，其文体与阮氏相近者，为伏义《答阮籍书》、见明刊本《阮嗣宗集》。义字公表。张辽叔《自然好学论》、见明刊本《嵇中散集》。辽叔此文，与阮为近。刘伶《酒德颂》，见《晋书》。伶文惟传此篇，《世说·文学篇》以为意气所寄。嵇叔良《阮嗣宗碑》；此文盖仿阮文为之。其与嵇氏相近者，厥惟向秀一人。向氏论文，其传于今者，虽仅《难嵇氏养生论》一篇，见《嵇中散集》。然其析理绵密，不减嵇氏诸《难》。《隋·志》有《向秀集》十二卷，知向氏之文，六朝之时，传者甚众。然其所工，盖尤在析理一体。据《世说·言语篇》《注》引《向秀别传》，谓"弱冠著《儒道论》"。

《世说·文学篇》又谓："向秀于《庄子》旧注外为《解义》，妙析奇致，大畅玄风。郭象窃为己《注》。"是今所传《庄子注》，多属向氏之书也。自是以外，若李康《运命论》、曹元首《六代论》，虽较汉人论体为恢，然与嵇、阮所作异也。

又案，嵇、阮学术文章，其影响及于当时及后世者，实与王、何诸人异派。据《世说·文学篇》谓袁彦伯作《名士传》，刘氏《注》云："宏以夏侯太初、何平叔、王辅嗣为正始名士，阮嗣宗、嵇叔夜、山巨源、向子期、刘伯伦、阮仲容、王浚仲为竹林名士，裴叔则、乐彦辅、王夷甫、庾子嵩、王安期、阮千里、卫叔宝、谢幼舆为中朝名士。"此即嵇、阮诸人与王、何异之确证也。迄于西晋，一时文士，盖均承王、何之风，以辨析名理为主，即干宝《晋纪总论》所谓"学者以庄、老为宗，谈者以虚薄为辩"者也。故史册所载，当时人士，或云通《老》《易》、《老》《庄》，如王衍妙善玄言，惟说老、庄为事；《晋书·王衍本传》。裴楷特精《易》义；《世说·德行篇》《注》引《晋诸公赞》。阮修好《老》《易》，能言理；《世说·文学篇》《注》引《名士传》。谢鲲性通简，好《老》《易》；《文学篇》《注》引《晋阳秋》。郭象能言《庄》《老》，《世说·赏誉篇》《注》引《名士传》。庾敳自谓老、庄之徒《世说·文学篇》《注》引《晋阳秋》。是也。或以理识相高，如满奋清平有识，《世说·言语篇》《注》引荀绰《冀州记》。闾丘冲清平有鉴识，《世说·品藻篇》《注》引荀绰《兖州记》。乐广冲旷有理识，《世说·言语篇》《注》引虞预《晋书》。刘漠以清识为名，《世说·赏誉篇》《注》引《晋后略》。杨髦清平有贵识《世说·品藻篇》《注》引《冀州记》。是也。或以善言名理相标，如裴颜善谈名理，《世说·言语篇》引王衍语，《注》引《冀州记》。王济能清言；《世说·言语篇》《注》引《晋诸公赞》。裴遐少有理称，《世说·文学篇》《注》引《晋诸公赞》。以辩论为业；《文学篇》《注》引邓粲《晋纪》。王承言理辨物，但明旨要；《世说·品藻篇》《注》引《江左名士传》。王敦少有名理，《文学篇》《注》引《敦别传》。蔡洪有才辩《世说·言语篇》《注》引《洪集录》是也。又据《世说·文学篇》《注》引《晋诸公赞》云："自魏太常夏侯玄、步兵校尉阮籍等，皆著《道德论》。于时，侍中乐广、吏部郎刘汉亦体道而言约,尚书令王夷甫讲理而才虚,散骑常侍戴奥以学道为业。后进庾敳之徒,皆希慕简旷。裴颜疾世俗尚虚无之理,故著《崇有》二论以折之,才博喻广,学者不能究。"《崇有论》见《晋书》。又,《世说·文学篇》《注》引《惠帝起居注》云:"颜著二论,以规虚诞之弊,文词精富,为世名论。"又据《言语篇》《注》引《晋诸公赞》,谓"夷甫好尚谈称,为时人物所宗"。盖清谈之风,成于王衍诸人,而溯其远源,则均王、何之馀绪。迄于裴颜、《世说·文学篇》《注》引《晋诸公赞》,谓"裴颜谈理,与王夷甫不相推下"。乐广、卫玠,《世说·赏誉篇》《注》引《玠别传》云:"玠少有名理,善通《老》《庄》。"《文学篇》《注》引《玠别传》云:"玠少有名理,善《易》《老》。"而其风大成,即王敦所谓"不悟永嘉之中,复闻正始之音"者也。《世说·赏誉篇》《注》引《玠别传》。故范宁之徒,即以王、何为罪人。孙盛《晋阳秋》亦曰:"正始中,王弼、何晏好庄、老玄胜之谈,而俗遂贵。"《文选注》引。其它晋人所论,并与相同,均其证也。然王、何虽工谈论,及著为文章,亦为后世所取法。迄于西晋,则王衍、乐广之流,文藻鲜传于世,用是言语、文章,分为二途。《世说·文学篇》谓:"乐令善于清言,而不长于手笔。将让河南尹,请潘岳为表,述己所以为让二百许语。潘直取错综,便成名笔。"又谓:"太叔广甚辩给,而挚仲洽长于翰墨。每至公坐,广谈,仲洽不能对;退,著笔难广,广又不能答。"又谓:"江左殷太常父子,并能言理,而有辩讷之异。扬州口谈至剧。太常辄云:'汝更思吾论。'"是当时言语、文学,分为二事。惟出口成章,便成文彩。具见《晋书》及《世说》各书。迄于宋、齐,其风未替,亦足窥当时之风尚矣。至当时之文,其确能祖述王、何文体者,惟石崇《巢许论》,其词曰:"盖闻圣人在位,则群材必举,官才任能,轻重允宜。大任已备,则不抑大材使居小位;小材已极其分,则不以积久而令处过才之位。然则稷播嘉谷,契敷五教,皋陶、夔、龙,各已授职。其联属之官,必得其材,则必不重载兼置,斯可知也。巢、许,则元、凯之俦。大位已充,则宜敦廉让以厉俗,崇无为以化世,然后动静之效备,隐显之功著。故能成巍巍之化,民莫能名,将何疑焉?"此文见《艺文类聚》引。以及郭象《庄子注序》、《世说·文学篇》《注》引《文士传》:"郭象作《庄子注》,最有清词遒旨。"所评至尽,其序文尤佳,今录如下。其词曰:"夫庄子者,可谓知本矣。故未始藏其狂言,言虽无会而独应者也。夫应而非会,则虽当无用;言非物事,则虽高不行。与夫寂然不动,不得已而后起者,固有间矣。斯可谓知无心者也。夫心无为,则随感而应,应随其时,言唯谨尔。故与化为体,流万代而冥物;岂曾设对独遘,而游谈乎方外哉?此其所以不经而为百家之冠也。然庄生虽未体之,言则至矣。通天地之统,序万物之性,达死生之变,而明内圣外王之道,上知造物无物,下知有物之自造也。其言宏绰,其旨玄妙,至至之道,融微旨雅,泰然遣放,放而不敖,故曰不知义之所适。猖狂妄行而蹈其大方,含哺而熙乎澹泊,鼓腹而游乎混芒,至人极乎无亲,孝慈终于兼忘,礼乐复乎已能,忠信发乎天光。用其光,则其朴自成,是以神器独化于玄冥之境,而源流深长也。故其长波之所荡,高风之所扇,畅乎物宜,适乎民愿,弘其鄙,解其悬,洒落之功未加,而矜夸所以散。故观其书,超然自以为已,当经昆仑,涉太虚,而游惚恍之庭矣。虽复贪婪之人,进躁之士,暂而揽其馀芳,味其溢流,仿佛其音影,犹足旷然有忘形自得之怀,况探其远情,而玩永年者乎?遂绵邈清遐,去离尘埃,而返冥极者也。"欧阳建《言尽意论》其词曰:"有雷同君子问于违众先生曰:'世之论者,以为言不尽意,由来尚矣。至乎通才达识,咸以为然。若夫蒋公之论眸子,钟、傅之言才性,莫不引此为谈证,而先生以为不然,何哉?'先生曰:夫天不言,而四时行焉;圣人不言,而鉴识存焉。形不待名,而方圆已著;色不俟称,而黑白以彰。然则名之于物,无施者也;言之于理,无为者也。而古今务于正名,圣贤不能去言,其故何也?诚以理得于心,非言不畅;物定于彼,非名不辩。言不畅志,则无以相接;名不辩物,则鉴识不显。鉴识显而名品殊,言称接而情志畅。原其所以,本其所由,非物有自然之名、理有必定之称也。欲辩其实,则殊其名;欲宣其志,则立其称。名逐物而迁,言因理而变。此犹声发响应,形存影附,不得相与为二。苟其不二,则无不尽,吾故以为尽矣。"此文亦见《艺文类聚》所引。诸篇而已。

又案,西晋之士,其以嗣宗为法者,非法其文,惟法其行。用是,清谈而外,别为放达。据《世说·德行篇》《注》引王隐《晋书》,谓:"魏末,阮籍嗜酒荒放,露头散发,裸袒箕踞。其后,贵游子弟阮瞻、王澄、谢鲲、胡毋辅之之徒,皆祖述于籍,谓得大道之本。"据《晋书》所载,则山简、张翰、毕卓、庾敳、光逸、阮孚之流,皆属此派,即傅玄所谓"魏氏虚无放诞之论,盈于朝野。"《文选·晋纪总论》

《注》引干氏《晋纪》载玄上书。应詹所谓"以容放为夷达"《文选·晋纪总论》《注》引刘谦《晋纪》所载詹表。是也。然山简以下，其文采亦少概见。其以文学名者，首推张翰，翰诗尤长于文。《文选·张季鹰杂诗》《注》引王俭《七志》云："翰字季鹰，文藻新丽。"次则谢鲲、阮孚而已。即其推论名理，亦出乐广诸人之下。

丙、潘陆及两晋诸贤之文

《文选·文赋》李《注》引臧荣绪《晋书》曰："陆机字士衡，与弟云勤学，天才绮练，当时独绝，新声妙句，系踪张、蔡。"

案，臧书以机文为"绮练"，所评至精。

《文选·藉田赋》《注》引臧荣绪《晋书》："潘岳字安仁，总角辩慧，摛藻清艳。"

《世说·文学篇》引孙兴公即孙绰。云："潘文烂若披锦，无处不善；陆文若排沙简金，往往见宝。"又引孙兴公云："潘文浅而净，陆文深而芜。"

案，刘《注》引《文章传》曰："机善属文。司空张华见其文章，篇篇称善，犹讥其作文大治，谓曰：'人之作文，患于不才；至子为文，乃患太多也。'"又引《续文章志》曰："岳为文，选言简章，清绮绝伦。"盖陆氏之文工而缛，潘氏之文虽绮而清，故孙氏论文，以为潘美于陆。《御览》引《抱朴子》云："欧阳生曰：'张茂先、潘正叔、潘安仁文，远过二陆。二陆文词源流，不出俗检。'"

又案，《世说·文学篇》《注》引《晋阳秋》曰："岳凤以才颖发名，善属文，清绮绝世，蔡邕不能过也。"亦以岳文为"清绮"，即《续文章志》之所本也。

《意林》《北堂书钞》引葛洪《抱朴子》佚篇曰："吾见二陆之文，犹玄圃积玉，莫非夜光。方之他人，若江汉之与潢污。及其精处，妙绝汉、魏之人也。"又云，"每读二陆之文，未尝不废书而叹，恐其尽卷。"又云："《陆子》十篇，词之富者。虽覃思，不能损。"

《文心雕龙·镕裁篇》曰："至如士衡才优，而缀辞尤繁；士龙思劣，而雅好清省。及云之论机，亟恨其多，而称清新相接，不以为病。"案，见《云集·与兄平原书》。

《文心雕龙·才略篇》曰："陆机才欲窥深，辞务索广，故思能入巧，而不制烦。士龙朗练，以识检乱，故能布采鲜净，敏于短篇。"

　　案，诸家所论，均谓士衡之文，偏于繁缛。又，《雕龙·定势篇》云："陆云自称：'往日论文，先词而后情，尚势而不取悦泽。及张公论文，则欲宗其言。'亦见《与兄书》。可谓先迷后能从善。"亦足为士云之文定论。案，《云集·与兄平原书》其中数首，于机文评论极当，允宜参考。

《初学记》引李充《翰林论》："潘安仁之为文，犹翔禽之羽毛，衣被之绡縠。"

《文心雕龙·才略篇》曰："潘岳敏给，辞自和畅，钟美于《西征》，贾馀于哀诔，非自外也。"

　　案，彦和以"敏给"推岳，与《时序篇》义同。

《文心雕龙·体性篇》曰："安仁轻敏，故锋发而韵流；士衡矜重，故情繁而词隐。"

　　案，六朝论西晋文学者，必以潘、陆为首。故《宋书·谢灵运传论》以为，降及元康，潘、陆特秀；《南齐书·文学传论》亦谓，潘、陆齐名，机、岳之文永异也。然西晋一代，文士实繁，《雕龙·才略篇》于评论潘、陆外，又谓"张华短章，奕奕清畅"，"左思奇才，业深覃思，尽锐于《三都》，拔萃于《咏史》"，又谓"孙楚缀思，每直置以疏通；挚虞述怀，必循规以温雅：其品藻流别，有条理焉。傅玄篇章，义多规镜；长虞笔奏，世执刚中：并桢幹之实才，非群华之韡萼也。成公子安选赋而时美，夏侯孝若具体而皆微，曹摅清靡于长篇，季鹰辨切于短韵，各其善也。孟阳、景阳，才绮而相埒，可谓鲁、卫之政，兄弟之文也。刘琨雅壮而多风，卢谌情发而理昭，亦遇之于时势也"。以上均《雕龙》语。彦和所举，舍张华、张华之文，陆云《与兄平原书》评之甚详。挚虞、傅玄、傅咸兼长学业，时学人工文者，别有皇甫谧、束皙、葛洪诸家。刘琨兼擅事功外，均以文学著名。彦和所未举者，别有应贞、潘尼、欧阳建、木华、王瓒诸人，亦长文学。今略摘史册所记，录之如下。张翰见前。

应贞，字吉甫。《三国志·王粲传》："贞以文章显。"

孙楚，字子荆。《晋书·楚传》载王济铨楚品状云："天才英博。"

张载，字孟阳。《文选·七哀诗》《注》引臧荣绪《晋书》："载有才华。"

张协，字景阳，载弟。钟氏《诗品》谓："协诗雄于潘岳，靡于太冲，风流条达，实旷代之高手。"协弟亢，字季阳，与载、协并称"三张"。《晋书》谓其亦有文誉。

潘尼，字正叔，岳从子。《文选·赠陆机诗》《注》引《文章志》："尼有清才。"

何劭，字敬祖。《文选·游仙诗》《注》引臧荣绪《晋书》："劭博学多闻，善属篇章。"

左思，字太冲。《世说·文学篇》《注》引《思别传》："博览名文，有文才。"

夏侯湛，字孝若。《世说·文学篇》引《文士传》："湛有盛才，文章巧思，名亚潘岳。"岳有《湛诔》。

成公绥，字子安。《文选·啸赋》《注》引臧荣绪《晋书》："绥少有俊才，辞赋壮丽。"

嵇含，字君道。《太平御览》引《嵇氏世家》："书檄云集，含不起草。"《北堂书钞》引《抱朴子》逸文："君道擒毫妙观,难与并驱。"

曹摅,字颜远。《太平御览》引《晋书》："摅诗文多雄才。"

卢谌,字子谅。《文选·览古诗》《注》引徐广《晋纪》："谌有才理。"

欧阳建,字坚石。《御览》引《欧阳建别传》："文词美赡,构理精微。"

木华,字玄虚。《文选·海赋》引傅亮《文章志》云："玄虚为《海赋》,文甚俊丽。"

王瓒,字正长。《文选·杂诗》《注》引臧荣绪《晋书》："瓒博学有俊才。"

又案,西晋人士,其于当时有文誉者,别有周处、石拓《周处碑》云："文章绮合,藻思罗开。"张畅、陆机《荐畅表》："畅才思清敏。"张赡、《晋书·陆云传》："移书荐赡云:'言敷其藻。'又曰:'篇章光规。'"蔡洪、《世说·言语篇》《注》引《洪集录》："洪有才辩。"崔君苗陆云《与兄平原书》："君苗自复能作文。"诸人;其著作见于《文选》者,则有石崇、枣据、郭泰机;其诗文集传于后世者,据《晋书》及《隋书·经籍志》所载,则王浚、二卷。羊祜二卷。以下,以及山涛、五卷。杜预、十八卷。司马彪、四卷。何劭、二卷。王浑、五卷。王济、二卷。贾充、五卷。荀勖、三卷。何曾、五卷。裴秀、三卷。裴楷、二卷。刘毅、二卷。庾峻、二卷。薛莹、三卷。盛彦、五卷。刘寔、二卷。刘颂、三卷。虞溥、二卷。陈咸、三卷。吴商、五卷。曹志、二卷。王沈、五卷。卫展、十五卷。江统、十卷。庾儵、二卷。袁准、二卷。殷巨、二卷。卞粹、五卷。索靖、三卷。嵇绍、二卷。华峤、八卷。江伟、六卷。陆冲、二卷。孙毓、六卷。郭象、二卷。裴頠、九卷。山简、二卷。庾敳、五卷。邹谌、三卷。王瓒、五卷。张辅、二卷。夏侯淳、二卷。阮瞻、二卷。阮修、二卷。阮冲、二卷。张敏、二卷。刘宝、三卷。宣舒、五卷。谢衡、二卷。蔡充、二卷。刘弘、三卷。牵秀、四卷。卢播、二卷。贾彬、三卷。杜育、二卷。孙惠、十一卷。闾丘冲二卷。之属,均有专集,又,《左九嫔集》四卷,王浑妻钟琰集五卷,亦见《隋·志》。足征西晋文学之盛矣。

又案，东晋人士，承西晋清谈之绪，并精名理，善论难，以刘琰、王蒙、许询为宗。其与西晋不同者，放诞之风，至斯尽革。又，西晋所云名理，不越老、庄；至于东晋，则支遁、法深、道安、惠远之流，并精佛理，故殷浩、郄超诸人，并承其风。旁迄孙绰、谢尚、阮裕、韩伯、孙盛、张凭、王胡之，亦均以佛理为主，息以儒、玄；嗣则殷仲文、桓玄、羊孚，亦精玄论。大抵析理之美，超越西晋，而才藻新奇，言有深致，即孙安国所谓"南人学问，清通简要"见《世说·文学篇》。也。故其为文，亦均同潘而异陆，近嵇而远阮。《文心雕龙·才略篇》曰："景纯艳逸，足冠中兴。《郊赋》既穆穆以大观，《仙诗》亦飘飘而凌云矣。庾元规之表奏，靡密以闲畅；温太真之笔记，循理而清通，亦笔端之良工也。孙盛、干宝，文胜为史，准的所拟，志乎典训；户牖虽异，而笔彩略同。袁弘发轫以高骧，故卓出而多偏；孙绰规旋以矩步，故伦序而寡状；殷仲文之《孤兴》，谢叔源之《闲情》，并解散辞体，缥缈浮音，虽滔滔风流，而大浇文意。"以上均《雕龙》语。彦和所举，舍庾亮、温峤兼擅事功，孙盛、干宝尤长史才外，均以文学著名。王隐诸人，亦长史才。彦和所未举者，别有庾阐、曹毗、王珣、习凿齿、嵇含，亦长文学。今略摘史册所记，录之如下。

郭璞，字景纯。《世说·文学篇》《注》引《璞别传》："文藻粲丽，诗赋、诔颂，并传于世。"

袁弘，字彦伯，小名虎。《世说·文学篇》《注》引《续晋阳秋》："虎少有逸才，文章绝丽。"钟氏《诗品》云："彦伯虽文体未遒，而鲜明紧健，去凡俗远矣。"

孙绰，字兴公。《世说·言语篇》《注》引《中兴书》："绰少以文称。"

许询，字玄度。《文选·杂体诗》《注》引《晋中兴书》："询有才藻，善属文。"

庾阐，字仲初。《世说·文学篇》《注》引《中兴书》："阐九岁便能属文。"

曹毗，字辅佐。《世说·文学篇》《注》引《中兴书》："毗好文籍，能属词。"

王珣，字元琳。《世说·文学篇》《注》引《续晋阳秋》："珣文高当世。"《赏誉篇》《注》又引《续晋阳秋》："王珉才辞富赡。"珉字季琰，珣之弟。

习凿齿，字彦威。《世说·文学篇》《注》引《晋阳秋》："凿齿才情秀逸。"《言语篇》《注》引《中兴书》："凿齿少以文称。"

殷仲文，字仲文。《世说·文学篇》："仲文天才弘赡。"《注》引《续晋阳秋》："仲文雅有才藻，著文数十篇。"

谢混，字叔源。《文选·游西池诗》《注》引臧荣绪《晋书》："混善属文。"

又案，东晋人士，其于当时有文誉者，别有孔坦、《世说·言语篇》《注》引王隐《晋书》："坦有文辩。"伏滔、《世说·言语篇》《注》引《中兴书》："滔少有才学。"袁乔、《世说·文学篇》《注》引《袁氏家传》："乔有文才。"杨方、《晋书·方传》载贺遁书："方文甚有奇致。"谢万、《世说·文学篇》《注》引《中兴书》："万善属文，能谈论。"顾恺之、《世说·文学篇》引《晋阳秋》："恺之博学有才气。"王修、《世说·赏誉篇》云："谢镇西道敬仁文学锹镞，无能不新。"敬仁，即修字。桓玄。《世说·文学篇》《注》引《晋安帝纪》："玄文翰之美，高于一世。"其诗文集传于后世者，据《晋书》及《隋·志》所载，则彭城王纮、二卷。谯王无忌、九卷。会稽王道子、八卷。贺循、二十卷。顾荣、五卷。周颉、三卷。王导、十一卷。王敦、十卷。王廙、三十四卷。应瞻、五卷。华谭、二卷。郗鉴、十卷。陶侃、二卷。蔡谟、四十三卷。刘隗、二卷。刘超、二卷。沈充、二卷。卞壸、二卷。荀崧、一卷。殷蚀、十卷。何充、五卷。谷俭、一卷。温峤、十卷。傅纯、二卷。梅陶、二十卷。张闿、二卷。诸葛恢、五卷。戴邈、五卷。王愆期、十卷。熊远、十二卷。孔坦、十七卷。庾冰、二十卷。庾翼、二十二卷。谢尚、十卷。江彪、五卷。江逌、九卷。桓温、二十卷。殷浩、五卷。范汪、十卷。孔严、十一卷。王彪之、二十卷。荀组、三卷。王旷、五卷。张虞、十卷。罗含、三卷。王述、五卷。王坦之、七卷。郗愔、四卷。范宁、十六卷。顾和、五卷。王濛、五卷。李充、十卷。王羲之、十卷。虞预、十卷。应亨、二卷。孙统、九卷。王胡之、十卷。谢沈、十卷。王忱、五卷。李颙、二十卷。庾和、二卷。王洽、五卷。郗超、

十卷。张望、十二卷。范弘之、六卷。刘恢、二卷。徐禅、六卷。王献之、
十卷。庾康之、十卷。王谧、十卷。殷允、十卷。殷康、五卷。黄整、十卷。
张凭、五卷。徐彦、十卷。庾统、八卷。王恭、五卷。孔汪、十卷。应硕、
二卷。张悛、五卷。韩伯、十六卷。伏系之、十卷。郑袤、四卷。徐邈、二
十卷。戴逵、十卷。袁崧、十卷。殷仲堪、十二卷。喻希、一卷。苏希、七
卷。徐乾、二十一卷。祖台之、二十卷。何瑾、十一卷。羊徽、十卷。周祗、
二十卷。殷阐,十卷。均有专集,又,傅咸妻辛萧集一卷,王凝之妻谢道韫集
二卷,陶融妻陈窈集一卷,徐藻妻陈玢集一卷,刘臻妻陈珍集七卷,刘柔妻王邵之
集十卷,钮滔母孙琼集二卷,亦见《隋·志》。足征东晋文学之盛矣。

丁、总论

《晋书·文苑传序》曰:"金行纂极,文雅斯盛。张载擅铭山之美,
陆机挺焚研之奇。藩夏连辉,颉颃名辈。至于吉甫、太冲,江右之才杰;
曹毗、庾阐,中兴之时秀。信乃金相玉润,野会川冲。"

《晋书·夏侯湛潘岳张载等传论》曰:"孝若捄蔚春华,时标丽藻;
安仁思绪云骞,词锋景焕。贾论政范,源王化之幽赜;潘著哀词,贯人
灵之情性。机文喻海,岳藻如江。"

《宋书·谢灵运传论》曰:"降及元康,晋惠帝年号。潘、陆特秀,律异
班、贾,体变曹、王,缛旨星稠,繁文绮合。缀平台之逸响,采南皮之高
韵,遗风馀烈,事极江左。在晋中兴,玄风独秀,为学穷于柱下,博物止
于七篇,驰骋文词,义殚乎此。自建武暨于义熙,历载将百,建武,元帝年
号。虽比响联词,波属云委,莫不寄言上德,托意玄珠,遒丽之词,无闻
焉尔。仲文始革孙、许之风,叔源大变太元之气。"太元,孝武年号。

案,休文以江左文学"遒丽无闻",又谓"为学穷于柱下,博物
止于七篇",亦举其大要言之。若综观东晋诸贤,则休文之论,未
为尽也。

《南齐书·文学传论》曰:"属文之道,事出神思,感召无象,变化不

穷。俱五声之音响,而出言异句;等万物之情状,而下笔殊形。吟咏规范,本之《雅》什;流分条散,各以言区。若陈思'代马'群章,王粲'飞鸾'诸制,四言之美,前超后绝。少卿离辞,五言才骨,难与争鹜。'桂林''湘水',平子之华篇;'飞馆玉池',魏文之丽篆。七言之作,非此谁先? 卿、云巨丽,升堂冠冕;张、左恢廓,登高不继。赋贵披陈,未或加矣。显宗之述傅毅,简文之摛彦伯,分言制句,多得颂体。裴頠内侍,元规凤池,子章以来,章表之选。孙绰之碑,嗣伯喈之后;谢庄之诔,起安仁之尘。颜延《杨瓒》,自比《马督》,以多称贵,归庄为允。王褒《僮约》,束皙《发蒙》,滑稽之流,亦可奇玮。五言之制,独秀众品。习玩为理,事久则渎;在乎文章,弥患凡旧。若无新变,不能代雄。建安一体,《典论》短长互出;潘、陆齐名,机、岳之文永异。江左风味,盛道家之言。郭璞举其灵变,许询极其名理。仲文玄气,犹不尽除;谢混情新,得名未盛。颜、谢并起,乃各擅奇;休、鲍后出,咸亦标世。朱蓝共妍,不相祖述。"

案,萧氏亦以东晋文学变于殷仲文、谢混,与沈氏所论略同。

《文心雕龙·丽辞篇》曰:"至魏、晋群才,析句弥密,联字合趣,割毫析厘。然契机者入巧,浮假者无功。"

《文心雕龙·情采篇》曰:"后之作者,采滥忽真,远弃《风》《雅》,近师词赋,故体情之制日疏,逐文之篇愈盛。"

《文心雕龙·练字篇》曰:"自晋以来,用字率从简易。时并习易,人谁取难? 今一字诡异,则群句震惊;三人弗识,则将成字妖矣。"

案,晋文异于汉、魏者,用字平易,一也;偶语益增,二也;论序益繁,三也。彦和所论三则,殆尽之矣。

《文心雕龙·时序篇》曰:"逮晋宣始基,景、文克构,并迹沈儒雅,而务深方术。至武帝惟新,承平受命,而胶序篇章,弗简皇虑。降及怀、慜,缀旒而已。然晋虽不文,人才实盛。茂先摇笔而散珠,太冲动墨而横锦;岳、湛曜联璧之华,机、云标二俊之采;应、傅、三张之徒,孙、挚、成公之属,并结藻清英,流韵绮靡。前史以为,运涉季世,人未尽才。诚哉斯谈!可为叹息。元皇中兴,披文建学,刘、刁礼吏而宠荣,景纯文敏而优擢。逮明帝秉哲,雅好文会。升储御极,孳孳讲蓺,练情于诰策,振采于辞赋。庾以笔才逾亲,温以文思益厚。揄扬风流,亦彼时之汉武也。及成、康促龄,穆、哀短祚,简文勃兴,渊乎清峻,微言精理,函满玄席;澹思浓采,时洒文囿。至孝武不嗣,安、恭已矣,其文史则有袁、殷之曹,孙、干之辈,虽才或浅深,珪璋足用。自中朝贵玄,江左称盛,因谈馀气,流成文体。是以世极迍邅,而辞意夷泰,诗必柱下之旨归,赋乃漆园之义疏。故知文变染乎世情,兴废系乎时序。原始以要终,虽百世可知也。”

案,《雕龙》此节,推论两晋文学之变迁,最为详尽。

《文心雕龙·通变篇》曰:“魏之篇制,顾慕汉风;晋之词章,瞻望魏采。”
又曰:“魏、晋浅而绮。”

案,《雕龙·通变篇》所论,于魏、晋文学,亦得大凡。
又案,晋人文学,其特长之处,非惟析理已也。大抵南朝之文,其佳者必含隐秀,然开其端者,实惟晋文。又出语必隽,恒在自然,此亦晋文所特擅。齐、梁以下,能者鲜矣。彦和以魏、晋之文为浅者,亦以用字平易,不事艰深,即《练字篇》所谓“自晋以来,用字率从简易”也。

《文心雕龙·诠赋篇》曰:“太冲、安仁,策勋于鸿规;士衡、子安,底绩于流制。景纯绮巧,缛理有馀;彦伯梗概,情韵不匮。”案,晋人词赋,传今较多者,惟张华、潘尼、夏侯湛、二傅、二张、孙楚、挚虞、束皙、嵇含、曹毗、顾恺之诸人。

案，东汉以来，词赋虽逞丽词，左思《三都》矫之，悉以征实为主。自是以降，则庾阐《扬都》，于当时最有盛誉。然孙绰《天台山赋》，词旨清新，于晋赋最为特出。其它诸家所作，大抵规模前作，少有新体。其与时作稍异者，惟曹摅《述志赋》、庾敳《意赋》而已。

《世说·文学篇》《注》引《续晋阳秋》论许询曰："自司马相如、王褒、扬雄诸贤，世尚赋、颂，皆体则《诗》《骚》，傍综百家之言。及至建安，而诗章大盛。逮乎西朝之末，潘、陆之徒，虽时有质文，而宗归不异也。正始中，王弼、何晏好庄、老玄胜之谈，而世遂贵焉。至过江，佛理尤盛。故郭璞五言，始会合道家之言而韵之。询及太原孙绰，转相祖尚，又加以三世之辞，而《诗》《骚》之体尽矣。询、绰并为一时文宗，自此作者悉体之。至义熙中，谢混始改。"《世说·文学篇》亦云："简文称许掾云：'玄度五言诗，可谓妙绝时人。'"

《文心雕龙·明诗篇》曰："晋世群才，稍入轻绮。张、潘、左、陆，比肩诗衢。采缛于正始，力柔于建安，或析文以为妙，或流靡以自妍。此其大略也。江左篇制，溺乎玄风。嗤笑徇务之志，崇盛忘机之谈。袁、孙已下，虽各有雕采，而辞趣一揆，莫与争雄。所以景纯《仙篇》，挺拔而为隽矣。宋初文咏，体有因革，庄、老告退，而山水方滋。"

案，晋代之诗，如张华、张载之属，均与士衡体近。然左思、刘琨、郭璞所作，浑雄壮丽，出于嗣宗。东晋之诗，其清峻之篇，大抵出自叔夜。惟许询、支遁所作，虽多玄言，其体仍近士衡。自渊明继起，乃合嵇、阮之长。此晋诗迁变之大略也。

《文心雕龙·乐府篇》曰："逮于晋世，则傅玄晓音，创定雅歌，以咏祖宗；张华新篇，亦充庭万。然杜夔调律，音奏舒雅；荀勖改悬，声节哀急。故阮咸讥其离声，后人验其铜尺。和乐精妙，固表里而相资矣。"

案，本篇又谓"子建、士衡，咸有佳篇，并无诏伶人，故事谢丝管。"盖歌行或不入乐,自魏、晋始。

《文心雕龙·颂赞篇》:"魏、晋杂颂,鲜有出辙。陆机积篇,惟《功臣》最显。其褒贬杂居,固末代之讹体也。"

又云:"景纯注《雅》,动、植赞之,义兼美恶,亦犹颂之有变耳。"

《文心雕龙·铭箴篇》:"张载《剑阁》,其才清采,迅足骎骎,后发前至。勒铭岷、汉,得其宜矣。"

又云:"至于潘勖《符节》,要而失浅;温峤《侍臣》,博而患繁;王济《国子》,引广事杂;潘尼《乘舆》,义正体芜。凡斯继作,鲜有克衷。"此段论箴。

《文心雕龙·诔碑篇》曰:"孙绰为文,志在碑诔;温、王、郄、庾,词多枝杂;《桓彝》一篇,最为辨裁。"

案,晋人碑铭之文,如傅玄《江夏任君墓铭》、孙楚《牵招碑》、潘岳《杨使君碑》、潘尼《杨萧侯碑》、夏侯湛《平子碑》,均以汉作为楷模,然气清辞畅,则晋贤之特色,非惟孙绪、王导、郄鉴、庾亮、庾冰、褚褒诸碑已也。彦和以为"枝杂",持论稍过。碑铭以外,颂之佳者,则有江伟《傅浑颂》、孙绰《徐君颂》诸篇。陆云《盛德》诸颂,以及潘尼《释奠颂》,过于繁富。箴之佳者,则有陆云《逸民箴》、李充《学箴》诸作。赞自夏侯湛《东方朔画赞》、袁弘《三国名臣赞》外,若庾亮《翟征君赞》、戴逵《闲游赞》,均有可观。孙绰《列仙传》诸赞,郭元伯《列仙传赞》,均与郭氏赞体同。又,陆云《登遐颂》,亦赞体。诔则左贵嫔《元皇后诔》、陆机《愍怀太子诔》,陆云各诔尤繁。文之尤善者也。

王隐《晋书》:"潘岳善属文,哀诔之妙,古今莫比,一时所推。"

《文心雕龙·祝盟篇》曰:"潘岳之祭庾妇,奠祭之恭哀也。"

《文心雕龙·哀吊篇》:"建安哀词,惟伟长差善。《行女》一篇,时有恻怛。及潘岳继作,实踵其美。观其虑赡辞变,情洞悲苦,叙事如传;结言摹诗,促节四言,鲜有缓句,故能义直而文婉,体旧而趣新。《金鹿》

《泽兰》,莫之或继也。"

又云:"陆机之《吊魏武》,词巧而文繁。"

案,晋代祭文传于今者,若庾亮《祭孔子文》、周祗《祭梁鸿文》;庾文清约,周文畅逸。吊文传于今者,若李充《吊嵇中散文》、嵇含《吊庄周文》,均为佳作。惟晋人文集所载,别有吊书、如《陆云集·吊陈永长书》五首、《吊陈伯华书》二首是也。哀策文张华武帝及元皇后《哀策文》、潘岳《景献皇后哀策文》、郭璞《元帝哀策文》、王珣《孝武帝哀策》是也。各体,文亦多工。

《文心雕龙·诏策篇》曰:"晋氏中兴,惟明帝崇才,以温峤文清,故引入中书。自斯以后,体宪风流矣。"《艺文类聚》引《晋中兴书》:"明帝元年,以峤为中书令,所下手诏,有'文清旨远,宜居机密'之语。"

又云:"教者,效也。若诸葛孔明之详约,庾稚恭之明断,并理得而辞中,教之善也。"

《文心雕龙·檄移篇》曰:"陆机之《移百官》,言约而事显。"

案,晋代诏书,前后若一,惟明帝《讨钱凤诏》、简文帝《优恤兵士诏》,晋明帝、简文帝、孝武帝均有文集。较为壮美。诏书而外,教之佳者,王沈、虞溥、庾亮也。檄之佳者,庾阐、袁豹也。

《文心雕龙·论说篇》:"迄至正始,务欲守文;何晏之徒,始盛玄论。于是聃、周当路,与尼父争涂矣。详观兰石之《才性》、仲宣之《去伐》、叔夜之《辨声》、太初之《本玄》、辅嗣之两例,平叔之二论,并师心独见,锋颖精密,盖人伦之英也。至如李康《运命》,同《论衡》而过之;陆机《辨亡》,效《过秦》而不及,然亦其美矣。次及宋岱、郭象,锐思于几神之区;夷甫、裴颜,交辨于有无之域,并独步当时,流声后代。然滞有者全系于形用,贵无者专守于寂寥,徒锐偏解,莫诣正理。动极神源,其般若之绝境乎?逮江左群谈,惟玄是务。虽有日新,而多抽前绪矣。"

案，晋代论文，其最为博大者，惟陆机《辨亡》《五等》，干宝《晋纪总论》诸篇。东晋之世，则纪瞻《太极》、庾阐《蓍龟》、殷浩《易象》、罗含《更生》、韩伯《辨谦》、支遁《逍遥》，均理精词隽，不事繁词。又，张韩《不用舌论》、王修《贤才论》，袁弘《去伐》《明谦》二论，孙盛《太伯三让》《老聃非大贤论》，戴逵《放达为非道论》《释疑论》，殷仲堪《答桓玄四皓论》，亦均精颖有致，雅近王、何。若孙绰《喻道》，体近于嵇；王坦之《废庄》，体近于阮，亦其选也。至若刘寔《崇让》、潘尼《安身》，虽为史书所载，然文均繁缛。其论事之文，以江统《徙戎》、伏滔《正淮》为尤善。择而观之，可以得作论之式矣。

《文心雕龙·奏启篇》："晋氏多难，灾屯流移。刘颂殷勤于时务，温峤恳切于费役，并体国之忠规矣。"

又云："傅咸劲直，而按词坚深；刘隗切正，而劾文阔略，各其志也。"

《文心雕龙·议对篇》："何曾蹴出女之科，秦秀定贾充之谥，事实允当，可谓达议体矣。"《御览》引李充《翰林论》云："驳不以华藻为先。傅长虞每奏驳事，为邦之司直矣。"

又云："陆机断议，亦有锋颖，而谀词弗翦，颇累风骨。"《初学记》引李充《翰林论》云："士衡之议，斯可谓成文矣。"

《文心雕龙·章表篇》："晋初笔札，则张华为俊。其三让公封，理周辞要，引义比事，必得其偶。世珍《鹪鹩》，莫顾章表。及羊公之辞开府，有誉于前谈；庾公之让中书，信美于往载。序志显类，有文雅焉。刘琨《劝进》，张骏《自序》，文致耿介，并陈事之美表也。"《御览》引《翰林论》："裴公之辞侍中，羊公之让开府，可谓德音。"

案，《昭明文选》于晋人之文，惟录张悛、桓温诸表。然晋代表疏，或文词壮丽，如卢谌《理刘司空表》、刘琨《劝进表》是也。或择言雅畅，如王导《请修学校疏》、孙绰《请移都洛阳疏》是也。其弊或流于烦冗，刘毅

《请罢中正疏》、刘颂《治淮南疏》。为汉、魏所无。又，晋代学人，如司马彪、傅咸、吴商、孙毓、束皙、挚虞、虞潭、虞喜、蔡谟、贺循、王敞、何琦、范汪、范宁、王彪之、范宣、徐邈、谢沈、郑袤之伦，其议礼之文，明辩畅达，亦文学之足述者也。

《文心雕龙·书记篇》曰："嵇康《绝交》，实志高而文伟矣。赵至叙离，乃少年之激切也。"

又云："刘廙《谢恩》，喻切以至；陆机《自理》，情周而巧，笺之为善者也。"

　　案，晋人之书，或质如《法书要录》《阁帖》所载诸王诸帖，及陆云《与兄书》。或文，如赵至《与嵇茂齐书》、辛旷《与皇甫谧书》、孙楚《为石仲容与孙皓书》。其辩论义理，如罗含《答孙安国书》，孙盛《与罗君章书》，戴逵《答周居王书》，王洽《与林法同书》，王谧答桓玄诸书，桓玄与慧远、王谧各书是。亦汉、魏所无。

《文心雕龙·杂文篇》曰："景纯《客傲》，情见而采蔚；庾敳《客咨》，意荣而文悴。"

又云："自桓麟《七说》以下，左思《七讽》以上，枝附影从，十有馀家。或文丽而义暌，或理粹而辞驳。"

又云："自《连珠》以下，拟者间出。惟士衡运思，理新文敏，而裁章置句，广于旧篇。"

　　案，晋代杂文传于今者，如夏侯湛《抵疑》、束景玄《居释》、王沈《释时论》、曹毗《对儒》，均为设论。又，王该《日烛》，体虽特创，亦设论之变体。自是以外，《骚》莫高于《九愍》，陆云作。《七》莫高于《七命》。张协作。《连珠》舍士衡所作外，传者鲜矣。

《文心雕龙·谐隐篇》曰："潘岳《丑妇》之属，束皙《卖饼》之类，尤而效之，盖以百数。魏、晋滑稽，盛相驱扇。"

　　案，晋人之文，如张敏《头责子羽文》、陆云《嘲褚常侍》、鲁褒《钱神论》，亦均谐文之属。

　　《文心雕龙·史传篇》曰："后汉纪传，发源《东观》。袁、张所制，偏驳不伦；薛、谢之作，疏谬少信。若司马彪之详实，华峤之准当，则其冠也。""袁"谓袁弘，"张"谓张璠、张莹，"谢"谓谢承、谢沈，"薛"谓薛莹。

　　又云："魏代三雄，记传互出。《阳秋》《魏略》之属，《江表》《吴录》之伦，或激抗难征，或疏阔寡要。惟陈寿三《志》，文质辨洽。"《阳秋》，谓习凿齿《汉晋阳秋》，非谓孔衍《汉魏春秋》及孙盛《魏氏春秋》也；《魏略》，谓鱼豢《魏略》。《江表传》，虞溥撰；《吴录》，张勃撰。

　　又云："晋代之书，繁乎著作。陆机肇始而未备，王韶续末而不终。干宝述《纪》，以审正得序；孙盛《阳秋》，以约举为能。"《才略篇》："孙盛、干宝，文盛为史。"与此互见云。

　　又云："邓粲《晋纪》，始立条例。又撮略汉、魏，宪章殷、周。及安国即孙盛。立例，乃邓氏之规。"

　　案，彦和此篇，于晋人所撰史传，舍推崇陈寿三《志》外，其属于后汉者，则崇司马彪、华峤之书，司马彪撰《续汉书》，起于世祖，终于孝献，为纪、志、传八十篇，见《晋书·彪传》。华峤作《后汉书》，为帝纪十二卷、皇后纪二卷、十典十卷，传七十卷，及三谱序传目录，凡九十七卷，见《晋书·峤传》。今惟彪书八志存。谓胜袁、弘，著《后汉纪》。谢、吴谢承，著《后汉书》百三十卷；晋谢沈，作《后汉书》八十五卷及外传。薛、薛莹，撰《后汉纪》百卷。张、张莹，撰《后汉南纪》五十五卷；张璠，撰《后汉纪》三十卷。诸作；晋袁山松亦撰《后汉书》。其属于晋代者，惟举陆、机，撰《晋纪》四卷。《史通》谓其直叙其事，竟不编年。干、宝，作《晋纪》二十卷。《晋书》谓其书简略，直而能婉。邓、粲，撰《晋纪》十一卷。孙、盛，撰《晋阳秋》三十二卷。《晋书》谓其词直理正。王宋王韶之，撰《晋安纪》十卷。五家，于王隐、隐撰《晋书》九十三卷。

虞预、预撰《晋书》四十四卷。朱凤、凤撰《晋书》十四卷。曹嘉之嘉之作《晋纪》十卷。之书，则略而弗举。是犹论魏、吴各史，深抑《阳秋》、习凿齿撰《汉晋阳秋》四十七卷。《吴录》张勃作《吴录》三十卷。诸书也。晋环纪亦撰《吴纪》九卷。刘氏《史通·外篇》谓："中朝华峤、陈寿、陆机、束皙，江左王隐、虞预、干宝、孙盛，并史官之尤美，著作之茂撰。"亦与彦和之说互明。故《史通》一书，于晋人所作，惟推华峤、《内篇》谓："班固、华峤，子长之流。"又谓："创纪传者五家，推其所长，华氏居最。"干宝，《序例篇》谓："令升先觉，远绍丘明，重立凡例，勒成《晋纪》。邓、孙以下，遂蹑其踪。"又谓："干宝理切多功。"于王隐、何法盛、孙盛、习凿齿、邓粲，均有微词。《书事篇》谓："王隐、何法盛，专访州闾细事，委巷琐言，聚而编之。"《采撰篇》谓："盛述《阳秋》，以刍荛鄙说，列为竹帛正言。"《论赞篇》谓："孙安国都无可采，习凿齿时有可观。"《序例篇》谓："邓粲词烦寡要。"均其证也。盖汉、魏以降，史传一体，均由实趋华，而史才则有高下也。《史通·烦省篇》谓："魏、晋以还，烦言弥甚。"《模拟篇》谓："自魏以前，多效二史；从晋已降，喜学《五经》。"又谓："编字不只，捶句必双。"均足为晋人史传定评。

《文心雕龙·诸子篇》："两汉以后，体势漫弱，虽明乎坦途，而类多依采。"

案，晋人所撰子书，文体亦异。其以繁缛擅长者，则有葛洪《抱朴子外篇》；其质实近于魏人者，则有傅玄《傅子》及袁准《正论》。自是以外，若陆云、著《陆子新书》。杨泉、著《物理论》。杜夷、著《幽求子》。华谭、孙绰、谭作《新论》，绰作《孙子》。苏彦，著有《苏子》。均著子书。然隋、唐以下，存者仅矣。

又案，晋人论文之作，以陆机之《赋》为最先。观其所举文体，惟举赋、诗、碑、诔、铭、箴、颂、论、奏、说，不及传、状之属，是即文、笔之分也。又，陆云《答兄平原书》，多论文之作，于文章得失，诠及细微。其于前哲，则伯喈、仲宣之作，多所诠评；其于时贤，则张华、成公绥、崔君苗之文，并多评核。二陆工文，于斯可验。自是以外，其论及文体正变及各体源流者，晋人撰作，亦多可采。如傅玄《七谟序》《连珠序》，推论二体之起源，旁及汉、魏作者之得失；均见《艺文类聚》引。皇甫谧《三都赋序》、《文选》。左思《三都赋序》、《文选》。卫权《三都序略解序》、刘逵《蜀都吴都赋注序》，并见《晋书·思传》。推论赋体之起源，与汉儒"铺陈"之训，宛为符合。又，郭象文《碑铭论》，今不传。其著为一书者，则有挚虞《文章流别论》二卷，今群书所引，尚十馀则，见严辑《全晋文》。于诗、赋、箴、铭、哀词、颂、七、杂文之属，溯其起源，考其正变，以明古今各体之异同；于诸家撰作之得失，亦多评品，集古今论文之大成。又，李充《翰林论》五十四卷，今群书所引，亦仅七则，见《全晋文》。大抵于各体之文，均举佳篇为式。彦和论文，多所依据，亦评论文学之专书。汇而观之，足知晋代名贤，于文章各体，研核至精，固非后世所能及也。

第五课　宋齐梁陈文学概略

中国文学,至两汉、魏、晋而大盛。然斯时文学,未尝别为一科,故史书亦无《文苑传》。故儒生学士,莫不工文。其以"文学"特立一科者,自刘宋始。考之史籍,则宋文帝时,于儒学、玄学、史学三馆外,别立文学馆,《宋书·本纪》。使司徒参军谢元掌之。《南史·雷次宗传》。明帝立总明观,分儒、道、文、史、阴阳为五部。《宋书·本纪》。此均文学别于众学之征也。故《南史》各传,恒以"文史""文义"并词,而《文章志》诸书,亦以当时为最盛。《文章志》始于挚虞,嗣则傅亮著《续文章志》,宋明帝撰《江左文章志》,沈约作《宋世文章志》,均见《隋书·经籍志》。今遗文时见群书所引。更即簿录之学言之:晋荀勖因魏《中经》,区书目为四部,其丁部之中,诗、赋、图赞,仍与汲冢书并列。自齐王俭撰《七志》,始立"文翰"之名;梁阮孝绪撰《七录》,易称"文集",《七录序》云:"王以诗赋之名,不兼馀制,故改为'文翰'。窃以顷世文词,总谓之'集'。变'翰'为'集',于名尤显,故序'文集录'为内篇第四。"而"文集录"中,又区《楚辞》、别集、总集、杂文为四部,此亦文学别为一部之证也。

今将由宋迄陈文学,区为三期:一曰宋代,二曰齐、梁,三曰陈代。

甲、宋代文学

《文心雕龙·才略篇》:"宋代逸才,辞翰鳞萃。"
《文心雕龙·通变篇》:"宋初讹而新。"

《宋书·谢灵运传论》："爰逮宋氏，颜、谢腾声。灵运之兴会飙举，延年之体裁明密，并方轨前秀，垂范后昆。"

《文心雕龙·时序篇》："自宋武爱文，文帝彬雅，秉文之德；孝武多才，英采云构。自明帝以下，文理替矣。尔其缙绅之林，霞蔚而飙起。王、袁联宗以龙章，颜、谢重叶以凤采，何、范、张、沈之徒，亦不可胜数也。"

《齐书·文学传论》曰："颜、谢并起，乃各擅奇；休、鲍后出，咸亦标世。朱蓝共妍，不相祖述。"馀见前课。

　　案，宋代文学之盛，寔由在上者之提倡。《南史·临川王义庆传》谓："文帝好文章，自谓人莫能及。"《南史·孝武纪》谓："帝少读书，七行俱下，才藻甚美。"《齐书·王俭传》亦谓："宋武帝好文章，天下悉以文采相尚。"又，《宋书·明帝纪》亦谓："帝爱文义，裴子野《雕虫论》谓：'帝才思朗捷。'撰《江左以来文章志》。"均其证也。《前废帝纪》亦谓："帝颇有文才，自造《孝武诔》及杂篇章，往往有辞采。"故一时宗室，自南平王休铄外，《宋书·铄传》："有文才，未弱冠，拟古三十馀首，时人以为迹亚陆机。"若建平王宏、卢陵王义真、江夏王义恭等，并爱文义。见《宋书》及《南史》本传。又据《宋书·临川王义庆传》，谓其爱好文义，才学之士，远近必至。袁淑文冠当时，引为卫军咨议；其馀吴郡陆展、东海何长瑜、鲍照等，并有辞章之美，引为佐吏国臣。其《始兴王浚传》亦谓："浚好文籍，与建平王弘、侍中王僧绰、中书郎蔡兴宗等，并以文义往复。"又，《建平王景素弘之子。传》云："景素好文章，招集才义之士，以收名誉。"此均宋代文学兴盛之由也。

　　又案，晋、宋之际，若谢混、陶潜、汤惠休之诗，均自成派。至于宋代，其诗文尤为当时所重者，则为颜延之、谢灵运。《南史·灵运传》云："文章之美，与颜延之为江左第一。纵横俊发，过于延之，深密则不如也。所著文章，传于世。"又，《南史·延之传》云："字延年，文章冠绝当时。"又云："延之与谢灵运，俱以辞采齐名，而迟速悬绝。延之尝问鲍照，己与灵运优劣。照曰：'谢五言如初发芙蓉，自然可爱；君诗若铺锦列绣，亦雕缋满眼。'是时议者，以延之、灵运,自潘岳、陆机之后,文士莫及。江右称潘、陆,江左称颜、谢焉。"**颜、谢而外,文人辈出**,案,晋、宋之际,人才最盛。然当时人士,如孔淳之、臧焘、雷次宗、徐广、裴松之,均通经史;宗少文、周续之、戴颙,综达儒、玄,不仅以文章著。**以傅亮**、《宋书·颜延之传》:"傅亮自以文义之美,一时莫及。"又,《宋书》:"傅亮,字季友,博涉经史,尤善文辞。武帝受命,表策文诰,皆亮辞也。"**范晔**、《宋书·范泰传》:"好为文章,文集传于世。子晔,字蔚宗,善为文章,为《后汉书》。其《与甥侄书》,谓诸序论不减《过秦》,非但不愧班氏;赞无一字空设,奇变不穷。"**袁淑**、《宋书·淑传》:"字阳源,辞采遒艳,纵横有才辩,文集传于世。子觊,好学美才。"又,《南史·临川王义庆传》亦谓:"太尉袁淑,文冠当时。"**谢瞻**、《宋书·瞻传》:"字宣远。六岁能属文,文章之美,与从叔琨、族弟灵运相抗。"又,《谢密传》云:"瞻等才词辩富。"**谢惠连**、《南史·惠连传》:"十岁能属文。灵运见其新文,每叹曰:'张华重生,不能易也。'文章并行于世。"**谢庄**、《宋书·庄传》:"字希逸。七岁能属文。袁淑叹曰:'江东无我,卿当独秀。'著文章四百馀首,行于世。"又,《殷淑仪传》谓:"谢庄作哀策文,奏之。帝流涕曰:'不谓当今复有此才。'都下传写,纸墨为之贵。"**鲍照**《南史·临川王义庆传》云:"照字明远,文辞赡逸。尝为古乐府,文甚遒丽。元嘉中,为《河清颂》,其叙甚工。"《史通·人物篇》亦谓:"鲍照文学宗府,驰名海内,方之汉代,褒、朔之流。"**为尤工**。谢庄、鲍照诗文,尤为后世所祖述,次则傅亮诸人。**若陆展、何长瑜**、《宋书·谢灵运传》:"东海何长瑜,才亚惠连。"**何承天**、《南史·承天传》:"所纂文及文集,并传于世。"**何尚之**、《宋书·尚之传》:"爱尚文义,老而不休。"**沈怀文**、《宋书·怀文传》:"少好玄理,善为文章,集传于世。弟怀远,颇娴文笔。"**王诞**、《宋书·诞传》:"少有才藻。"**王僧达**、《宋书》本传云:"少好学,善属文。"**王微**、《宋书·微传》:"字景玄。少善属文,为文多古言,所著文集传于世。"**张敷**、《宋书·敷传》:"好读玄书,兼属文论。"**王韶之、王淮之**、《宋书·韶之传》:"博学有文辞,宋武帝使领西省事。凡诸诏,皆其词也。"又云:"宋庙歌词,韶之所制也。文集行于世。"又,《王淮之传》云:"赡于文词。"**殷淳、殷冲、殷淡**、《宋书·淳传》:"爱好文义,未尝违舍。弟冲,有学义文辞。冲弟淡,大明世,以文章见知。"**江智深**、《宋书》本传:"爱好文雅,辞采清赡。"**颜竣、颜测**、《南史·颜延之传》:"延之曰:'竣得臣笔,测得臣文。'"**释慧琳**、《南史·颜延之传》:"时沙门释慧琳,以才学为文帝所赏。"亦其次也。

又案,宋代臣僚,若谢晦、《宋书》本传称:"晦涉猎文义,时人以方杨德祖。"蔡兴宗、《宋书》本传:"文集传于世。"张永、《宋书》本传:"能为文章。"江湛、《宋书·湛传》:"爱好文义。"孔琳之、《宋书·琳之传》:"少好文义"。萧惠开、《宋书》本传云:"涉猎文史。"袁粲、《宋书》本传:"有清才,著《妙德先生传》。"刘勔,《宋书》本传:"兼好文义。"亦有文学。自是而外,别有鲍令晖、工诗。荀伯子、《宋书》本传:"少好学,文集传世。"孔宁之、《宋书·王华传》:"会稽孔宁之,为文帝参军,以文义见赏。"谢恂、《宋书·恂传》:"少与族兄庄齐名。"荀雍、羊璇之、《宋书·谢灵运传》:"与族弟惠连、东海何长瑜、颍川荀雍、太山羊璇之,以文章赏会。长瑜才亚惠连,雍、璇之不及也。"苏宝、《南史·王僧达传》:"时有苏宝者,生本寒门,有文义之美。"王昙生、《宋书·王弘之传》:"子昙生,好文义。"顾愿、《南史·顾觊之传》:"弟子愿,好学,有才词。"江邃之、《南史·江秉之传》:"宗人邃之,有文义,撰《文释》,传于世。"袁炳、《齐书·王智深传》:"陈郡袁炳,有文学,为袁粲所知。"卞铄、《南史·文学传》:"铄为袁粲主簿,好诗赋。"吴迈远、《南史·文学传》:"迈远好为篇章。"王素《南史·素传》:"著《蚳赋》自况。"诸人。又,《南史·宋武穆裴皇后传》:"妇人吴郡韩兰英,有文辞。宋孝武时,献《中兴赋》。"附志于此。此可证宋代文学之盛矣。

乙、齐梁文学

《文心雕龙·时序篇》:"暨皇齐驭宝,运集休明。太祖以圣武膺箓,高祖即武帝。以睿文纂业,文帝即文惠太子。以贰离含章,中宗即明帝。以上哲兴运,并文明自天,缉熙景祚。今圣历方兴,文思充被;海岳降神,才英秀发。驭飞龙于天衢,驾骐骥于万里。经典礼章,跨周轹汉。唐、虞之文,其鼎盛乎!

《南史·文学传序》云:"自中原沸腾,五马南渡,缀文之士,无乏于时。降及梁朝,其流弥盛。盖由时主儒雅,竺好文章,故才秀之士,焕乎俱集。"

《梁书·文学传序》曰:"高祖旁求儒雅,文章之盛,焕乎俱集。其在位者,则沈约、江淹、任昉,并以文采,妙绝当时。至若彭城到沆、吴兴邱迟、东海王僧孺、吴郡张率等,皆后来之选也。"又,《隋书·文学传序》云:"太和、天保之间,洛阳、江左,文雅尤盛。于时作者江淹、沈约、任昉、温子升、邢子才、魏伯起等,并学穷书圃,思极人文,英华秀发,波澜浩荡。"亦与此序互明。

《南史·梁武帝本纪论》曰:"自江左以来,年逾二百,文物之盛,独美于兹。"魏征《梁论》亦谓:"魏、晋以来,未有若斯之盛。"

《文心雕龙·明诗篇》:"俪采百字之偶,争价一句之奇;情必极貌以写物,辞必穷力而追新。此近世之所竞也。"江淹《杂拟诗·自序》曰:"五言之兴,谅非复古。但关西、邺下,既已罕同;河外、江南,颇为异法。"亦齐、梁之诗与古不同之证。

《文心雕龙·通变篇》:"今才颖之士,刻意学文,多略汉篇,师范宋集。虽古今备阅,亦近附而远疏矣。"《情采篇》所云"后之作者,采滥忽真,远弃《风》《雅》,近师词赋,故体情之制日疏,逐文之篇愈甚",亦兼晐魏、晋、宋及齐言。

《文心雕龙·指瑕篇》:"近代词人,率多猜忌,至乃比语求蚩,反音取瑕。"

《文心雕龙·总术篇》:"凡精虑造文,各竞新丽,多欲练辞,莫肯研术。"即《风骨篇》所谓"文术多门,明者弗授,学者弗师,习华随侈,流遁忘反"也。

《齐书·张融传》:"融为《问律》,自序曰:'中代之文,道体阙变,尺寸相资,弥缝旧物。'"又谓:"文岂有常体? 但以有体为常。"

《齐书·文学传论》:"今之文章,作者虽众,总而为论,略有三体。一则启心闲绎,托辞华旷,虽存巧绮,终致迂回;宜登公宴,本非准的,而疏慢阐缓,膏肓之病。典正可采,酷不入情。此体之源,出灵运而成也。次则缉事比类,非对不发,博物可嘉,职成拘制。或全借古语,用申今情,崎岖牵引,直为偶说,唯睹事例,顿失精采。此则傅咸《五经》、应璩《指事》,虽不全似,可以类从。次则发唱惊挺,操调险急,雕藻淫艳,倾炫心魂,亦犹五色之有红、紫,八音之有郑、卫。斯鲍照之遗烈也。三体之外,请试妄谈:若夫委自天机,参之史传,应思悱来,勿先构聚。言尚易了,文憎过意,吐石含金,滋润婉切。杂以风谣,轻唇利吻,不雅不俗,独中胸怀。轮扁斫轮,言之未尽;文人谈士,罕或兼工。非唯识有不周,道实相妨。谈家所习,理胜其辞。就此求文,终然翳夺,故兼之者鲜矣。"

梁简文帝《与湘东王书》:"比见京师文体,懦钝殊常,竞学浮疏,争为阐缓。玄冬修夜,思所不得,既殊比兴,正背《风》《骚》。若夫《六典》《三礼》,所施则有地;吉、凶、嘉、宾,用之则有所。未闻吟咏情性,反拟《内则》之篇;操笔写志,更摹《酒诰》之作;'迟迟春日',翻学《归藏》;'湛湛江水',遂同《大传》。吾既拙于为文,不敢轻有掎摭。但以当世之作,历方古之才人,远则杨、马、曹、王,近则潘、陆、颜、谢,而观其遣辞用心,了不相似。若以今文为是,则古文为非;若昔贤可称,则今体宜弃。俱为盍各,则未之敢许。又时有效谢康乐、裴鸿胪文者,亦颇有惑焉。何者?谢客吐言天拔,出于自然;时有不拘,是其糟粕。裴氏乃是良史之才,了无篇什之美。是为学谢则不届其精华,但得其冗长;师裴则蔑绝其所长,惟得其所短。谢故巧不可阶,裴亦质不宜慕。故胸驰臆断之侣,好名忘实之类,方分肉于仁兽,逞郄克于邯郸。入鲍忘臭,效尤致祸。决羽谢生,岂三千之可及?伏膺裴氏,惧两唐之不传。故玉徽金铣,反为拙目所嗤;《巴人》《下里》,更合郢中之听。《阳春》高而不和,妙声绝而不寻。竟不精讨锱铢,核量文质;有异巧心,终愧妍手。是以握瑜怀玉之士,瞻郑邦而知退;章甫翠履之人,望闽乡而叹息。诗既若此,笔又如之。徒以烟墨不言,受其驱染;纸札无情,任其摇襞。甚矣哉!文之横流,一至于此。"裴鸿胪,即裴子野。

姚铉《唐文粹·自序》曰:"至于魏、晋,文风下衰;宋、齐以降,益以滋薄。然其间鼓曹、刘之气焰,耸潘、陆之风格,舒颜、谢之清丽,蔼何、刘之婉雅,虽风兴或缺,而篇翰可观。"案,铉说简约,故附录于此。

案,齐、梁文学之盛,虽承晋、宋之绪馀,亦由在上者之提倡。据《齐书·高帝纪》谓:"帝博学,善属文。"《南史·本纪》谓:"帝所著文诏,中书侍郎江淹撰次之。"故高帝诸子,若鄱阳王锵好文章、江夏王锋能属文,并见《齐书》《南史》,非惟豫章王嶷工表启、武陵王晔工诗已也。《齐书·晔传》:"好文章,与诸王共作短句,诗学谢灵运体。"嗣则文惠太子、竟陵王子良、《南史·太子传》云："文武士多所招集,虞炎、范岫、周颙、袁廓,并以学行才能,应对左右。"《梁书·范岫传》云："文惠在东宫,沈约之徒,以文才见引。"又,《齐书·子良传》云："礼才好士,天下才学皆游集焉。士子文章及朝贵辞翰,皆发教撰录。所著内、外文笔数十卷。"又,《梁书·武帝纪》谓:"齐竟陵王开西邸,招文学。帝与沈约、谢朓、王融、萧琛、范云、任昉、陆倕并游,号曰八友。"沈约、范云各传并同。又,《南史·刘绘传》云："永明末,都下人士,盛为文章谈义,皆凑竟陵西邸。"又,《王僧孺传》云："子良开西邸,招文学。僧孺与虞羲、丘国宾、萧文琰、丘令楷、江洪、刘季孙,并以善辞藻游焉。"衡阳王钧、《南史·钧传》:"善属文,与琅玡王智深以文章相会,济阳江淹亦游焉。"随郡王子隆,《齐书·子隆传》:"有文才,武帝以为'我家东阿'。文集行于世。"又,《谢朓传》云："为子隆镇西文学。子隆好辞赋,朓尤被赏。"**均爱好文学,招集文士。**又,**开国之初,王俭之伦,亦以文章提倡,**详任昉《王文宪集序》及《齐书》各传。**故宗室多才。**《梁书·萧几传》:"十岁,能属文;十五,撰《杨公则诔》。子为,亦有文才。"又,《齐书·萧颖胄传》云："好文义。"均其证也。

而庶姓之中,亦人文蔚起。梁承齐绪,武帝尤崇文学。《南史·本纪》谓:"帝博学多通。及登宝位,躬制赞、序、诏、诰、铭、诔、箴、颂、笺、奏诸文百二十卷。"又,《文学传序》云："武帝每所临幸,辄命群臣赋诗。其文之善者,赐以金帛。是以缙绅之士,咸知自励。"又,《袁峻传》:"武帝雅好词赋,时献文章于南阙者相望焉。"《王筠传》亦云："敕撰中书表奏三十卷,及所上赋颂,都为一集。"**嗣则昭明太子、简文帝、元帝,并以文学著闻,**《梁书·昭明太子传》:"每游宴祖道,赋诗至十数韵。或命作剧韵,皆属思便成。所著文集三十卷。又撰古今典诰文言为《正序》十卷,五言诗之善者为《文章英华》二十卷、《文选》三十卷。"又,《南史·简文纪》谓:"帝六岁能文。及长,辞藻艳发,雅好赋诗。其《自序》云:'七岁有诗癖,长而不倦。'所著文集一百卷行世。"又,《元帝纪》谓:"帝天才英发,出言为论,军书羽檄,文章诏诰,点毫便就。著《词林》三卷、文集五十卷。世子方等有俊才,撰《三十国春秋》。"**而昭明、简文,均以文章为天下倡。**《梁书·昭明传》:"引纳才学之士,赏爱无倦。或与学士商搉古今,继以文章著述。于时名才并集,文学之盛,晋、宋以来所未有也。"又,《王锡传》云："武帝敕锡与张缵入宫,与太子游宴,又敕陆倕、张率、谢举、王规、王筠、刘孝绰、到洽、张缅为学士十人。"《刘孝绰传》云:"昭明好士爱文,孝绰与殷芸、陆倕、王筠、到洽等同见宾礼。"此昭明重文之证。又,《南史·简文纪》云:"及居监抚,弘纳文学之士。"《庾肩吾传》云:"简文开文德省,置学士,肩吾子信、徐摛子陵、吴郡张长公、北地傅弘、东海鲍至等充其选。"此简文重文士之征。**此即《南史》《梁纪》所谓"文物之盛,独美于兹"也**。《雕龙》所云"唐、虞之文,其鼎盛乎",亦与《南史》之说相合。**故武帝诸子能文者,有豫章王综**、《梁书·综传》:"有才学,善属文。"**邵陵王纶**、《梁书·纶传》:"博学,善属文,尤工尺牍。"**武陵王纪;**《梁书·纪传》:"有文才。"**其诸孙能文者,有后梁主督**、《周书·督传》:"善属文,所著文集十五卷。子世宗岿,有文学,文集行世。后主琮,博学有文义。"**南康王会理、安乐县侯义理、并南康王绩子**。《梁书·会理传》:"少好文史。弟义理,有文才,尝祭孔文举墓,并为立碑,制文甚美。"**浔阳王大心、南郡王大连、乐良王大圜;并简文子**。《梁书》大心、大连传并云:"能属文。"《周书·大圜传》:"有文集。"**其宗室能文者,则有长沙王业**、《梁书·业传》:"文集行于世。子孝俨,献《相风乌》《华光殿》《景阳山》等颂,其文甚美。孙南安侯骏,工文章。"**安成王秀**、《南史·秀传》:"精意术学。子机,所著诗赋数千言,元帝集而序之。机弟推,好属文,深为简文所亲赏。"**南平王伟**、《梁书·伟传》:"制《性情》《几神》等论。"**鄱阳王范**、《南史·范传》:"招集文才,率意题章,时有奇致。弟谘,十一能属文。"**上黄侯晔**,《南史·晔传》:"献《储德颂》。"**而安成、南平二王,尤好文士**。《南史·秀传》:"尤好人物,招刘孝标,使撰《类苑》。当世高才游王门者,东海王僧孺、吴郡陆倕、彭城刘孝绰、河东裴子野。"又,《伟传》云:"四方游士,当时知名者,莫不毕至。"**任昉之流,亦为当时文士所归**。《南史·陆倕传》云:"昉为中丞,预其宴者,殷芸、到溉、刘苞、刘孺、刘显、刘孝绰及陆倕而已,号曰龙门之游。"《南史·到溉传》:"任昉为御史中丞,后进皆宗之。时有彭城刘孝绰、刘苞、刘孺,吴郡陆倕、张率,陈郡殷芸,沛国刘显及溉、洽,车轨日至,号曰兰台聚。"《昉传》亦谓:"昉好交结,奖进士友。"**此亦梁代文学兴盛之由也**。

又案,宋、齐之际,亦中古文学兴盛之时。**齐初臣僚,如褚渊、王僧虔**《齐书·僧虔传》:"与袁淑、谢庄善,淑叹为文情鸿丽。"**之流,虽精文学**,又,《齐书·崔元祖传》云:"善属文。"《沈文季传》云:"爱好文章。"亦其证。

然集其大成者，惟王俭。《齐书·俭传》："字仲宝，甚闲辞翰。大典将行，礼仪诏策，皆出于俭。"又云："手笔典裁，为当时所重。文集行于世。"任昉有《王文宪集序》。**自嗣而降，文士辈出。**据《齐书》各传，如刘绘诸人，均以文义擅盛一时；周颙诸人，尤精谈议，不仅以文学名。至若臧荣绪、沈驎士、陆澄、刘瓛、刘琎、明僧绍、刘虬、关康之诸人，兼通经业，所长不仅文章，然《齐书》瓛等各传并云"有文集行世"。嗣则崔慰祖、贾希镜、祖冲之，亦不仅以文章名。**其兼工诗文者，厥唯王融、**《齐书·融传》："字元长。博涉，有文才。武帝使为《曲水诗序》，当世称之。文辞捷速，有所造作，援笔立就。"又云："融文集行于世。"又，《南史·任昉传》："王融有才俊，自谓无对。"**谢朓。**《南史·朓传》："字玄晖。文章清丽，长五言诗。沈约常云：'二百年来无此诗也。'敬皇后迁祔山陵，朓撰《哀策文》，齐世莫有及者。"钟氏《诗品》亦谓："朓奇章秀句，往往惊遒，足使叔源失步，明远变色。"**齐、梁之际，则沈约、范云、江淹、邱迟，并工诗文，**《南史·约传》："字休文。善属文。时谢玄晖善为诗，任彦升工于笔。约兼而有之，然不能过。著《文章志》三十卷，文集一百卷。"又，《范云传》："字彦龙。善属文，下笔辄成。有集三十卷。"又，《江淹传》："字文通。留情文章。齐高帝《让九锡》及诸章表，皆淹制也。少以文章显，晚节才思微退。凡所著述，自撰为前、后集。"又，《邱迟传》："字希范。八岁属文，辞采丽逸。劝进梁王及殊礼，皆迟文也。帝作连珠诏，群臣继作者数十人，迟文最美。"又据钟嵘《诗品》，谓"休文五言最优，辞密于范，意浅于江"，又谓"范云婉转清便，如流风回雪；邱迟点缀映媚，似落花依草"。**任昉尤长载笔。**《南史·昉传》："字彦昇。八岁能属文。王俭每见其文，以为当时无辈。王融见其文，恍然自失。"又云："昉尤长载笔，颇慕傅亮，才思无穷。当时王公表奏，莫不请焉，起草即成，沈约深所推挹。梁台建、禅让文诰，多昉所具。所著文章数十万言，盛行于世。王僧孺谓过董生、扬子。"**嗣则刘孝绰、**《梁书·孝绰传》："七岁能属文，王融深赏异之，任昉尤相赏好。梁武览其文，篇篇嗟赏，由是朝野改观。"又云："孝绰辞藻，为后进所宗，世重其文。每作一篇，朝成暮遍，好事者咸讽诵传写，流闻河朔。亭苑柱壁，莫不题之。（此句见《南史》本传，《梁书》无之。）文集数十万言行于世。子谅，有文才。"**刘峻、**《梁书·峻传》："字孝标。文藻秀出，为《山栖志》，文甚美。"**裴子野、**《梁书·子野传》："字几原。善属文。武帝诸符檄，皆令具草。"又云："为文典而速,不尚靡丽,制多法古,与今文体异。当时或有诋诃者,及其末,翕然重之。文集二十卷,行于世。"**王筠**、《梁书·筠传》:"字元礼。七岁能属文,十六为《芍药赋》,其辞甚美,又能用强韵。每公宴并作,辞必妍靡。沈约谓王志曰:'贤弟子文章之美,可谓后来独步。'自撰文章,以一官为一集,凡百卷,行于世。"**陆倕**、《南史·陆慧晓传》:"三子僚、任、倕,并有美名,时人谓之'三陆'。倕字佐公。善属文。武帝雅爱倕才,敕撰《新漏刻铭》《石阙铭》。"**其诗文均为当时所法。其尤以诗名者,则柳恽、吴均、**《南史·柳恽传》:"字文畅。著《述先颂》,文甚哀丽。少工篇什,王融见而嗟赏。和武帝《登景阳楼》篇,深见赏美,当时咸相称传。"又,《吴均传》:"字叔庠,有俊才。沈约见均文,颇相称赏。柳恽为吴兴,召补主簿,日引与赋诗。均文体清拔,有古气,好事者或学之,谓为吴均体。著文集廿卷。"**何逊**《梁书·逊传》:"字仲言,八岁能赋诗。范云称为'含清浊,中古今'。梁元帝论之云:'诗多而能者沈约,少而能者谢朓、何逊。'文八卷。"**是也。**

又案,宋、齐之际,有丘灵鞠、檀超、丘巨源、《南史·文学传》:"丘灵鞠,善属文,宋时文名甚盛,著《江左文章录》,文集行世。""檀超,少好文学。""丘巨源,有笔翰。"**张融**、《齐书·融传》:"字思光。至交州,作《海赋》,文辞诡激,独与众异。为《问律》,自序曰:'吾文章之体,多为世人所惊。'又戒其子曰:'吾文体英绝,变而屡奇。'文集数十卷行世。"**谢超宗**、《南史》:"凤子超宗,有文辞。宋殷淑仪卒,作诔奏之,帝大嗟赏。齐撰《郊庙歌》,作者十人,超宗辞独见用。"**孔珪**、《齐书·珪传》:"好文咏,高帝使与江淹对掌辞笔。"**卞彬**、《南史·文学传》:"卞彬险拔有才,著《蚤虱》等赋,文章传于闾巷。"**顾欢**、《南史·欢传》:"字景怡。六七岁,作《黄雀赋》。善于著论,作《三名论》《夷夏论》。梁武帝诏欢诸子,撰欢《文议》三十卷。"**均以文学擅名。若虞愿**、《南史·愿传》:"撰《会稽记》、文翰数十篇。"**苏侃**、《南史·侃传》载所作《塞客吟》。**江学**、《齐书》本传:"学好文辞。"**袁彖**、《南史·彖传》:"善属文及谈玄。"**刘祥**、《南史·祥传》:"少好文学,著《连珠》十五首寄怀。"**谢颢、谢瀹**、《南史·谢庄传》:"子颢,守豫章,免官。诣齐高帝自占谢,言辞清丽。弟瀹,齐帝起禅灵寺,敕为碑文。"**王僧佑**、《南史》本传:"齐孝武时,献《讲武赋》。"**王摛**、《南史·摛传》:"王俭示以隶事,操笔便成,文章既奥,辞亦华美。"**檀道鸾**,《南史·檀超传》："叔父道鸾,有文学。"**亦其次也**。**齐则陆厥**、《梁书·厥传》："字韩卿。善文章,文集行于世。"**虞炎**、《齐书·陆厥传》："会稽虞炎,永明中,以文学与沈约俱为文惠太子所遇。"**王智深**、《齐书·智深传》："字云才。少从谢超宗学属文,成《宋书》三十卷。"**虞羲**,《文选注》引《虞羲集序》："羲字子阳。七岁能属文。"**并以文著**。**若孔广、孔逭**,《南史·文学传》："会稽孔广、孔逭,皆才学知名。逭有才藻,制《东都赋》,于时才士称之。"**诸葛勖**,《南史·文学传》："琅琊诸葛勖作《云中赋》。"**袁瑕、高爽**,《南史·文学传》："又有陈郡袁瑕,自重其文。广陵高爽,博学多才,作《镂鱼赋》,其才甚工。"**庾铣**,《齐书·王智深传》："颍川庾铣,善属文,见赏豫章王。"**孔颧**,《齐书·谢朓传》："会稽孔颧,粗有才笔。"**王斌**,《南史·陆厥传》："时有王斌者,初为道人,雅有才辩,善属文。"**丘国宾、丘令楷、萧文琰、江洪**,并见《南史·王僧孺传》。《吴均传》亦谓,洪工属文。**亦其次也**。**齐、梁之际,则王僧孺**、《梁书·王僧孺传》："工属文,多识古事。其文丽逸,多用新事、人所未见者,时重其富博。文集三十卷。"**萧子恪、萧子范、萧子显、萧子云**、《南史·子恪传》："字景冲。十二,和竟陵王《高松赋》,王俭见而奇之。颇属文,随弃其本,故不传文集。弟子范,字景则。南平王使制《千字文》,其词甚美。府中文笔,皆使具草。简文葬后,使制哀策,文理哀切。前后文集三十卷。子显,字景阳。工属文,著《鸿序赋》,沈约称为《幽通》之流。启撰《齐书》,武帝雅爱其才。尝为《自序》,略谓:'颇好辞藻,屡上歌颂。每有制作,特寡思功,须其自来,不以力构。'文集二十卷。子云,字景乔。勤学,有文藻。弱冠,撰《晋书》。"**陶弘景**、《南史》："陶弘景,字通明。著《学苑》等书。"○案,今弘景传《集》二卷。**江革**、《梁书·革传》："字休映。六岁解属文。王融、谢朓雅相敬重,竟陵王引为西邸学士。有集二十卷行世。"**徐勉**、《梁书·勉传》："六岁,率尔为文,见称耆宿。长好学,善属文。凡所作前、后二集,四十五卷。"**范缜**、《南史·缜传》："字子真。作《伤暮诗》《神灭论》,文集十五卷。"**周捨**、《南史·捨传》："字昇逸。博学,精义理,文二十卷。"**王巾**、《文选注》引《姓氏英贤录》："巾字简栖。为《头陀寺碑》,文词巧丽,为世所重。"**柳恽**、《梁书·恽传》："字文通。工制文,尤晓音律。齐武帝称其属文遒丽。著《仁政传》及诸诗赋。"**袁峻**、《南史·峻传》："字孝高。工文辞,拟扬雄《官箴》,奏之。奉敕,与陆倕各制《新阙铭》。"**钟嵘**、《南史·嵘传》："字仲伟,与兄岏并好学。衡阳王令作《瑞室颂》，辞甚典丽。”又云：“嵘品古今诗。”**刘勰**、《南史·勰传》：“字彦和。撰《文心雕龙》五十篇，论古今文体。为文长于佛理，都下寺塔及名僧碑志，必请制文。”**谢朏**、《南史·朏传》：“字敬冲，谢庄子。十岁能属文。武帝问王俭：‘当今谁能为五言？’俭曰：‘朏得父膏腴，江淹有意。’文章行于世。”**刘苞**、**刘孺**、**刘遵**、《南史·刘苞传》：“字孟尝。少能属文。受诏咏《天泉池荷》及《采菱调》，下笔即成。”又，《刘孺传》：“字孝稚。七岁能属文。沈约与赋诗，大为嗟赏。少好文章，性又敏速。受诏为《李赋》，文不加点。文集二十卷。弟遵，工属文，皇太子令称为‘辞章博赡，玄黄成采’。”**刘昭**、《梁书·昭传》：“字宣卿。善属文，江淹早相称赏。集注《后汉》百八十卷，文集十卷。”**周兴嗣**、《梁书·兴嗣传》：“字思纂。善属文。天监初，献《休平赋》，文甚美。武帝敕与陆倕各制《光宅寺碑》，帝用兴嗣所制。自是《铜表铭》《栅塘碣》《北伐檄》《次韵王羲之书千字》，并使兴嗣为文。文集十卷。”**王籍**，《南史·籍传》：“字文海。为诗慕谢灵运，至其合也，殆无愧色。湘东王集其文，为十卷。”**并工文章**。案，齐、梁之际，若伏曼容、何佟之、贺玚、傅昭、何点、何胤、刘显、阮孝绪，均博于学术；张绪、张充、明山宾、庾诜，兼综儒玄，不仅以文学名，然其文亦均可观。**若范岫**、《南史·岫传》：“文集行世。”**裴邃**、《梁书·邃传》：“十岁能属文。”**袁昂**、《南史·昂传》：“有集三十卷。”**谢几卿**、《南史·谢超宗传》：“子几卿，博学有文采，文集行于世。”**王泰**、《南史·泰传》：“每预朝宴，刻烛赋诗，文不加点。”**孔休源**、《南史·休源传》：“与王融友善，为竟陵王西邸学士。凡奏议、弹文，勒成十五卷。”**王彬**、《南史·彬传》：“好文章。齐武帝起旧宫，彬献赋，文辞典丽。”**顾宪之**、《南史》本传：“所著诗赋铭赞，并《衡阳郡记》，数十篇。”**沈顗**、《南史》本传：“著文章数十篇。”**诸葛璩**、《南史·璩传》：“所著文章二十卷，门人刘暾，集而录之。”**范述曾**《南史·述曾传》：“著杂诗赋数十篇。”**之流，亦其次也**。**梁则刘潜**、《南史·潜传》：“字孝仪。工属文。敕制《雍州平等寺金像碑》，文甚弘丽。文集二十卷行世。弟孝威，大同中，上《白雀颂》，甚美。”**伏挺**、《南史·挺传》：“长有才思，为五言诗，善效谢康乐体，任昉深相叹异。文集二十卷。”**谢蔺**、《南史·蔺传》：“字希如。献《甘露颂》，武帝嘉之，使制《萧楷德政碑》《宣城王奉述中庸颂》。所制诗赋、碑铭，数十篇。”**萧洽**、《梁书·洽传》：“博涉，善属文。敕撰《当涂堰碑》，辞甚赡丽。文集二十卷行于世。”**刘之遴**、《梁书·之邈传》："字思贞。八岁能属文，沈约、任昉异之。前后文集五十卷。"**刘杳**、《梁书·杳传》："字士深。博综群书，沈约叹美其文。著《林庭赋》，王僧孺叹曰：'《郊居》以后，无复此作。'文集十五卷。"**张率**、《梁书·率传》："字士简。十二能属文，日限为诗一篇。稍进，作赋颂，武帝谓兼马、枚工速。自少属文，《七略》及《艺文志》所载诗赋，今无其文者，并补作之。所著《文衡》十五卷，集三十卷。"**陆云公**、《梁书·云公传》："字子龙。有才思。制《太伯庙碑》，张缵叹为'今之蔡伯喈'。文集行世。"**谢征**、《梁书·征传》："字玄度，善属文，于武德殿赋诗三十韵，二刻便成。又为临汝侯制《放生文》，亦见赏于世。文集二十卷。"**萧琛**、《梁书·琛传》："字彦瑜。有才辩，撰诸文集数十万言。又二子密，博学有文词。"**谢览、谢举**、《梁书·览传》："字景涤。与王暕为诗赠答，其文甚工。弟举，字言扬。年十四，赠沈约诗，为约所赏。文集二十卷。"**王规**、《梁书·规传》："字威明。献《太极新殿赋》，其词甚工。于文德殿赋诗五十韵，援笔立奏，其文又美。文集二十卷。"**到沆、到溉、到洽**、《梁书·沆传》："字茂瀣。善属文。武帝命为诗二百字，二刻便成，其文甚美。所著诗赋百馀篇。溉字茂灌。善于应答，有集二十卷。洽字茂㳞，有才学，谢朓深相赏好。梁武使与萧琛、任昉赋二十韵诗，以洽辞为工。奉敕撰《太学碑》。文集行世。"**张缅、张缵**、《梁书·缅传》："字元长。抄《江左集》，未及成。文集五卷。弟缵，字伯绪。好学，为湘州刺史，作《南征赋》。文集二十卷。"**徐摛**、《梁书·摛传》："字士秀。属文好为新变，不拘旧体。为太子家令，文体既别，春坊尽学之。"**徐悱、徐绲**、《梁书·绲传》："为湘东王参军，辩于辞令，文冠一府。特有轻艳之才，新声巧变，人多讽习。"（此说有误。《梁书》无徐绲传。）又，《徐勉传》云："子悱，字敬业。聪敏能属文。悱妻，刘孝绰妹，文尤清拔。"**何思澄**、《南史·思澄传》："字元静。少工文，为《游庐山诗》，沈约大相称赏，自谓弗逮。傅昭请制《释奠诗》，辞文典丽。文集十五卷。"又云："思澄与宗人逊及子朗，俱擅文名。子朗早有才思，尝为《败冢赋》，文甚工，行于世。"**任孝恭**、《南史·孝恭传》："有才学，敕制《建陵寺刹下铭》，又启撰《武帝集序》，文并富丽。自是，专掌公家笔翰。孝恭为文敏速，若不留思，每奏称善。文集行于世。"**纪少瑜**、《南史·少瑜传》："字幼场。十三，能属文，王僧孺见而赏之，曰：'此子才藻新拔，方有高名。'"**庾肩吾**、《南史·肩吾传》："字慎之。八岁能赋诗，辞采甚美。"**刘毂**、《南史》："毂字仲宝。善辞翰。随湘东王在蕃,当时文檄,皆其所为。"**颜协**、《南史·协传》:"字子和。文集二十卷,遇火湮灭。"**鲍泉**、《南史·泉传》:"字润岳。兼有文笔。元帝谓:'我文之外,无出卿者。'"**蔡大宝**,《周书·大宝传》:"善属文,文词赡速。詧之章表、书记、教令、册诏,并大宝专掌之。著文集三十卷。"**并擅文词**。梁代士人,无不工文,而文人亦均博学。故有文名为学所掩者,如贺琛、殷芸、严植之、崔灵恩、沈峻、孔子祛、皇侃之流是也。然览其遗文,均有可观。又以《南史》各传考之,如《顾协传》:"文集十卷,行于世。"《朱异传》:"文集百馀篇。"《许懋传》:"有集十五卷。"《司马褧传》:"庾肩吾集其文为十卷。"协等诸人,亦不仅以文章著。**若萧子晖、萧滂、萧确、萧序恺**,《南史》:"萧子云弟子晖,有文才。"又云:"子范,子滂、确,并有文才。"又云:"子显、子序恺,简文《与湘东王令》称为才子。"**萧贲**,《南史·萧同传》:"弟贲,有文才。"**萧介**,《梁书·介传》:"武帝置酒赋诗,介染翰便成,文不加点。"**臧严**,《南史·严传》:"幼作《屯游赋》七章,辞并典丽。文集十卷。"**谢侨**,《南史·侨传》:"集十卷。"**王承、王训**,《南史·承传》:"以文学相尚。弟训,文章为后进领袖。"**庾仲容**,《南史》本传:"文集二十卷,行于世。"**江蒨**,《南史·蒨传》:"文集十五卷。"**江禄**,《南史·禄传》:"有文章。"**刘縠**,《南史·縠传》:"善辞翰。"**刘沼**,《南史·沼传》:"善属文。"**刘霁**,《南史·霁传》:"文集十卷。"**刘歊**,《南史·歊传》:"博学有文才,著《笃终论》。"**陆罩**,《南史·罩传》:"善属文,撰《简文帝集序》。"**何倜**,《南史·何逊传》:"从叔倜,亦以才著闻,著《拍张赋》。"**虞骞、孔翁归、江避**,《南史·何逊传》:"时有会稽虞骞,工为五言诗,名与逊埒。又有会稽孔翁归,工为诗;济阳江避,博学有思理,并有文集。"**罗研、李膺**,《梁书·研传》《膺传》并云:"有才辨,以文达。"**吴规**,《梁书·张缵传》:"吴兴吴规,颇有才学,邵陵王深相礼遇。"**王子云、费昶**,《南史·何思澄传》:"太原王子云、江夏费昶,并为闾里才子。昶善乐府,又作《鼓吹曲》,武帝重之。子云尝为《自吊文》,甚美。"**江子一**,《南史·子一传》:"辞赋、文章数十篇,行于世。"**刘慧斐**,《南史》本传:"能属文。"**庾曼倩**,《南史·庾诜传》:"子曼倩,所著文章凡九十五章。"**傅准**,《梁书·傅昭传》:"子准,有文才。"**江从简**,《南史·江德藻传》:"弟从简,少有文情。"**谢侨**、《南史·侨传》:"集十卷。"**鲍行卿**、《南史·鲍泉传》:"时有鲍行卿,好韵语,上《玉璧铭》,武帝发诏褒赏。集二十卷。"**甄玄成、岑善方、傅准、萧欣、柳信言、**

范迪、沈君游，准，后梁臣。《周书》云："玄成善属文，有文集二十卷。""善方善辞令，著文集十卷。""准有文才，善词赋，文集二十卷。""欣善属文，与柳信言俱为一代文宗，有集二十卷。""迪善属文，有文集十卷。""君游有词采，有文集十卷。"亦其次也。齐、梁文学之盛，即此可窥。

丙、陈代文学

《陈书·文学传》云："后主雅尚文词，傍求学艺，焕乎俱集。每臣下表疏，及献上赋颂者，躬自省览。其有辞工，则神笔赏激，加其爵位。是以缙绅之徒，咸知自励矣。"

《南史·文学传序》："至有陈受命，运接乱离，虽加奖励，而向时之风流息矣。岂金陵之数将终三百年乎？不然，何至是也？"案，此说与《陈书》相反。今以《陈书》各纪、传考之，则此说实非。盖陈之文学，虽不及梁代之盛，然风流固未尝歇绝也。

案，陈代开国之初，承梁季之乱，文学渐衰。然世祖以来，渐崇文学。据《南史·世祖纪》及《陈书·世祖纪论》，并谓"崇尚儒术，爱悦文义"。后主在东宫，汲引文士，如恐不及；《陈书·姚察传》："补东宫学士。于时，江总、顾野王、陆琼、陆瑜、褚玠、傅𰯈等，皆以才学之美，晨夕娱侍。"及践帝位，尤尚文章。《陈书·后主纪论》云："待诏之徒，争趋金马；稽古之秀，云集石渠。"是其证也。故后妃、宗室，莫不竞为文词。《陈书·后主沈皇后传》："涉猎经史。后主薨，自为哀词，文甚酸切。"《陈书》又谓："后主以宫人有文学者为女学士。"又谓："高宗子、岳阳王叔慎，后主子、吴兴王胤，皆能属文。是时，后主尤爱文章，叔慎与衡阳王伯信、新蔡王伯齐等，每属诏赋诗，恒被嗟赏。"又，开国功臣如侯安都、孙玚、徐敬成，均结纳文士。《陈书·侯安都传》："为五言诗，颇清靡。招聚文士褚玠、马枢、阴铿、张正见、徐伯阳、刘珊祖、孙登，或命以诗赋，第其高下。"《孙玚传》："尝于山斋集玄儒之士。"《徐敬成传》："结交文义之士。"而李爽之流，以文会友，极一时之选。故文学复昌，迄于亡国。《南史·徐伯阳传》："太建初，与李爽、张见正、贺彻、阮卓、萧诠、王由礼、马枢、祖孙登、贺循、刘珊等为文会之友，后有蔡凝、刘助、陈暄、孔范亦与焉，皆一时士也。游宴赋诗，勒成卷轴。伯阳为其集序，盛传于世。"**然斯时文士，首推徐陵**、《陈书·陵传》："字孝穆，摛子。八岁能属文。自有陈创业，文檄军书及禅授诏策，皆徐陵所制，而《九锡》尤美，为一代文宗。世祖、高宗之世，国家有大手笔，皆陵草之。其文颇变旧体，缉裁巧密，多有新意。每一文出手，好事者已传写成诵，遂被之华夷，家藏其本。存者三十卷。弟孝克，亦善属文，而文不逮。子仪、俭，梁元帝叹赏其诗，以为徐氏子复有文。俭弟份，九岁为《梦赋》，陵谓：'吾幼属文，亦不加此。'"**沈炯**，《陈书·炯传》："字礼明。少有隽才。王僧辩羽檄军书，皆出于炯。上表江陵劝进，其文甚工，当时莫逮。为西魏所虏，魏人爱其文才。尝行经汉武通天台，为表奏陈思归之意，寻获东归。文帝重其文。有集二十卷行世。"《南史》亦曰："沈炯才思之美，足以继踵前良。"**次则顾野王**、《陈书·野王传》："字希冯。九岁能属文。尝制《日赋》，朱异见而奇之。以笃学知名。著《玉篇》《舆地志》等，及文集二十卷。"**江总**、《陈书·总传》："字总持。笃学，有辞采。梁武览总诗，深降嗟赏。张缵等深相推重。"又云："总能属文，于五言、七言尤善，然伤于浮艳。文集三十卷行世。子溢，颇有文词。"**傅绎**、《陈书·绎传》："字宜事。能属文。为文典丽，性又敏速，虽军国大事，下笔辄成，未尝起草，沈思者亦无以加。有集十卷。"**姚察**、《陈书·察传》："字伯审。十二能属文。后主时，敕专知优册、谥议等文笔。每有制述，多用新奇，人所未见，咸重富博。所撰寺塔及众僧文章，特为绮密。所著《汉书训纂》等，及文集二十卷行世。"**陆琼**、《陈书·琼传》："字伯玉，云公子。六岁为五言诗，颇有词采。长，善属文。后主即位，掌诏诰，有集二十卷。子从典，八岁，拟沈约《回文砚铭》，便有佳致；十三，为《柳赋》，其词甚美。"**陆琰、陆瑜**、《陈书·琰传》："字温玉，琼从父弟。世祖使制《刀铭》，援笔即成。所制文笔多不存，后主求其遗文，撰成二卷。弟瑜，字干玉。美词藻。太建二年，命为《太子释奠诗序》，文甚赡丽。有集十卷。瑜从父兄玠，字润玉。能属文，有集十卷。从父弟琛，字洁玉。十八，上《善政颂》，颇有词采。"**并以文著。若沈不害**、《陈书·不害传》："字孝和。治经术，善属文。每制文，操笔立成，曾无寻检。文集十四卷。"**孔奂**、《陈书·奂传》："字休文。善属文。王僧辩为扬州，笺表、书翰，皆出于奂。有集十五卷，弹文四卷。"**徐伯阳**、《陈书·伯阳传》："字隐忍。年十五，以文笔称。侯安都令为谢表，文帝见而奇之；又为《辟雍颂》，甚见嘉赏。"**毛喜**、《陈书·喜传》："字伯武。高宗为骠骑,府朝文翰,皆喜词也。有集十卷。"**赵知礼**、《陈书·知礼传》:"字齐旦。为文赡速,每占授军书,下笔便就。高祖上表元帝,及与王僧辩论述军事,其文并知礼所制。"**蔡景历**、《陈书·景历传》:"字茂世。好学,善尺牍。高祖镇朱方,以书要之。景历对使答书,笔不停辍。将讨王僧辩,草檄立成,辞义感激。"又云:"景历属文,不尚雕磨,而长于叙事,应机敏速,为当时所称。有文集二十卷。子征,聪敏才赡。"**刘师知**、《陈书·师知传》:"工文笔,善仪体,屡掌诏诰。"**杜之伟**、《陈书·之伟传》:"字子大。幼有逸才。徐勉见其文,重其有笔力。"又云:"之伟为文,不尚浮华,而温雅博赡。所制多遗失,存者十七卷。"**颜晃**、《陈书·晃传》:"字元明。少有辞采,献《甘露颂》,词义该典。其表奏诏诰,下笔立成,便得事理,而雅有气质。有集二十卷。"**江德藻**、《陈书·德藻传》:"字德藻。善属文,著文笔十五卷。子椿,亦善属文。"**庾持**、《陈书·持传》:"字允德。尤善书记,以才艺闻。持善字书,每属词,好为奇字,文士亦以此讥之。有集十卷。"**许亨**、《陈书·亨传》:"字亨道。少为刘之遴所重。撰《齐书》《梁史》,所制文笔六卷。"**褚玠**、《陈书·玠传》:"字温理。长,能属文,词义典实,不好艳靡。所制章奏、杂文二百馀篇,皆切事理。"**岑之敬**、《陈书·之敬传》:"字思礼。以经业进。雅有词笔,有集十卷行世。"**蔡凝**、《陈书·凝传》:"有文辞。"**何之元**、《陈书·之元传》:"有才思,著《梁典》。"**章华**《陈书·傅縡传》:"吴兴章华,善属文。"之流,或工诗文,或精笔翰,亦其选也。又,梁代士大夫,多仕陈廷,以文学著,如**萧允**、《陈书·允传》:"经延陵季子庙,为诗叙意,辞理清典。"**周弘正**、《南史·弘正传》:"玄理为当时所宗。集二十卷。弟弘让、弘直。弘直幼聪敏,有集二十卷。"**萧引**、《陈书·引传》:"善属文。弟密,有文词。"**张种**、《南史·种传》:"有集十四卷。"**王劢**、《南史·劢传》:"从登北顾楼,赋诗,辞义清典。"**沈众**、《陈书·众传》:"沈约孙,有文才。梁武令为《竹赋》,手敕答曰:'文体翩翩,可谓无忝尔祖。'"**袁枢**、《陈书·枢传》:"有集十卷行世。"**谢嘏**、《陈书·嘏传》:"善属文,文集行世。"**虞荔、虞寄**《陈书·荔传》:"善属文。梁武使制《士林馆碑》。弟寄,大同中,上《瑞雨颂》,梁武谓其典裁清拔。"是也。又案,梁、陈之际,若王通、谢岐、袁敬、袁泌、刘仲威、王质、萧乾、韦载、韦鼎、王固、萧济、沈君公,虽不以文名,亦均工文。若夫沈文阿、沈洙、王元规、郑灼、顾越之流,博综经术;张讥、马枢,兼善玄言,亦不仅以文名。**其有尤工诗**

什者，自徐、沈外，则有阴铿，《南史·铿传》："字子坚。尤善五言诗，为当时所重。世祖使赋《新成安乐宫诗》，援笔立就。有集三卷行世。"张正见，《陈书·正见传》："字见赜。年十三，献颂，梁简文深赞赏之。有集十四卷。其五言诗尤善，大行于世。"阮卓、《陈书·卓传》："尤工五言诗。"谢贞《陈书·贞传》："八岁，为《春日闲居》五言诗，有'风定花犹落'句，王筠以为追步惠连。有集，值乱不存。"诸人。若夫孔范、刘暄之流，惟工藻艳，详下节。亦又不足数矣。

丁、总论

宋、齐、梁、陈文学之盛，既综述于前。试合当时各史传观之，自江左以来，其文学之士，大抵出于世族，而世族之中，父子、兄弟，各以能文擅名。如《南史》称刘孝绰兄弟及群从子侄，当时有七十人，并能属文，近古未之有。《孝绰传》。又，王筠《与诸儿论家门文集书》谓："史传所称，未有七叶之中，人人有集如吾门者。"《筠传》。此均实录之词。当时文学之盛，舍琅琊王氏及陈郡谢氏、吴郡张氏外，则有南兰陵萧氏、陈郡袁氏、东海王氏、彭城到氏、吴郡陆氏、彭城刘氏、东莞臧氏、会稽孔氏、庐江何氏、汝南周氏、新野庾氏、东海徐氏、济阳江氏，均见《南史》。惟当时之人，既出自世族，故其文学之成，必于早岁；详前节。且均文思敏速，或援笔立成，或文无加点，亦详前节。故梁武集文士作诗文，均限晷刻。又，《南史·王僧孺传》称："齐竟陵王集学士为诗四韵，刻烛一寸。"亦其证也。若《徐勉传》"下笔不休"、《朱异传》"不暂停笔"，又当时诏诰、书疏，词贵敏速之证。此亦秦、汉以来之特色。至当时文学得失，稽之史传及诸家各集，厥有四端。

一曰矜言数典，以富博为长也。齐、梁文翰，与东晋异，即诗什亦然。自宋代颜延之以下，侈言用事，钟氏《诗品》谓："文符应资博古，驳奏宜穷往烈。至于吟咏情性，亦何贵乎用事？颜延之喜用古事，弥见拘束。于时化之，故大明、泰始中，文章殆同书抄。尔来作者，浸以成俗，遂句无虚韵，语无虚字，拘挛补衲，蠹文已甚。"学者浸以成俗。齐、梁之际，任昉用事尤多，慕者转为穿凿。《南史·任昉传》云："既以文才见知，时人云：'任笔沈诗。'昉闻，甚以为病。晚节转好著诗，用事过多，属辞不得流便。自尔，都下士子慕之，转为穿凿。"《诗品》亦云："任昉博物，动辄用事，是以诗不得奇。"**盖南朝之诗，始则工言景物，继则惟以数典为工。**观齐、梁人所存之诗，自离合诗、回文诗、建除诗以外，有四色诗、八音诗、数名诗、州郡名诗、药名诗、姓名诗、鸟兽名诗、树名诗、草名诗、宫殿名诗各体，又有大言、小言诸诗，此均惟工数典者也。**因是各体文章，亦以用事为贵。**如王僧孺、姚察等传，并云"多用新事，人所未见"，是其证。考之史传，《南史》称王俭尝使宾客隶事，《南史·王谌传》："王俭尝集才学之士，总校虚实，类物隶之，谓之'隶事'，自此始也。俭尝使宾客隶事，多者赏之。摛后至，俭以所隶示之，操笔便成，文章既奥，辞亦华美，举坐击赏。"梁武集文士策经史事，《南史·刘峻传》云："武帝每集文士，策经史事，范云、沈约之徒，皆引短推长。峻忽请纸笔，疏十馀事，坐客皆惊。"**而类书一体，亦以梁代为盛。藩王、宗室，以是相高。**《南史·刘峻传》："安成王秀使撰《类苑》，凡一百二十卷。武帝即命诸学士撰《华林遍略》以高之。"《杜子伟传》："补东宫学士，与刘陟等抄撰群书，各为题目。"《庾肩吾传》略同。《陆罩传》亦言："简文撰《法宝联璧》，与群士抄掇区分。"均其证也。**虽为博览之资，实亦作文之助，**即《诗品》所谓"文章略同书抄"、《齐书》所谓"缉事比类，非对不发；博物可嘉，职成拘制"也。《南史·萧子云传》谓：梁初，郊庙乐词，皆沈约撰，子云启宜改定。武帝敕曰："郊庙歌词，应须典诰大语，不得杂用子史文章浅言。"此当时文章舛杂之征。又，《萧贲传》："湘东王为檄，贲读至'偃师南望，无复储胥露寒；河阳北临，或有穹庐毡帐'，乃曰：'圣制此句，非为过似，如体目朝廷，非关序赋。'王闻之，大怒。"此又文多溢词，不关实义之证也。举斯二事，足审其馀。**故当时世主所崇，非惟据韵，兼重长篇。**如梁武诏群臣赋诗，或限剧韵，或限五百字，均见《南史》各传。诗什既然，文章亦尔。用是，篇幅益恢，梁代文章，以篇逾千字为恒。偶词滋众，此必然之理也。

　　二曰梁代宫体，别为新变也。"宫体"之名，虽始于梁，然侧艳之词，起源自昔。晋、宋乐府，如《桃叶歌》《碧玉歌》《白纻词》《白铜鞮歌》，均以淫艳哀音，被于江左。迄于萧齐，流风益盛。《南史·袁廓之传》谓,时何涧亦称才子,为文惠太子作《杨叛儿歌》,辞甚侧丽。廓之谏曰:"夫《杨叛》者,既非典雅,而声甚哀。"亦其证。**其以此体施于五言诗者,亦始晋、宋之间,后有鲍照**,明远乐府,固妙绝一时。其五言诗,亦多淫艳。特丽而能壮,与梁代之诗稍别。《齐书·文学传论》谓"次则发唱惊挺,操调险急,雕藻淫艳,倾炫心魂,斯鲍照之遗烈",其确证也。**前则惠休**。绮丽之诗,自惠休始。《南史·颜延之传》云:"延之每薄汤惠休诗,谓人曰:'惠休制作,委巷中歌谣耳,方当误后事。'"即据侧丽之诗言之。**特至于梁代,其体尤昌**。《南史·简文纪》谓:"帝辞藻艳发,然伤于轻靡,时号'宫体'。"《南史·帝纪论》曰:"宫体所传,且变朝野。"魏征《梁论》亦曰:"太宗神采秀发,华而不实,体穷淫靡,义罕疏通。哀思之音,遂移风俗。"《徐摛传》亦谓:"属文好为新变,文体既别,春坊尽学之。'宫体'之号,自斯而始。"盖当此之时,文士所作,虽多艳词,如徐摛"特有轻艳之才,新声巧变,人多讽习"是。**然尤以艳丽著者,实惟摛及庾肩吾;嗣则庾信、徐陵,承其遗绪,而文体特为南北所崇**。《周书·庾信传》谓:"庾肩吾、徐摛、摛子陵及信,并为梁太子抄撰学士。既有盛才,文并绮丽,世号'徐庾体'。当时后进,竞相模范。每有一文,京都莫不传诵。"《隋书·文学传序》曰:"自大同以后,徐陵、庾信,分路扬镳,而其意浅而繁,其文匿而采。"又,唐杜确《岑嘉州集序》曰:"梁简文帝及庾肩吾之属,始为轻浮绮靡之辞,名曰'宫体'。自后沿袭,务为妖体。"均其证。此则大同以后文体之一变也。梁代妖艳之词,多施于词赋。至陈,则志铭、书札,亦多哀思之音、绮靡之词。又据《陈书》《南史·后主纪》及张贵妃各传,谓帝荒酒色,奏伎作诗,以宫人有文学者为女学士,与狎客共赋新诗,采其尤艳丽者以为曲调,被以新声,其曲有《玉树后庭花》《临春乐》等。《江总传》谓其尤工五、七言诗,溺于浮靡,日与后主游宴后庭,多为艳诗,好事者相传讽玩,于今不绝。又,《孔范传》云:"文章赡丽,尤善五言诗,与江总等,并为狎客。"《陈暄传》云:"后主即位,与义阳王叔达、孔范、袁权、王瑳、陈褒、沈瓘、王仪等陪侍游宴。暄以俳优自居,文章谐谬,语言不节。"是陈季艳丽之词,尤较梁代为盛,即魏征《陈论》所谓"偏尚淫丽之文"也。故初唐诗什,竞沿其体,历百年而不衰。

　　三曰士崇讲论,而语悉成章也。自晋代人士均擅清言,用是,言语、文章虽分二途,而出口成章,悉饶词藻。见前课。晋、宋之际,宗炳之伦,承其流风,兼以施于讲学。宋则谢灵运、瞻之属,并以才辩辞义相高,王惠精言清理。并见《宋书·王惠传》。齐承宋绪,华辩益昌。《齐书》称张绪"言精理奥,见宗一时,吐纳风流,听者皆忘饥疲",《绪传》。又称周颙"音辞辩丽,辞韵如流,太学诸生慕其风,争事华辩",《颙传》。又谓"张融言辞辩捷,周颙弥为清绮,刘绘音采不赡,丽雅有风则"。《绘传》。迄于梁代,世主尤崇讲学,国学诸生,惟以辨论儒玄为务,或发题申难,往复循环,具详《南史》各传。梁代讲论之风,被于朝野,具详戚衮、周弘正、张讥、顾越、马枢、岑之敬各传。用是,讲论之词,自成条贯。及笔之于书,则为讲疏、口义、笔对。大抵辨析名理,既极精微,而属词有序,质而有文,为魏、晋以来所未有。当时人士,既习其风,故析理之文,议礼之作,迄于陈季,多有可观,则亦士崇讲论之效也。

　　四曰谐隐之文,斯时益甚也。谐隐之文,亦起源古昔。宋代袁淑,所作益繁。惟宋、齐以降,作者益为轻薄,其风盖昌于刘宋之初。《南史·谢灵运传》:"何长瑜寄书宗人何勖,以韵语序陆展染发。轻薄少年遂演之,凡人士并为题目,皆加剧言苦句,其文流行。"是其证。嗣则卞铄、丘巨源、卞彬之徒,所作诗文,并多讥刺。《南史·文学传》:"卞铄为词赋,多讥刺世人。丘巨源作《秋胡诗》,有讥刺语。卞彬拟《枯鱼赋》喻意,又著《虾虮》《蜗虫》等赋,大有指斥。永明中,诸葛勖为国子生,作《云中赋》,指祭酒以下,皆有形似之目。"梁则世风益薄,士多嘲讽之文,《梁书·临川王弘传》:"豫章王综,以弘贪吝,作《钱愚论》,其文甚切。"又,《南史·江德藻传》:"弟从简,作《采荷调》刺何敬容,为当时所赏。"又,《何敬容传》:"萧琛子巡,颇有轻薄才,制《卦名离合诗》嘲敬容。"而文体亦因之愈卑矣。孔稚珪《北山移文》、裴子野《雕虫论》,亦属此派。

　　要而论之,南朝之文,当晋、宋之际,盖多隐秀之词,嗣则渐趋缛丽。齐、梁以降,虽多侈艳之作,然文词雅懿、文体清峻者,正自弗乏。斯时诗什,盖又由数典而趋琢句,然清丽秀逸,亦自可观。

又，当此之时，张融之文，务为诡激；裴子野之文，制多法古。盖张氏既以新奇为贵，裴氏欲挽靡丽之风，然朝野文人，鲜效其体。观简文《与湘东书》，以为裴氏之文不宜效法，此可验当时之风尚矣。至当时文格所以上变晋、宋，而下启隋、唐者，厥有二因：一曰声律说之发明，二曰文笔之区别。今辄引史籍所言，诠次如下。

子、声律说之发明

《南史·陆厥传》曰："永明末，盛为文章。吴兴沈约、陈郡谢朓、琅琊王融，以气类相推毂。汝南周颙，善识声韵，为文皆用宫商；以平、上、去、入为四声，以此制韵，有平头、上尾、蜂腰、鹤膝。五字之中，音韵悉异；两句之内，角徵不同，不可增减，世呼为'永明体'。"

《周颙传》云："颙始著《四声切韵》，行于时。"

《陆厥传》又曰："时有王斌者，不知何许人，著《四声论》，行于时。"

《沈约传》曰："约撰《四声谱》，以为在昔词人，累千载而不悟，而独得胸襟，穷其妙旨，自谓入神之作。武帝雅不好焉。尝问周捨曰：'何谓四声？'捨曰：'天子圣哲是也。'然帝竟不遵用。"又，《南史·陆厥传》："约论四声，颇有铨辩，而诸赋亦往往与声韵乖。"

　　案，音韵之学，不自齐、梁始。封演《闻见记》谓："魏时有李登者，撰《声类》十卷，以五声命字。"《魏书·江式传》亦谓："晋吕静仿吕登之法，作《韵集》五卷，宫、商、角、徵、羽，各为一篇。"是宫羽之辨，严于魏、晋之间，特文拘声韵，始于永明耳。考其原因，盖江左人士，喜言双声；如《宋书·谢庄传》载庄答王玄谟："玄""护"为双声，"磝""碻"为叠韵，以为捷速如此。又，《王玄保传》"好为双声"，并其证。衣冠之族，多解音律。如《南史》："萧惠基解音律，尤好魏三祖曲及《相和歌》。"《颜师伯传》："颇解声乐。"又，《齐书·齐临川王映传》及《南史》褚沄、谢悟、王冲各传，或云"善声律"，或云"晓音乐"，或云"解音律""声律"，是其证。故永明之际，周、沈之伦，文章皆用宫商，又以此秘为古人所未睹也。

《庾肩吾传》曰："齐永明中,王融、谢朓、沈约文章,始用四声,以为新变。至是转拘声韵,弥为丽靡。"

又案,唐封演《闻见记》亦云："周颙好为体语,因此切字皆有平、上、去、入之异。永明中,沈约文辞精拔,盛解音律,遂撰《四声谱》。时王融、刘绘、范云之徒,慕而扇之。由是远近文学,转相祖述,而声韵之道大行。"

沈约《宋书·谢灵运传论》:"夫五色相宣,八音协畅,由乎玄黄律吕,各适物宜。欲使宫羽相变,低昂舛节。若前有浮声,则后须切响。一简之内,音韵尽殊;两句之中,轻重悉异。妙达此旨,始可言文。至于先士茂制,讽高历赏。子建'函京'之作,仲宣'灞岸'之篇,子荆'零雨'之章,正长'朔风'之句,并直举胸情,非傍诗史,正以音律调韵,取高前式。自灵均以来,多历年代,虽文体稍精,而此秘未睹。至于高言妙句,音韵天成,皆暗与理合,匪由思至。张、蔡、曹、王,曾无先觉;潘、陆、颜、谢,去之弥远。世之知音者,有以得之,此言非谬。如曰不然,请待来哲。"

陆厥《与沈约书》曰:"范詹事《自序》:'性别宫商,识清浊,特能适轻重,济艰难。古今文人,多不全了斯处。纵有会此者,不必从根本中来。'沈尚书亦云:'自灵均以来,此秘未睹。或阇与理合,匪由思至。张、蔡、曹、王,曾无先觉;潘、陆、颜、谢,去之弥远。'大旨欲使宫羽相变,低昂舛节。若前有浮声,则后须切响。一简之内,音韵尽殊;两句之中,轻重悉异。辞既美矣,理又善焉。但观历代众贤,似不都阇。此处而云'此秘未睹',近于诬乎!案,范云'不从根本中来',尚书云'匪由思至',斯可谓揣情谬于玄黄,摘句差其音律也。范又云'时有会此者',尚书云'或阇与理合',则美咏清讴,有辞章调韵者,虽有差谬,亦有会合。推此以往,可得而言。夫思有合离,前哲同所不免;文有开塞,即事不得无之。子建所以好人讥弹,士衡所以遗恨终篇。既曰'遗恨',非尽美之作,理可诋诃。君子执其诋诃,便谓合理为阇,岂如指其合理，而寄诋诃为遗恨邪？自魏文属论，深以清浊为言；刘桢奏书，大明体势之致。岨峿妥怗之谈，操末续颠之说，兴玄黄于律吕，比五色之相宣。苟'此秘未睹'，兹论为何所指邪？故愚谓前英已早识宫徵，但未屈曲指的，若今论所申。至于掩瑕藏疾，合少谬多，则临淄所云'人之著述，不能无病'者也。非知之而不改，谓不改则不知，斯曹、陆又称'竭情多悔''不可力强'者也。今许以'有病''有悔'为言，则必自知无悔、无病之地；引其'不了''不合'为阘，何独诬其一合、一了之明乎？意者，亦质文时异，古今好殊。将急在情物，而缓于章句。情物，文之所急，美恶犹且相半；章句，意之所缓，故合少而谬多。义兼于斯，必非不知，明矣。《长门》《上林》，殆非一家之赋；《洛神》《池雁》，便成二体之作。孟坚精正，《咏史》无亏于'东主'；平子恢富，《羽猎》不累于'凭虚'。王粲《初征》，他文未能称是；杨修敏捷，《暑赋》弥日不献。率意寡尤，则事促乎一日；翳翳愈伏，而理赊于七步。一人之思，迟速天悬；一家之文，工拙壤隔。何独宫商律吕，必责其如一邪？论者乃可言'未穷其致'，不得言'曾无先觉'也。"《齐书·厥传》。

沈约《答陆厥书》："宫商之声有五，文字之别累万。以累万之繁，配五声之约，高下低昂，非思力所举。又非止若斯而已也，十字之文，颠倒互配，字不过十，巧历已不能尽，何况复过于此者乎？灵均以来，未经用之于怀抱，固无从得其仿佛矣。若斯之妙，而圣人不尚何邪？此盖曲折声韵之巧，无当于训义，非圣哲立言之所急也。是以子云譬之雕虫篆刻，云'壮夫不为'。自古辞人，岂不知宫羽之殊、商徵之别？虽知五音之异，而其中参差变动，所昧实多，故鄙意所谓'此秘未睹'者也。以此而推，则知前世文士，便未悟此处。若以文章之音韵，同弦管之声曲，则美恶妍蚩，不得顿相乖反。譬犹子野操曲，安得忽有阐缓失调之声？以《洛神》比陈思他赋，有似异手之作。故知天机启，则律吕自调；六情滞，则音律顿舛也。士衡虽云炳若缛锦，宁有濯色江波，其中复有一片是卫文之服？此则陆生之言，即复不尽者矣。韵与不韵，复有精粗，轮扁不能言，老夫亦不尽辨此。"同上。

《文心雕龙·声律篇》："夫音律所始，本于人声者也。声含宫商，肇自血气。先王因之,以制乐歌。故知器写人声,声非学器者也。故言语者,文章神明枢机,吐纳律吕唇吻而已。古之教歌,先揆以法,使疾呼中宫,徐呼中徵。夫商、徵响高,宫、羽声下;抗喉、矫舌之差,攒唇、激齿之异,廉肉相准,皎然可分。今操琴不调,必知改张;摘文乖张,而不识所调。响在彼弦,乃得克谐;声萌我心,更失和律,其故何哉?良由内听难为聪也。故外听之易,弦以手定;内听之难,声与心纷。可以数求,难以辞逐。凡声有飞沈,响有双、叠。双声隔字而每舛,叠韵杂句而必睽;沈则响发而断,飞则声飏不还。并辘轳交往,逆鳞相比。迕其际会,则往蹇来连。其为疾病,亦文家之吃也。夫吃文为患,生于好诡,逐新趣异,故喉唇纠纷;将欲解结,务在刚断。左碍而寻右,末滞而讨前,则声转于吻,玲玲如振玉;辞靡于耳,累累如贯珠矣。是以声画妍蚩,寄在吟咏;吟咏滋味流于字句,气力穷于和韵。异音相从谓之'和',同声相应谓之'韵'。韵气一定,故馀声易遣;和体抑扬,故遗响难契。属笔易巧,选和至难,缀文难精,而作韵甚易。虽纤毫曲变,非可缕言,然振其大纲,不出兹论。若夫宫商大和,譬诸吹籥;翻回取均,颇似调瑟。瑟资移柱,故有时而乖贰;籥含定管,故无往而不壹。陈思、潘岳,吹籥之调也;陆机、左思,瑟柱之和也。概举而推,可以类见。又,诗人综韵,率多清切,《楚辞》辞楚,故讹韵实繁。及张华论韵,谓士衡多楚,《文赋》亦称知楚不易,可谓衔灵均之声馀,失黄钟之正响也。凡切韵之动,势若转圜;讹音之作,甚于枘方。免乎枘方,则无大过矣。练才洞鉴,剖字钻响,识迹阔略,随音所遇,若长风之过籁,南郭之吹竽耳。古之佩玉,左宫右徵,以节其步,声不失序。音以律文,其可忘哉!"

又案,《雕龙》本篇《赞》云:"标情务远,比音则近。吹律胸臆,调钟唇吻。声得盐梅,响滑榆槿。割弃支离,宫商难隐。"

钟嵘《诗品》下:"昔曹、刘殆文章之圣,陆、谢为体贰之才,锐精研思,千百年中,而不闻宫商之辨、四声之论。或谓前达偶然不见,岂其然乎?尝试言之曰:古《诗》《颂》皆被之金竹,故非调五音,无以谐会。

若'置酒高堂上''明月照高楼'为韵之首,故三祖之词,文或不工,而韵入歌唱,此重声韵之义也,与世之言宫商者异矣。今既不被管弦,亦何取于声律耶?齐有王元长者,尝谓余云:'宫商与二仪俱生,自古词人不知之,唯颜宪子乃云律吕音调,而其实大谬。唯见范晔、谢庄,颇识之耳。'常欲进《知音论》,未就。王元长创其首,谢朓、沈约扬其波。三贤或贵公子孙,幼有文辩。于是士流景慕,务为精密,襞积细微,转相凌架,故使文多拘忌,伤其真美。余谓:文制本须讽读,不可蹇碍。但令清浊通流,口吻调利,斯为足矣。至于平、上、去、入,则余病未能;蜂腰、鹤膝,闾里已具。"

案,四声之说,盛于永明。其影响及于文学者,《南史》以为"转拘声韵",而近人顾炎武《音论》又谓:"江左之文,自梁天监以前,多以去、入二声同用,以后则绝不相通。"其说至确。然沈、周之说,所谓"判低昂、审清浊"者,非惟平侧之别已耳,于声韵之辨,盖亦至精。彦和谓"响有双、叠","双声隔字而每舛,叠韵杂句而必睽",即沈氏所谓"一简之内,音韵尽殊",故彦和又云:"异音相从谓之和,同声相应谓之韵。"谓一句之内,不得两用同组之字及同韵之字也;彦和谓"声有飞沈,沈则响发而断,飞则声扬不还",即沈氏所谓"前有浮声,后须切响;两句之中,轻重悉异",谓一句之内,不得纯用浊声之字或清声之字也。至当时五言诗律,舍《南史》所举平头、上尾、蜂腰、鹤膝外,别有大韵、小韵、旁组、正组四端,是为"八病"。平头,谓第二字不与第七字同声;上尾,谓第五字不与第十字同声;蜂腰,谓第二字不与第五字同声;鹤膝,谓第五字不与第十五字同声;大韵,谓五言诗两句,除韵而外,馀九字不与韵犯;小韵,谓五言诗两句,不得互用同韵之字;旁组,谓五言诗两句,不得两用同组之字;正组,谓一纽四声,不得两句杂用。此即永明声律论之大略也。《南史》以为"弥为丽靡",《诗品》以为"转伤真美",斯固切当之论。然四声八病,虽近纤微,当时之人,亦未必悉相遵守。惟音律由疏而密,实本自然,非由强致。试即南朝之文审之,四六之体,粗备于范晔、谢庄,成于王融、谢朓,而王、谢诗亦复渐开律体。影响所及,迄于隋、唐。文则悉成四六,诗则别为近体,不可谓非声律论开其先也。又,四六之体既成,则属对日工,篇幅益趋于恢广,此亦必然之理。试以齐、梁之文上较晋、宋,陈、隋之文上较齐、梁,其异同之迹,固可比较而知也。

丑、文笔之区别

《南史·范晔传》晔《与诸甥侄书》曰:"常谓情志所托,故当以义为主,以文传意。以意为主,则其旨必见;以文传意,则其词不流。然后抽其芬芳,振其金石耳。观古今文人,多不全了此处。年少中,谢庄最有其分,手笔差易,于文不拘韵故也。吾思乃无定方,但多公家之言,少于事外远致,以此为恨,亦由无意于文名故也。"

《南史·颜延之传》:"帝尝问以诸子才能,延之曰:'竣得臣笔,测得臣文,㚟得臣义。'"又曰:"长子竣,为孝武造书檄。元凶劭召延之,示以檄文,问曰:'此笔谁造?'延之曰:'竣之笔也。'又问:'何以知之?'曰:'竣笔体,臣不容不识。'"

梁元帝《金楼子·立言篇》云:"夫子门徒,转相师受,通圣人之经者谓之儒;屈原、宋玉、枚乘、长卿之徒,止于辞赋,则谓之文;今之儒,博穷子史,但能识其事,不能通其理者,谓之学;至如不便为诗如阎纂,善为章奏如伯松,若此之流,泛谓之笔;吟咏风谣,流连哀思者谓之文。"

又云:"笔,退则非谓成篇,进则不云取义,神其巧惠,案,"惠""慧"古通。笔端而已。至如文者,惟须绮縠纷披,宫徵靡曼,唇吻遒会,情灵摇荡。而古之文笔,今之文笔,其源又异。"

《文心雕龙·序志篇》:"若乃论文取笔,则囿别区分。"案,《雕龙》他篇区别"文""笔"者,如《时序篇》云:"庾以笔才逾亲,温以文思益厚。"《才略篇》云:"孔融气盛于为笔,祢衡思锐于为文。"并"文""笔"分言之证。又,《风骨篇》云:"若风骨乏采,则鸷集翰林;采乏风骨,则雉窜文囿。惟藻耀之高翔,固文笔之鸣凤也。"《章句篇》云:"是以搜句忌于颠倒,裁章贵于顺序。斯固情趣之指归,文笔之同致也。"亦"文""笔"并词之证。

《文心雕龙·总术篇》："今之常言,有文有笔,以为无韵者笔也,有韵者文也。夫文以足言,理兼《诗》《书》;别目两名,自近代耳。颜延年以为:'笔之为体,言之文也。经典则言而非笔,传记则笔而非言。'请夺彼矛,还攻其楯矣。何者?《易》之《文言》,岂非言文?若笔不言文,不得云'经典非笔'矣。将以立论,未见其论立也。予以为发口为言,属笔曰翰;常道曰经,述经曰传。经、传之体,出言入笔,笔为言使,可强可弱。分经以典奥为不刊,非以言笔为优劣也。"又本篇赞曰:"文场笔苑,有术有门。"亦分言"文""笔"。

案,自《晋书》张翰、曹毗、成公绥各《传》,均以"文笔"并词,或云"诗赋杂笔"。自是以降,如《宋书·沈怀文传》:"弟怀远,颇闲文笔。"《齐书·晋安王子懋传》:"世祖敕子懋曰:'文章诗笔,乃是佳事。'"又,《竟陵王传》:"所著内外文笔数十卷,虽无文采,多是劝戒。"《梁书·鲍泉传》:"兼有文笔。"《陈书·陆琰传》:"所制文笔多不存。"《陈书·姚察传》:"每制文笔,后主敕便索本。后主所制文笔甚多,别写一本付察。"《虞寄传》:"所制文笔,遭乱多散失。"《刘师知传》:"工文笔。"《江德藻传》:"著文笔十五卷。"《许亨传》:"所制文笔六卷。"均"文""笔"分言之证。其有"诗""笔"分言者,如《南史·刘孝绰传》:"弟孝仪、孝威,工属文。孝绰尝云:'三笔六诗。'三即孝仪,六谓孝威。"《沈约传》谓:"谢玄晖善为诗,任彦昇工于笔。约兼而有之,然不能过。"《任昉传》谓:"时人云'任笔沈诗'。昉闻,甚以为病。"又,《庾肩吾传》:"简文《与湘东王书》云:'诗既若此,笔亦如之。'"又云:"谢朓、沈约之诗,任昉、陆倕之笔,斯文章之冠冕,述作之楷模。"并其证也。亦或析言"词笔",如《陈书·岑之敬传》"雅有辞笔"是也。《谢朓传》亦云:"孔颢粗有才笔。"至"文""笔"区别,盖汉、魏以来,均以有藻韵者为文,无藻韵者为笔。东晋以还,说乃稍别。据梁元《金楼子》,惟以吟咏风谣、流连哀思者为文;据范晔《与甥侄书》及《雕龙》所引时论,则又有韵为文,无韵为笔。今以宋、齐、梁、陈各史传证之。据《宋书·傅亮传》,

谓:"武帝登庸之始,文笔皆是参军滕演。北征广固,悉委长史王诞。自此之后,至于受命,表册、文诰,皆亮词也。"又据《齐书·孔珪传》云:"为齐高帝骠骑记室,与江淹对掌辞笔。"又据《齐书·谢朓传》,谓:"明帝辅政,掌霸府文笔,又掌中书诏诰。"《梁书·任昉传》谓:"武帝克建邺,以为骠骑记室,专主文翰。每制书草,沈约辄求同署。尝被急召,昉出而约在。是后文笔,约参制焉。"又,《任昉传》:"昉尤长载笔,当时王公表奏,莫不请焉。梁台建,禅让文诰,多昉所具。"《南史·萧子范传》谓:"南平王府中文笔,皆令具草。"《陈书·姚察传》亦云:"又敕专知优册、谥议等文笔。"其"文笔""词笔"并言,并与沈怀文各传相合。自是以外,或云"手笔",史传所载,有仅言"手笔"者,如《齐书·丘灵鞠传》"敕知东宫手笔"、《王俭传》"手笔典裁,为当时所重"、《陈书·姚察传》"后主称姚察手笔,典裁精当"是也;有云"大手笔"者,《南史·陆琼传》谓"陈文帝讨周迪等,都官符及诸大手笔,并中敕付琼"、《徐陵传》"国家有大手笔,必令陵草之"是也。或云"笔翰"。《南史·任孝恭传》:"专掌公家笔翰。"《丘巨源传》:"有笔翰,太祖使于中书省撰符檄。"巨源《与袁粲书》,谓"朝廷洪笔,何故假手凡贱?"又有"羽檄之难,必须笔杰"等语,是其证。合以颜延之各传,知当时所谓"笔"者,非徒全任质素,亦非偶语为文、单语为笔也。盖当时世俗之文,有质直序事、悉无浮藻者,如今本《文选·任昉弹刘整文》所引刘寅妻范氏诣台诉词是也;亦有以语为文、无复偶词者,如齐世祖《敕晋安王子懋》诸文是也。如刘瓛《与张融、王思远书》,亦质直不华。齐、梁之文类此者,正复弗乏。然史传诸云"文笔""词笔",以及所云"长于载笔""工于为笔"者,"笔"之为体,统该符檄、笺奏、表启、书札诸作言;其弹事、议对之属,亦属于史笔,册亦然。凡文之偶而弗韵者,皆晋、宋以来所谓"笔"类也。故当时人士,于尺牍、书记之属,词有专工;今以史传考之,所云"尺牍",如《宋书·刘穆之传》"与朱龄石并便尺牍"、《臧质传》"尺牍便敏"、《梁书·徐勉传》"既闲尺牍"、《邵陵王纶传》"尤工尺牍"、《陈书·蔡景历传》"善尺牍"是也。所云"书记",如《陈书·陈详传》"善书记"、《庾持传》"尤善书记,以才艺闻"是也。自是以外,或云"书疏",如《陈书·陆山才传》"周文育出镇南豫州，不知书疏，乃以山才为长史"是也；或云"书翰"，如《齐书·王晏传》"齐高帝时，军旅书翰皆见委"、《陈书·孙玚传》"尤便书翰"是也。而"刀笔"、"刀笔"之名见于史传者，如《南史·虞玩之传》"少闲刀笔"、《王球传》谓"彭城王义康，专以政事为本，刀笔干练者，多被意遇"、《吴喜传》"齐明帝以喜刀笔吏，不当为将"是也。斯时所云"刀笔"，盖官府文书成于吏手者。"笔札"、"笔札"之名见于史传者，如《南史·宗夬传》："齐郁林为南郡王，使管书记，以笔札贞正见许。"又，《沈庆之传》云："庆之谓颜竣曰：'君但当知笔札之事。'"皆其证也。"笔记"、如《齐书·丘巨源传》巨源《与袁粲书》："笔记贱伎，非杀活所待"是也。又，《文心雕龙·才略篇》云："路粹、杨修，颇怀笔记之工。"又云："温太真之笔记，循理而清通。"亦"笔记"之名见于齐、梁著作者。"笔奏"《雕龙·才略篇》："长虞笔奏，世执刚中。"之名，或详于史册，或杂见群书。又，王僧孺、徐勉、孔奂诸人，其弹事之文，各与集别，《南史·王僧孺传》："文集三十卷。两台弹事不入集，别为五卷。"又，《徐勉传》云："左丞弹事五卷，所著前、后二集五十卷，又为人章表集十卷。"《孔奂传》云："有集十五卷，弹文集。"此均弹文别于文集之证。又，《南史·孔休源传》云："凡奏议、弹文，勒成十五卷。"亦其证也。又案，《南史·刘瑀传》云："刘瑀为御史中丞，弹萧惠开、王僧达，朝士莫不畏其笔端。"此亦弹事之体，南朝称"笔"之证也。均足为"文""笔"区分之证。更即《雕龙》篇次言之，由第六迄于第十五，以《明诗》《乐府》《诠赋》《颂赞》《祝盟》《铭箴》《诔碑》《哀吊》《杂文》《谐隐》诸篇相次，是均有韵之文也；由第十六迄于第二十五，以《史传》、《诸子》、《论说》、《诏策》、《檄移》、《封禅》、篇中所举扬雄《剧秦美新》，为无韵之文；相如《封禅文》，惟颂有韵；班氏《典引》，亦不尽叶韵。又，东汉《封禅仪记》，则记事之体也。《章表》、《奏启》、《议对》、《书记》诸篇相次，是均无韵之笔也。此非《雕龙》隐区文、笔二体之验乎？《雕龙·章表篇》，以"左雄奏议、胡广章奏，并当时之笔杰"。又，《才略篇》云："庾元规之表奏，靡密而闲畅；温太真之笔记，循理而清通，亦笔端之良工也。"又，《史传篇》云："秉笔荷担，莫此之劳。"《论说篇》云："不专缓颊，亦在刀笔。"《书记篇》云："然才冠鸿笔，多疏尺牍。"《事类篇》云："事美而制于刀笔。"据上诸证，是古今无韵之文，彦和并目为笔。盖晋、宋以降，惟以有韵为文，较之士衡《文赋》并列表及论说者，又复不同。故当时无韵之文，亦矜尚藻采，迄于唐代不衰。

或者曰：彦和既区文、笔为二体，何所著之书，总以"文心"为名？不知当时世论，虽区分"文""笔"，然"笔"不该"文"，"文"可该"笔"。故对言则"笔"与"文"别，散言则"笔"亦称"文"。据《陈书·虞寄传》载衡阳王出阁，文帝敕寄兼掌书记，谓："屈卿游藩，非止以文翰相烦，乃令以师表相事。"又，《梁书·裴子野传》谓，子野为《移魏文》，武帝称曰："其文甚壮。"是奏记、檄移之属，当时亦得称"文"。故史书所记，于无韵之作，亦或统称"文章"。观于王俭《七志》，于集部总称"文翰"，阮孝绪《七录》则称"文集"；而昭明《文选》，其所选录，不限有韵之词。此均"文"可该"笔"之证也。

又案，昭明《文选》惟以沈思翰藻为宗，故赞论、序述之属，亦兼采辑。然所收之文，虽不以有韵为限，实以有藻采者为范围。盖以无藻韵者，不得称"文"也。

梁昭明太子《文选序》："自姬、汉以来，眇焉悠邈。时更七代，数逾千祀。词人才子，则名溢于缥囊；飞文染翰，则卷盈乎缃帙。自非略其芜秽，集其清英，盖欲兼功，太半难矣。若夫姬公之籍，孔父之书，与日月俱悬，鬼神争奥，孝敬之准式，人伦之师友，岂可重以芟夷，加之剪截？老、庄之作，管、孟之流，盖以立意为宗，不以能文为本。今之所撰，又以略诸。若贤人之美辞，忠臣之抗直，谋夫之话，辨士之端，冰释泉涌，金相玉振。所谓坐狙丘，议稷下，仲连之却秦军，食其之下齐国，留侯之发八难，曲逆之吐六奇，盖乃事美一时，语流千载，概见坟籍，旁出子史。若斯之流，又亦繁博，虽传之简牍，而事异篇章。今之所集，亦所不取。至于记事之史，系年之书，所以褒贬是非，纪别异同，方之篇翰，亦已不同。若其赞论之综缉辞采，序述之错比文华，事出于沈思，义归乎翰藻，故与夫篇什，杂而集之。远自周室，迄于圣代，都为三十卷，名曰《文选》云耳。"

案，昭明此序，别篇章于经、史、子书而外，所以明文学别为一部，乃后世选文家之准的也。

要而论之，一代之文，必有宗尚，故历代文人所作，各有专长。试即宋、齐、梁、陈四代言之。自晋末裴松之奏禁立碑，《宋书·松之传》云："义熙初，松之以世立私碑，有乖事实，上表陈之，以为诸欲立碑者，宜悉令言上，为朝议所许，然后听之，庶可以防遏无征，显章茂实。由是普断。"而志铭之文，代之而起。《文选注》及封演《闻见记》引齐王俭议，谓："墓志起于宋元嘉中，颜延之为王球石志，素族无铭策，故以纪行。"又谓："储妃既有哀策，不烦石志。"然宋、齐以降，臣僚并有墓志，或由太子、诸王撰立。据《南史·裴子野传》，谓："湘东王为之墓志铭，陈于藏内。邵陵王又立墓志，埋于羡道。羡道列志自此始。"是当时志铭，不止一石也。然敕立、奏立之碑，时仍弗乏；当时奏立之碑有二：一为墓碑，如梁刘贤等陈徐勉行状，请刊石纪德，降诏立碑于墓是也；一为碑颂、碑记，如寿阳百姓为刘勔立碑记，南豫州人请为夏侯亶立碑是也。寺塔碑铭，作者尤众。又，晋、宋而降，颇事虚文，让表、谢笺，必资名笔。朝野文人，尤精树论，驳诘之词既盛，辨答之说益繁，如《夷夏论》《神灭论》及张融《问律》诸文，驳者既众，答者益繁，故篇章充积。故数体之文，亦以南朝为盛。自斯而外，若箴、铭、颂、赞、哀、诔、骚、七、设论、连珠各体，虽稍有通变，然鲜有出辙。其有文体舛讹，异于前作者，亦肇始齐、梁之世，如行状易为偶文，如《文选》所载任昉《齐竟陵王行状》是。祭文不为韵语。齐、梁以前，祭文均为韵语，此正体也。若王僧孺《祭禹庙文》、任孝恭《祭杂坟文》，均偶而弗韵。北朝则魏孝文《祭恒岳文》、薛道衡《祭江文》《祭淮文》，并承其体，非祭文之正式也。嗣则志铭之作，无异诔文；铭以述德，诔以表哀，体本稍别。陈代志铭，词多哀艳，如后主等所撰是也。赋体益恢，杂以四六，此则文体之变也。

附：论文杂记

序

　　西人分析字类,曰名词、代词,曰动词、静词、形容词,曰助词、联词、副词。名词、代词者,即中国所谓实字也; 动词、静词、形容词者,即中国所谓半虚实字也; 助词、联词、副词者,即中国所谓虚字也。

　　予观孔子垂训,首重正名。而汉儒董仲舒亦曰:"名生于真。非其真,无以为名。"盖实字用以名一切事物者,皆曰名词。字由事造,事由物起,故名词为文字之祖。中国小学书籍,亦多释名词。《尔雅》由《释亲》至《释畜》,以及刘熙《释名》,皆分析名词,字由类聚。是古人非不知名词之用也。至代词一类,皆以虚字代实字之用。吾观刘氏《助字辨略》释"之""其"二字,训为指事物之称,且博引古籍,得数十条。是古人非不知代词之用也。《尔雅·释诂》三篇,大抵皆动词、静词。明人朱郁仪《骈雅》,则大抵皆静词、形容词。是形容词之用,先儒亦早知之。毛、郑释《诗》,多言状物;而江都汪氏之《释三九》也,亦谓"古人作文,多用形容之词,以示立义之奥曲",则静词、状词、形容词之用,古人亦无不知之矣。至助词、联词、副词,则上古之时,大抵由名词假借。其始也,由实字假为半虚实字,如"治"本水名,借为"治国"之"治";"脩"本段脯,借为"修身"之"修"。此由实字假为动词者。"薄"为林薄,借为"厚薄"之"薄";"旧"为鸺鹠,借为"新旧"之"旧"此由实字借为静词、形容词者。是也。其继也,更由实字借为虚字,如"之"字、草出地也。"于"字、孝鸟也。"而"字、颊须也。"所"字、锯木声也。"则"字、等画物也。"苟"字、草也。"维"字、车盖系也。"云"字,山川气也。"不"字、鸟飞翔不下也。"必"字、弓檠也。"莫"字曰且冥也。是也。其借假之例,约有二端。

一为由义假借。如"而"为頯须,有下垂之义,故承上起下之字为"而";
"尽"为器中空,有穷尽之义,故凡物穷尽者皆为"尽"。"云"为山川
气,故曰所出之语亦为"云"。其例一也。一为由声假借。本无其字,
而读音与某实字音相近,因假借为之。如"于"字、"所"字是。此与今日
土俗有音无字者相似,姑借同声之实字,以寄其字形。其例二也。观此二例,则
知虚字本无实义,故有一字数用者,亦有数字一用者,每随文法为转移。

　　近世巨儒,如高邮王氏、确山刘氏,于小学之中,发明词气学,因字
类而兼及文法,则中国古人,亦明助词、联词、副词之用矣。昔相如、子
云之流,皆以博极字书之故,致为文日益工。此文法原于字类之证也。
后世字类、文法,区为二派,而论文之书,大抵不根于小学。此作文所由
无秩序也。

一

　　印度佛书，区分三类：一曰经，二曰论，三曰律。而中国古代书籍，亦大抵分此三类。一曰文言。藻绘成文，复杂以骈语、韵文，以便记诵。如《易经》六十四卦及《书》《诗》两经是也，是即佛书之经类。一曰语。或为记事之文，或为论难之文，用单行之语，而不杂以骈俪之词，如《春秋》《论语》及诸子之书是也，是即佛书之论类。一曰例。明法布令，语简事赅，以便民庶之遵行，如《周礼》《仪礼》《礼记》是也，是即佛书之律类。后世以降，排偶之文，皆经类也；单行之文，皆论类也；会典、律例诸书，皆律类也。故经、论、律三类，可以该古今文体之全。惜后人昧其渊源，不知文章之派别耳。

二

英儒斯宾塞耳有言："世界愈进化，则文字愈退化。"夫所谓"退化"者，乃由文趋质，由深趋浅耳。及观之中国文学，则上古之书，印刷未明，竹帛繁重，故力求简质，崇用文言。降及东周，文字渐繁。至于六朝，文与笔分。宋代以下，文词益浅，而儒家语录以兴。元代以来，复盛兴词曲。此皆语言、文字合一之渐也。故小说之体，即由是而兴，而《水浒传》《三国演义》诸书，已开俗语入文之渐。陋儒不察，以此为文字之日下也。然天演之例，莫不由简趋繁，何独于文学而不然？故世之讨论古今文字者，以为有浅深、文质之殊，岂知此正进化之公理哉？故就文字之进化之公理言之，则中国自近代以来，必经俗语入文之一级。昔欧洲十六世纪教育家达泰氏，以本国语言用于文学，而国民教育以兴。盖文言合一，则识字者日益多。以通俗之文，推行书报，凡世之稍识字者，皆可家置一编，以助觉民之用。此诚近今中国之急务也。然古代文词，岂宜骤废？故近日文词，宜区二派：一修俗语，以启瀹齐民；一用古文，以保存国学。庶前贤矩范，赖以仅存。若夫矜夸奇博，取法扶桑，吾未见其为文也。

三

　　中国文学,至周末而臻极盛。庄、列之深远,苏、张之纵横,韩非之排奡,荀、吕之平易,皆为后世文章之祖。而屈、宋《楚词》,忧深思远,上承《风》《雅》之遗,下启词章之体,亦中国文章之祖也。惟文学臻于极盛,故周末诸子,卒以文词之美,得后世文士之保持,而流传勿失。中国秦汉以下,文学之士,不知诸子之精深,惟好其文词而已。故近人所选古文,多以诸子入选。则修词学乌可不讲哉?

四

　　上古之时，先有语言，后有文字。有声音然后有点画，有谣谚然后有诗歌。谣、谚二体，皆为韵语。"谣"训徒歌，《说文》"䚻"字下云："徒歌也。"戴侗《六书故》引唐本《说文》："谣，徒歌也。"《尔雅·释乐篇》亦同。歌者，永言之谓也。《汉书·艺文志》云："咏其声谓之歌。""谚"训传言，《说文》云："谚，传言也。"言者，直言之谓也。《文心雕龙》云："谚，直言也。"盖古人作诗，循天籁之自然，有音无字，故起源亦甚古。观《列子》所载，有尧时谣；孟子之告齐王，首引夏谚；而《韩非子·六反篇》或引古谚，或引先圣谚，足征谣谚之作，先于诗歌。"谚"字从"言"，"彦"声。"彦"训美士。《说文》云："有文，人之所言也。"是"谚""彦"为士之文言，非若后世之"谚"为鄙言俗语也。鄙言俗语，为"谚"字引伸之义。厥后诗歌继兴，始著文字于竹帛。然当此之时，歌谣而外，复有史篇，大抵皆为韵语。言志者为诗，记事者为史篇。史篇起源，始于仓圣。《周官》之制，太史之职，掌谕书名；而宣王之世，复有史籀作《史篇》，书虽失传，然以李斯《仓颉篇》、史游《急就篇》例之，大抵韵语偶文，便于记诵；举民生日用之字，悉列其中，盖《史篇》即古代之字典也。《内则》云："十岁学书记。"即《史篇》也。又，孔子之论学《诗》也，亦曰："多识于鸟兽草木之名。"是诗歌亦不啻古人之文典也。盖古代之时，教曰"声教"，故记诵之学大行，而中国词章之体，亦从此而生。《诗》篇以降，有屈、宋《楚词》，为词赋家之鼻祖。然自吾观之，《离骚》《九章》，音涉哀思；矢耿介，慕灵修，伤中路之夷犹，怨美人之迟暮；托哀吟于芳草，验吉占于灵茅。窈窕善怀，婵娟太息，诗歌比兴之遗也。《九歌》《招魂》，指物类象，冠剑陆离，舆旌纷错，以及灵旗星盖,鳞屋龙堂,土伯神君,壶蜂雁胣,辨名物之瑰奇,助文章之侈丽,史篇记载之遗也。是《楚词》一编,隐含二体。秦汉之世,赋体渐兴。《荀子》已有《蚕赋》。溯其渊源,亦为《楚词》之别派。忧深虑远,《幽通》《思玄》,出于《骚经》者也。《甘泉》《藉田》,愉容典则,出于《东皇》《司命》者也。《洛神》《长门》,其音哀思,出于《湘君》《湘夫人》者也。《感旧》《叹逝》,悲怨凄凉,出于《山鬼》《国殇》者也。《西征》《北征》,叙事记游,出于《涉江》《远游》者也。《鹏鸟》《鹦鹉》,生叹不辰,出于《怀沙》者也。《哀江南赋》,睠怀旧都,出于《哀郢》者也。推之,《枯树》出于《橘颂》,《闲居》出于《卜居》;《七发》乃《九辨》之遗,《解嘲》即《渔父》之意。渊源所自,岂可诬乎? 盖《骚》出于《诗》,故孟坚以赋为古诗之流。然相如、子云,作赋汉廷,指陈事物,殚见洽闻,非惟《风》《雅》之遗音,抑亦史篇之变体。观相如作《凡将篇》,子云作《训纂篇》,皆史篇之体,小学津梁也。足证古代文章家,皆明字学。此古代文章之流别也,然知之者鲜矣。

五

　　箴、铭、碑、颂，皆文章之有韵者也，然发源则甚古。箴者，古人谏诲之词也。《书·盘庚篇》云："无或敢伏小人之攸箴。"《诗·庭燎序》云："因以箴之。"《左传》载师旷之言曰："百工诵箴谏。"《文心雕龙》之言曰："夏、商二《箴》，馀句颇存。"案，《夏箴》见于《佚周书·文传篇》，《商箴》见《吕氏春秋·名类篇》，而《谨听篇》亦引《周箴》。案，周辛甲为太史，官箴王缺，而《虞人》一篇，列诸《左传》，则箴体本于三代也。铭者，古人儆励之词也。《说文》云："铭，名也。"铭始于黄帝，故《汉·志》"道家类"列《黄帝铭》六篇。厥后禹铭《笋虡》，汤铭《浴盘》，武王闻丹书之言，为铭十六，见《大戴礼》。而周代公卿大夫，莫不勒铭于器，以示子孙。见金石书中所载。故臧武仲云："夫铭，天子令德，诸侯言时计功，大夫称伐。"而《诗传》亦曰："作器能铭，可以为大夫。"《考工记》亦曰："嘉量有铭。"则铭体始于五帝矣。碑者，古人记功之文也。自无怀氏刻石泰山，为立碑记功之始。《文心雕龙》云："碑者，埤也。上古帝王，纪号封禅，树石埤岳，故名曰碑。"而《穆天子传》亦言："穆王纪迹于弇山。"则碑体亦始于五帝矣。古人记功之碑，与丽牲之碑不同，见江都凌先生小楼《读书答问》。颂者，古人揄扬之词也。《庄子》有言："黄帝张《咸池》之乐，有焱氏为颂。"而《史记·乐书》亦曰："黄帝有《龙衮颂》。"而帝喾之世，咸墨为颂，以歌《九韶》。见《文心雕龙》。《诗》有六义，其六曰"颂"；《周颂》《鲁颂》《商颂》，皆载《诗经》，则颂体亦始于五帝矣。推之，志铭、如比干《铜盘铭》及孔子铭吴季札墓是。诔辞之作，如鲁庄诔县贲父、哀公诔孔子是。皆起于三代之前，而皆为有韵之文。足证上古之世，崇尚文言，故韵语之文，莫不起源于古昔。阮氏《文言说》所言，诚不诬也。

六

刘彦和作《文心雕龙》，叙杂文为一类。吾观杂文之体，约有三端。一曰答问，始于宋玉，《答楚王问》。盖纵横家之流亚也。厥后，子云有《解嘲》之篇，孟坚有《宾戏》之答，而韩昌黎《进学解》亦此体之正宗也。一曰七发，始于枚乘，盖《楚词·九歌》《九辩》之流亚也。厥后，曹子建作《七启》，张景阳作《七命》，浩浣纵横，体仿《七发》。盖劝百风一，与赋无殊，而盛陈服食游观，亦近《招魂》《大招》之作，柳子厚《晋问篇》，亦七类也。诚文体之别出者矣。一曰连珠，始于汉、魏，盖《荀子》演《成相》之流亚也。首用喻言，近于诗人之比兴；继陈往事，类于史传之赞辞，而俪语韵文，不沿奇语，亦俪体中之别成一派者也。三者而外，新体实繁。有所谓上梁文者矣，出于《诗·斯干篇》。有所谓祝寿文者矣。始于华封人之《祝尧》。而一二慧业文人，笔舌互用，多或累幅，少或数言，语近滑稽，言违典则。此则子云称为"小技"，而昌黎斥为"俳优"者也。古人谓"小言破道"，其此之谓乎？

七

西汉之时,总集、专集之名未立;隋、唐以上,诗集、文集之体未分。于何征之?观班《志》之叙《艺文》也,仅序诗赋为五种,而未及杂文。诚以古人不立"文"名,偶有撰著,皆出入《六经》、诸子之中,非《六经》、诸子而外,别有古文一体也。如论说之体,近人列为文体之一者也,然其体实出于儒家;九家之中,凡能推阐义理成一家者,皆为论体;互相辩难者,皆为辩体。儒家之中,如《礼记·表记》《中庸》各篇,皆论体也;《孟子》驳许行等章,皆辩体也。即道家、杂家、法家、墨家之中,亦隐含论、辩两体。宣口为说,发明经语大义亦为说。《汉·志》于发明经义之文,即附于本经之下。又,贾谊《过秦论》三篇,亦列于《新书》;而《汉·志》"杂家"复有《荆轲论》五篇,皆论体之列于子者也。书说之体,亦近人列为文体之一者也,然其体实出纵横家。如苏子、张子、蒯通、邹阳、主父偃之文,皆文章中之书说类也,而《汉·志》咸列之纵横家中。推之,奏议之体,《汉·志》附列于《六经》;如"尚书类"列《议奏》四十二篇,"礼类"列《议奏》三十八篇,"春秋类"列《议奏》三十九篇、《奏事》二十篇,"论语类"列《议奏》二十篇,而《河间献王对上下三雍宫》列于儒家,《博士贤臣对》列于杂家,此又奏议类之附列诸子中者也。敕令之体,《汉·志》附列于儒家。儒家之中,列《高祖传》十三篇,自《注》云:"高祖及大臣述古语及诏策也。"又列《孝文传》十一篇,自注云:"文帝所称及诏策。"此其确证。又如传记、箴铭,亦文章之一体,然据班《志》观之,则传体近于《春秋》,故太史公、冯商所著书列入"春秋类"也。记体近于古《礼》,如《周官经》《古佚礼》,大、小戴《礼》,皆记体之先声也。箴体附于儒家,"儒家"列扬雄三十八篇,有《箴》二篇;而刘向所序六十七篇,内有《列女传颂》,颂亦文也。铭体附于道家。"道家"列《黄帝铭》六篇,而"杂家"所列《孔甲盘盂》

二十六篇,亦铭类也。是今人之所谓"文"者,皆探源于《六经》、诸子者也,故古人不立"文"名,亦不立"集"名。若诗、赋诸体,则为古人有韵之文,源于古代之文言,故别于六艺九流之外,亦足证古人有韵之文,另为一体,不与他体相杂矣。至于东汉,文人撰作以"篇"计,不以"集"名。观《后汉》各《列传》可见。后世所谓《张平子集》《蔡中郎集》者,皆后人追称之词也。六朝以降,"集"名始兴,分"总集""专集"为二类。然考《隋书·经籍志》,则所列集名,大抵皆兼括诗、文各体,且多俪词韵语之文。唐、宋以降,诗集、文集,判为两途,而文之刊入集中者,不论其为有韵、为无韵也,亦不论其为奇体、为偶体也,而文章之体,至此大淆。惟仪征阮芸台先生编辑《揅经室集》,言"集"不言"文",祇曰"揅经室集",不曰"揅经室文集"。析为经、史、子、集四种,凡说经之文归第一集,记事之文归第二集,言理之文及杂文归第三集,有韵之文、骈体之文及古今体诗归第四集。谓非窥古人学术之流别者乎? 然流俗昏迷,知此义者鲜矣。

八

《汉书·艺文志》叙"诗赋"为五种,而"赋"则析为四类。屈原以下二十家为一类,合屈原、唐勒、宋玉、赵幽王、庄夫子、贾谊、枚乘、司马相如、淮南王、孔臧、刘隈、吾丘寿王、蔡甲、兒宽、张子侨、刘德、刘向、王褒及淮南王群臣,合以武帝之赋,共三百六十一篇。陆贾以下二十一家为一类,合陆贾、枚皋、朱建、庄忽奇、严助、朱买臣、刘辟强、司马迁、婴齐、臣说、臣吾、苏季、萧望之、徐明、李息、淮阳宪王、扬雄、冯商、杜参、张丰、朱宇之赋,共二百七十四篇。荀卿以下二十五家为一类,合荀卿、广川王越、魏内史、东暆令延年、李忠、张偃、贾充、张仁、秦充、李步昌、谢多、周长孺、锜华、眭弘、别栩阳、臣昌市、臣义、王商、徐博、吕嘉、华龙、路恭之赋,以及秦时杂赋、长沙王群臣赋、李思孝《景皇帝颂》,共一百三十六篇。《客主赋》以下十二家为一类。《客主赋》以下,皆无作者姓名。大抵撰纂前人旧作,汇为一编,犹近世坊间所行之撰赋也,共二百三十三篇。而班《志》于区分之意,不注一词。近代校雠家,亦鲜有讨论及此者。自吾观之,《客主赋》以下十二家,皆汉代之总集类也,此为总集之始。馀则皆为分集。而分集之赋,复分三类:有写怀之赋,即所谓"言深思远,以达一己之中情"者也。有骋辞之赋,即所谓"纵笔所如,以才藻擅长"者也。有阐理之赋。即所谓"分析事物,以形容其精微"者也。写怀之赋,屈原以下二十家是也;屈原《离骚经》,固为写怀之作,《九章》诸篇亦然。唐勒、宋玉,皆屈原之徒;《九辨》《大招》,取法《骚经》。贾谊思慕屈平,所作《吊屈平赋》及《鵩赋》,皆《离骚》之遗意也。相如《大人赋》,亦宋玉《高唐赋》之遗,而淮南所作《招隐士》,又纯乎《山鬼》之意者也。枚皋、刘向之作,亦取意讽谏,馀不可考。骋辞之赋,陆贾以下二十一家是也;陆贾等之赋虽不存,然陆贾为说客,为纵横家之流,则其赋必为骋词之赋;《汉书》朱建与陆贾同《传》,亦辩士之流。枚皋、严助、朱买臣,皆工于言语者也,《汉·志》列严助书于纵横家,此其证也。史迁、冯商皆作史之才,则赋笔必近于纵横;扬雄《羽猎》《长杨》诸赋,亦多富丽之词,亦近于骋词者也。**阐理之赋,荀卿以下二十五家是也。**观荀卿作《成相篇》,已近于赋体,而其考列注迹,阐明事理,已开后世之《连珠》。《茧赋》诸篇,亦即小验大,析理至精,察理至明,故知其赋为阐理之赋也。馀多不可考。惟睦弘为明经之人,所作之赋,亦必阐理之一派也。**写怀之赋,其源出于《诗经》;**《诗序》言"在心为志,发言为诗"。是诗者,即所以写心中之志者也。《诗》有风、赋、比、兴四体,而《楚词》亦具此四体,故《史记》言《楚词》兼具《国风》《小雅》之长也。**骋词之赋,其源出于纵横家;**如纵横家所言,非徒善辩,且能备举各物之情况,以眩其才。《七发》及《羽猎》等赋,其遗意也。章氏《文史通义》叙诗赋之源流,已言其出于纵横家矣。**阐理之赋,其源出于儒、道两家。**老子《道德经》已有似赋之处矣。观班《志》之分析诗、赋,后世之赋,《三都》《两京》,骋辞赋也;《闲情》《叹逝》,写怀赋也;《幽通》《思玄》,析理赋也。**可以知诗歌之体,与赋不同,不歌而诵为之赋,则诗歌皆可诵者矣。而骚体则同于赋体。**至《文选》析赋、骚为二,则与班《志》之义迥殊矣,惟戴东原则称《楚词》为"屈原赋",仍用班《志》之称,作有《屈原赋注》一书。故特正之。

九

　　由汉至魏,文章迁变,计有四端。西汉之时,箴、铭、赋、颂,源出于文;论、辩、书、疏,源出于语。观邹、邹阳。枚、枚乘、枚皋。杨、子云。马司马相如。之流,咸工作赋,沈思翰藻,不歌而诵。旁及箴、铭、骚、七,咸属有韵之文。若贾生作论,《过秦论》之类是。史迁报书,刘向、匡衡之献疏,虽记事、记言,昭书简策,不欲操觚率尔,或加润饰之功,然大抵皆单行之语,不杂骈骊之词。或出语雄奇,如史迁、贾生之文是,出于《韩非子》者也。或行文平实,如晁错、刘向之文是,出于《吕氏春秋》者也。咸能抑扬顿挫,以期语意之简明。东京以降,论、辩诸作,往往以单行之语,运排偶之词,载于《后汉书》之文,莫不如是。即专家之文集,亦莫不然。而奇偶相生,致文体迥殊于西汉。东汉之儒,凡能自成一家言者,如《论衡》《潜夫论》《申鉴》《中论》之类,亦能取法于诸子,不杂排偶之词。《论衡》语意尤浅,其文在两汉中,殆别成一体者也。建安之世,七子继兴,偶有撰著,悉以排偶易单行。如《加魏公九锡文》之类,其最著者也。即非有韵之文,如书启之类是也。亦用偶文之体,而华靡之作,遂开四六之先,而文体复殊于东汉。其迁变者一也。西汉之书,言词简直,故句法贵短,或以二字成一言,如《史记》各《列传》中是也。而形容事物,不爽锱铢。且能用俗语、方言,以形容其实事。东汉之文,句法较长。即研炼之词,亦以四字成一语。未有用两字即成一句者。魏代之文,则合二语成一意,或上句用四字、下句用六字,或上句用六字、下句用四字,或上句、下句皆用四字,而上联咸与下联成对偶,诚以非此不能尽其意也,已开四六之体。由简趋繁,此文章进化之公例也。昭然不爽。其迁变者二也。西汉之时,虽属韵文,如骚赋之类。而对偶之法未严。西汉之文,或此段与彼段互为对偶之词,以成排比之体；或一句之中，以上半句对下半句，皆得谓之偶文，非拘于用同一之句法也，亦非拘拘于用一定之声律也。东汉之文，渐尚对偶。所谓字句之间互相对偶也。若魏代之体，则又以声色相矜，以藻绘相饰，靡曼纤冶，致失本真。魏、晋之文，虽多华靡，然尚有清气。至六朝以降，则又偏重词华矣。其迁变者三也。西汉文人，若杨、马之流，咸能洞明字学，故相如作《凡将篇》，而子云亦作《方言》。故选词遣字，亦能古训是式，所用古文奇字甚多，非明六书假借之用者，不能通其词也。非浅学所能窥。故必待后儒之训释也。东汉文人，既与儒林分列，《文苑》《儒林》，范《书》已分二《传》。故文词古奥，远逊西京。此由学士未必工作文，而文人亦非真识字。魏代之文，则又语意易明，无俟后儒之解释。此由文章之中，奇字、古文，用者甚少。其迁变者四也。要而论之，文虽小道，实与时代而迁变，故东京之文，殊于西京；魏代之文，复殊东汉。文章之体，在前人不能强同。若夫去古已远，犹欲择古人一家之文，以自矜效法，吾未见其可也。

十

　　中国三代之时，以文物为"文"，如《易经·贲卦》云："刚柔交错，天文也；文明以止，人文也。观乎天文，以察时变；观乎人文，以化成天下。"《明夷卦》云："内文明而外柔顺。"盖古之所谓"文明"者，即光融天下之谓也。以华靡为"文"，孔子曰："周监于二代，郁郁乎文哉！吾从周。"而《公羊传》复言："舍周之文，从殷之质。"盖以"文"为华靡，以"质"为俭朴，故中国古代皆尚质不尚文。以为舍质用文，则民智日开，民心日漓，与背伪归真之说相背，故不尚华靡也。而礼乐、法制，《论语》曰："文王既殁，文不在兹乎？天之将丧斯文也，后死者不得与于斯文也；天之未丧斯文也，匡人其如予何？"《注》："以礼乐制度称之。"又云："焕乎其有文章。"亦指帝尧之礼乐法度言也。威仪、文辞，《诗·淇澳序》云："美武公之有文章也。"而《大雅·抑篇》亦武公所作，其词曰："慎尔出话，敬尔威仪。"则"文章"当指威仪、文词言矣，观《左传·襄三十一年》所载北宫文子与子太叔之论威仪可见。又，《论语》曰："夫子之文章，可得而闻。""文章"者，亦即威仪之词也。亦莫不称为"文章"。推之，以典籍为"文"，如《论语》言"文献不足故也"，《孟子》言"其文则史"是也。以文字为"文"，如《史记·太史公自序》言"《春秋》文成数万"，犹言字成数万也。又如许君字学之书，名曰《说文解字》，亦此例也。以言辞为"文"。如《左传》"言之无文，行而不远"，又言"非文词不为功"是也。其以"文"为"文章"之"文"者，即后世"文苑""文人"之"文"也。则始于孔子作《文言》。盖"文"训为"饰"，乃英华发外、秩然有章之谓也。故道之发现于外者为"文"，事之条理秩然者为"文"，而言词之有缘饰者，亦莫不称之为"文"。古人言、文合一，故借为"文章"之"文"。后世以"文章"之"文"，遂足该"文"字之界说，失之甚矣。唐甄《潜书·非文篇》云："古之善文者，根于心，矢于口，征于事，博于典，书于策简，采色焜耀。以此言道，道在襟带；以此述功，功在耳目，故可尚也。汉乃谓之文，失之半矣。唐以下，尽失之。"其说甚精，惟未穷"文"字之训。夫"文"字之训，既专属于"文章"，则循名责实，惟韵语俪词之作，稍与"缘饰"之训相符，故汉、魏、六朝之世，悉以有韵偶行者为"文"，而昭明编辑《文选》，亦以沈思翰藻者为"文"。其证见第一册《文章源始》中，不复赘引。文章之界，至此而大明矣。降及唐代，以"笔"为"文"，如昌黎言"作为文章，其书满家"，见《进学解》。梦得言"手持文柄，高视寰海"见刘禹锡《祭韩退之文》。是也；李习之论韩文云："后进之士，有志于古文者，莫不视以为法。"是俨然以韩文为"古文"，而不复称之为"笔"矣。以"诗"为"文"，如杜诗"文章憎命达"、杜诗之言"文章"者，大抵皆指"诗"言，如"文章千古事""已似爱文章""文章一小伎，于道未为尊""文章日自负""文章实致身""文章开奥奥""名岂文章著""文章敢自诬"，大抵皆指"诗"言。如"文章千古事"一首，下文皆系论诗之语，此工部以"诗"为"文章"之证也。若杜诗所言"海内文章伯""岂有文章惊海内""每语见许文章伯""文章有神交有道"，似亦指"诗"而言。若"枚乘文章老""文章曹植波澜阔""庾信文章老更成""王杨卢骆当时体，轻薄为文哂未休"，则"文章"当指骈文言。韩诗"李杜文章在"韩诗云："李杜文章在，光焰万丈长。"《新唐书·杜甫传赞》亦云："昌黎韩愈于文章重许可，诗独推李、杜，曰：'李杜文章在，光焰万丈长。'诚可信云。"则"文章"指诗歌而言，明矣。又，昌黎《感春诗》有云："近怜李杜无检束，烂漫长醉多文词。"则"文词"亦指诗歌言也。是也。夫诗为有韵之文，且多偶语。以诗为文，似未尽非。唐、宋以下，又别诗于古文之外。如人之有专集者，悉分文集与诗集为二。即诗、文汇刻一集，亦必标其名曰"某某诗文集"若干卷。此诗别于文之确证也。若以"笔"为"文"，则与古代"文"字之训相背矣。而流俗每习焉不察，岂不谬哉！

十一

　　唐人以"笔"为"文"，始于韩、柳。昌黎自述其作文也，谓沈潜秾郁，含英咀华，作为文章，上规姚、姒《盘》《诰》《易》《诗》《春秋左氏》，下逮《庄》、《骚》、太史、子云、相如，以闳中肆外。见《进学解》。而子厚亦有言，谓每为文章，"本之《书》《诗》《礼》《春秋》《易》，参之《穀梁》以厉其气，参之《孟》《荀》以畅其支，参之《庄》《老》以肆其端，参之《国语》以博其趣，参之《离骚》以致其幽，参之太史以著其洁"。此韩、柳为文之旨也。夫二子之文，气盛言宜，韩氏《答李生书》云："气盛，则言之短长皆宜。"此韩文之要旨。希踪子、史。而韩门弟子，有李翱、皇甫湜诸人，偶有所作，咸能易排偶为单行，易平易为奇古；李习之《答朱载书》云："《六经》创意造言，皆不相师。"又云："天下之语文章，有六说焉。其尚异者曰：文章词句，奇险而已；其好理者曰：文章叙意，苟通而已；溺于时者曰：文章必当对；病于时者曰：文章不当对；爱难者曰：宜深不当易；爱易者曰：宜通不当难。"观于此言，则当时文体之纷争，一在平奇，一在奇偶，一在浅深。此则韩、柳之作，异于当时者也。复能务去陈言，辞必己出。韩氏《答李生书》云："惟陈言之务去。"《樊宗师墓铭》云："惟古于辞必己出。"韩文与当时之文不同者，以此。当时之士，以其异于韵语偶文之作也，唐代重诗赋，故以韵语偶文者为今文。遂群然目之为"古文"。以"笔"为"文"，至此始矣。唐代仍以韩文为"笔"，见第一册《文章原始》。而昌黎之作，尤为学者所盛推。如梦得之称韩文也，谓"手持文柄，高视寰海，权衡低昂，瞻我所在"；李习之称韩文也，谓"拨去其华，得其本根；包刘越嬴，并武同殷。《六经》之风，绝而复新"；皇甫持正之论韩文也，谓"抉经之心，执圣之权，尚友作者，跋邪觝异，以扶孔氏，存皇之极。茹古涵今，无有端涯"，又曰："姬氏以来，一人而已。"李汉论韩文曰："周情孔思,千态万貌,卒泽于道德仁义,炳如也。"韩文为当时所推如此。宋代之初,有柳开者,文以昌黎为宗。张景《柳开行状》云:"为文章,以韩为宗尚。时韩之道独行于公,遂名肩愈,字绍先。韩之道大行于今,自公始也。"案,开为宋初人。厥后,苏舜钦、穆伯长、尹师鲁诸人,善治古文,效法昌黎,与欧阳修相唱和。修《书韩文后》云:"官于洛阳,而尹师鲁之徒皆在,遂相与作为古文,因出所藏《昌黎集》而补缀之。其后,天下学者,亦渐趋于古。"《苏子美集序》云:"天圣之间,子美独与兄才翁及穆参军为杂文,时人颇共非笑之。"穆修《柳集序》云:"予少嗜观韩、柳二家之文。"皆其证也。而曾、王、三苏,咸出欧阳之门,故每作一文,莫不法欧而宗韩。大抵王介甫多效法柳文,然《集》中所载论文之作,亦盛称昌黎。东坡亦然,至称为"文起八代之衰"。古文之体,至此大成。即两宋文人,亦以韩、欧为圭臬。试推其故,约有三端。一以六朝以来,文体益卑,以声色词华相矜尚。欲矫其弊,不得不用韩文。一以两宋鸿儒,喜言道学,而昌黎所言,适与相符,遂目为文能载道。既宗其道,复法其文。韩文如《原道》《原性》诸作,以及李习之《复性书》,皆宋儒所景仰,遂以闲圣道、辟异端之功,归之昌黎。实则昌黎言理之文,所见甚浅,何足谓之载道哉? 一以宋代以降,学者习于空疏。枵腹之徒,以韩、欧之文便于蹈虚也,遂群相效法。有此三因,而韩、欧之文,遂为后世古文之正宗矣。世有正名之圣人,知言之君子,其惟易"古文"之名为"杂著"乎?

十二

六朝以前，"文集"之名未立。《汉·志》载颂、赋、诗一百家，皆不曰"集"。晋荀勖分书为四部，四曰"丁部"，不曰"集"也。宋王俭作《七志》，三曰"文翰"，亦不曰"集"也。"文集"之称，始于梁阮孝绪《七录》。《隋书·经籍志》以为"别集"之名，汉东京所创，则"文集"至东汉始有矣。及属文之士日多，后之君子，欲观其体势，以见性灵，乃汇萃成编，亦见《隋书·经籍志》。颜曰"文集"。且古人学术，各有专门，故发为文章，亦复旨无旁出，成一家言，与诸子同。试即唐、宋之文言之。韩、李之文，正谊明道，排斥异端；如韩愈《原道》《原性》及《答李生书》等篇，李翱《复性书》，皆儒家之言，而韩文之中，无一篇不言儒术者。欧、曾继之，以文载道，儒家之文也。南宋诸儒文集，多阐发心性、讨论性天之作，亦儒家之文。子厚之文，善言事物之情，出以形容之词，如永州、柳州诸游记，咸能类万物之情，穷形尽相，而形容宛肖，无异写真。而知人论世，复能探原立论，核核刻深，如《桐叶封弟辨》《晋赵盾许世子义》《晋命赵衰守原论》诸作，皆翻案之文也。宋儒论史，多诛心之论，皆原于此。名家之文也。明允之文，最喜论兵，如《上韩枢密书》等篇皆是，而论古人之用兵者尤多。谋深虑远，排兀雄奇，明允最喜阴谋，且能发古人之阴谋。故其为文，亦多刻深之论，发人未发。兵家之文也。子瞻之文，以粲花之舌，运捭阖之词，往复卷舒，一如意中所欲出，而属词比事，翻空易奇，子瞻之文，说理多未确，惟工于博辩，层出不穷，皆能自圆其说。于苏、张之学，殆有得也。纵横家之文也。陈同甫之文，亦以兵家兼纵横家者也。介甫之文，侈言法制，因时制宜，《集》中多论新法之文。而文辞奇峭，推阐入深，介甫之文，最为峻削，而短作尤悍厉绝伦。且立论极严，如其为人。法家之文也。若夫邵雍之徒为阴阳家，王伯厚之徒为杂家，而叶水心之徒亦近于法家、兵家。立言不朽，此之谓与？近代以还，文儒辈出。望溪、姬传，文祖韩、欧，阐明义理，趋步宋儒，凡桐城古文家，无不治宋儒之学，以欺世盗名，惟海峰稍有思想。若方东树、方宗诚、曾国藩，皆治宋学，复以能文鸣。此儒家之支派也。慎修、辅之，综核礼制，章疑别微；近儒治《三礼》者，如秦蕙田、凌廷堪、程瑶田之流，咸有《文集》，《集》中亦多论《礼》之作。考《汉·志》言名家出于礼官，则言礼学者，必名家之支派也。若膺、伯申，考订六书，正名辨物，近儒喜治考据，分戴、惠两大派，皆从《尔雅》《说文》入手，而诸家《文集》，亦以说经考字之作为多。古人以字为"名"。名家综核名实，必以正名析词为首，故考据之文，亦出名家。皆名家之支派也。叔子、昆绳，洞明兵法，推论古今之成败，叠陈九土之险夷，叔子、昆绳论兵之文，多见于《集》中。或论古事，或论形势，与老苏同。落笔千言，纵横奔肆，此兵家之支派也。子居之文，取法半山；亦喜论法制，而文章奇峭峻悍，尤与半山之文相同。安吴之文，洞陈时弊，兵、农、刑、政，酌古准今，不讳功利之谈，爰立后王之法，如《安吴四种》是。魏源之文，亦有类安吴者。此法家之支派也。朝宗之文，词源横溢；明末陈卧子等之文皆然。简斋之作，逞博矜奇，若决江河，一泻千里，俞长城诸家之文亦然。若夫词章之家，亦侈陈事物，娴于文词，亦当溯源于纵横家。此纵横家之支派也。仲瞿、稚威虽多偶文，亦属纵横家也。雍斋、沈涛别字雍斋，著有《十经斋文集》。于庭之文，杂糅谶纬，靡丽瑰奇，凡治常州学派者，其文必杂以谶纬之词，故工于骈文，且以声色相矜。此阴阳家之支派也。若夫王锡阐、梅文鼎之《集》，亦多论天文、历谱之文，然皆实用之学，与阴阳家不同。古人治历，所以授时也。王、梅之文，殆亦农家之支派欤？大绅、台山彭尺木亦然。之文，妙善玄言，析理精微，凡治佛学者，皆能发挥名理，而言语妙天下。此道家之支派也。维崧、瓯北之文，体杂俳优，涉笔成趣，凡文人之有小慧者，其文亦然。此小说家之支派也。旨归既别，夫岂强同？即古人所谓文章流别也。惟诗亦然。子建之诗，温柔敦厚，子建之诗，颇得风人之旨，故渊雅之音，非七子所能及。孔子之论《关雎》，曰："哀而不伤。"子夏之序《诗》，亦曰："发乎情，止乎礼义。"子建之诗有焉。近于儒家。渊明之诗，澹雅冲泊，近于道家。陶潜虽喜老、庄，然其诗则多出于《楚词》。若嵇康之诗，颇得道家之意；郭景纯之诗，亦有道家之意。康乐之诗，琢磨研炼，近于名家。凡六朝之诗，喜用炼句，以状事物之情，且工于刻画，如何逊、阴铿之诗皆是也。然康乐之诗，其滥觞也。太冲之诗，雄健英奇，如《咏史》诸诗，皆是也。近于纵横家。鲍明远之诗亦然。若杨素之诗，则近于法家。盖在心为志，发言为诗。讽咏篇章，可以察前人之志矣。隋、唐以下，诗家专集，浩如渊海，然诗格既判，诗心亦殊。诗心者，即作诗者之思想智识也。少陵之诗，惓怀君父，希心稷、契，杜诗云：“许身亦何愚，窃比稷与契。”是为儒家之诗。杜诗云：“法自儒家有。”此少陵诗文出于儒家之确证。若夫朱紫阳之诗，亦儒家之诗也。太白之诗，超然飞腾，“飞腾”二字，见杜诗“前辈飞腾入”。不愧仙才，是为纵横家之诗。后世惟辛稼轩、陈同甫之词，慷慨激昂，近于纵横家。襄阳之诗，逸韵天成；出于陶渊明。子瞻之诗，清言霏屑，苏诗妙善玄言，得之老、庄，兼得之佛学，故能含至理于诗。是为道家之诗。后世惟范石湖之诗，多冲淡之作，合于道家焉。储、王之诗，储光羲及王维也。备陈稼事，追拟《豳风》，其诗中叙言田中风景，历历如绘，且多村神（“村神”，据文意，疑当作“村社”）父老之谈。然寄怀旷佚，故诗中无一俗笔。是为农家之诗。陶诗亦多农家之意。山谷之诗，峻厉倔强，为西江之冠，大约西江派之诗，喜用瘦削之语，且出语深峻，有骨无肉，故后人拟之骨硬焉。王荆公之诗亦然。其悍厉峻削，出荆公上。是为法家之诗。古代法家之诗，有孔明《梁父吟》。而孔明之治蜀也，亦任法为治，则此诗已先表其志矣。由是言之，辨章学术，诗与文同矣。要而论之，西汉之时，治学之士，侈言灾异、五行，故西汉之文，多阴阳家言。东汉之末，法学盛昌，故汉、魏之文，多法家言。西汉之文，无一篇不言及天象者。三国之文，若钟繇、陈群、诸葛亮之作，咸多审正名法之言，与西汉殊。六朝之士，崇尚老、庄，故六朝之文，多道家言。如葛洪、孙兴公、王逸少、支遁、陶渊明、陶弘景之文，皆喜言名理，以放达为高。齐、梁之文亦然。隋、唐以来，以诗赋为取士之具，故唐代之文，多小说家言。观《唐代丛书》可见矣。宋代之儒，以讲学相矜，故宋代之文，多儒家言。明末之时，学士大夫，多抱雄才伟略，故明末之文，多纵横家言。近代之儒，溺于笺注、训故之学，故近代之文，多名家言。此特举说经之文言之。虽集部之书，不克与子书齐列，然因集部之目录，以推论其派别源流，知集部出于子部，则后儒有作，必有反集为子者。是亦区别学术之一助也。会稽章氏、仁和谈氏稍知此义，惟语焉未精，择焉未详，故更即二家之言推论之，以明其凡例焉。

十三

三代文词，句简而语文。《书》言辞尚体要，《礼》言辞无支叶，《礼记》："天下无道，则词有支叶。"贵简之证也；《礼记》引孔子曰："夏道未渎词。"是孔子以殷、周之词为已渎也。孔子又曰："辞达而已矣。"《荀子》曰："乱世之征，文章匿采。"此亦就辞无体要者言也。韩昌黎亦曰："由周公而下，其说长。"孔尚文言，孔子曰："其旨远，其词文。"又曰："言之无文，行而不远。"又曰："非文词，不为功。"曾戒鄙词，曾子曰："出词气，斯远鄙倍矣。"尚文之证也。顾亭林曰："《典》《谟》《爻》《象》，此二帝三皇之言也；《论语》《孝经》，此夫子之言。文章在是，性与天道亦在是，故曰：'有德者必有言。'"夫简近于质，文近于繁，而古代之文，独句简而语文者，其故何与？盖竹帛烦重，学术授受，咸凭口耳。非语文句简，则记忆良难。且三代之文，与后世殊。或意浮于言，有待后人之演绎；古人之文，一曰蕴藉，一曰奥曲。蕴藉者，凡说一事，或举其偏、不举其全，以俟智者之举一反三，如《庄子》"蘷怜蚿"一节，止解蘷、蚿、风之句是也。奥曲者，凡说一事，以一字代数字之用，以俟后人之注释。厥证甚多，观江都汪氏《释三九中篇》可以知矣。且古人作文，必留不尽之意于言外，如郭象注《庄子》"工人无为于刻木"数语，柳子演为《梓人传》一篇；毛《传》"涟，风行水成文"一语，眉山演为《仲兄字文甫说》一篇，皆演绎之证也。或词无语助，见第一期中。（指《国粹学报》第一期所载《论文杂记》，即本文第二条）词无语助，故其文整齐。非若后世之冗长。必待后人之注释。简而不繁，文而不质，此之故与？秦、汉以降，文与古殊。由简而繁，顾亭林曰："文以少而盛，以多而衰。以二汉言之，东都之文，多于西京，而文衰矣；春秋以降之文，多于《六经》，而文衰矣。"又云："二汉文人，所著绝少；今人著作，以多为富。夫多，则必不能工；即工，亦必不皆有用于世。其不传，宜矣。"盖三代以下，多游戏之文，而文章不尽有用之文矣；文士日多，而作文者未必真能文之士矣。此文章所由日趋于繁也。**至南宋而文愈繁**；宋代奏疏，每至万馀言，而行状、墓铭，亦有数万字者，如朱子作《张浚行状》四万字，犹以为少；而元人修《宋史》，李全一《传》，亦六万馀言，盖沿宋人撰著之旧也。**由文而质，至南宋而文愈质。**盖由简趋繁，由于骈文之废，故据事直书，不复简约其文词；骈文序一事，必简约其词而出之。散文行，而此法亡矣。由文趋质，由于语录之兴，故以语为文，不求自别于流俗。语录一体，始于唐，然但佛门弟子用之，即达摩"不立文字"之说也。宋儒作语录，即本于此。明儒亦然。然"常惺惺""浑然"等语，既非文言，又非俗语。顾亭林曰："今讲学先生，从语录入门者多，不善于修词，乃或反子贡之言而讥之曰：'夫子之言性、道，可得而闻；夫子之文章，不可得而闻也。'"此虽文字必经之阶级，然君子之学，继往开来，舍文曷达？《孟子》曰："不成章，不达。"若夫废修词之功，崇浅质之文，则文与道分，吕氏编《宋文鉴》，朱子谓其有时于文虽不佳，而事理可取者。盖宋儒之论文如此。**安望其文载道哉？**钱竹汀曰："君子之出词气，必远鄙倍。语录行，则儒家有鄙倍之词矣。有德者必有言。语录行，则有德而不必有言矣。"姚姬传曰："唐世僧徒，不通文章，乃书其师语以俚俗，谓之语录。宋世儒者弟子效之，以弟子记先师，惧失其真，犹有取也。明世自著书者，乃亦效其词，此何取哉？"则崇尚文言，删除俚语，亦今日厘正文体之一端也。若夫以俚俗之文，著之报章，以启瀹愚氓，亦为觉民之一助。惟既曰文词，则文体不得不法古文。否则，不得称为文矣。

十四

古人诗、赋，俱谓之"文"。阮芸台《咸秩无文解》云："古人称诗之入乐者曰文，故子夏《诗大序》：'声成文谓之音。'《孟子》曰：'不以文害辞。'赵《注》曰：'文，诗之文章也。'"然诗赋之学，亦出行人之官。盖赋列"六艺"之一，乃古诗之流。古代之诗，虽不别标赋体，然凡作诗者，皆谓之"赋诗"；见《左传·隐三年》《闵二年》及《文六年传》。诵诗者，亦谓之"赋诗"。见《左传·襄二十八年》。《汉·志》叙《诗赋略》，谓："古者诸侯、卿大夫，交接邻国，以微言相感。当揖让之际，必称《诗》以喻其志，盖以别贤、不肖而观盛衰。故孔子言：'不学《诗》，无以言。'"夫交接邻国，揖让谕志，咸为行人之专司。行人之术，流为纵横家，故《汉·志》叙纵横家，引"诵《诗三百》，不能专对"之文，以为大戒。诚以出使四方，必当有得于诗教，则诗赋之学，实惟纵横家所独擅矣。试考之古籍，则周代之《诗》，非徒因行人而作，且多为行人所赓诵。有知行人之勤劳，而赋《诗》以慰恤者；见《诗·周南·卷耳篇序》及本篇郑《笺》。有奖行人之往来，而赋《诗》以褒美者；见《诗·小雅·四牡篇序》及本篇"四牡騑騑"句毛《传》，又见《小雅·皇皇者华篇序》及本篇"駪駪征夫"句毛《传》。或行人从政，而室家赋《诗》以劝行；见《诗·周南·殷其靁序》及本篇郑《笺》。或行人于役，而僚友赋《诗》以寄念；见《王风·君子于役篇序》及本篇《正义》。或行人困瘁，赋《诗》以抒其情；见《诗·小雅·北山篇序》及篇中"或不已于行"句，又见《绵蛮篇序》及本篇郑《笺》。或行人闵忧，赋《诗》以述其境。见《诗·王风·黍离篇序》及篇中"行迈靡靡"句毛《传》，又见《小雅·小明篇》"我征徂西"句孔《疏》。是古《诗》每因行人而作矣。又以《左氏传》证之。有行人相仪而赋《诗》者，见《襄公二十六年传》。国景子赋《蓼萧》,赋"湛之柔矣";子展赋《缁衣》,又赋"将仲子兮"。有行人出聘而赋《诗》者,见《襄公八年传》范宣子赋《摽有梅》。有行人乞援而赋《诗》者,见《襄十六年传》。鲁穆叔赋《圻父》,又赋《鸿雁》卒章。有行人莅盟而赋《诗》者,见《襄二十七年传》。楚薳罢赋《既醉》。有行人当宴会而赋《诗》者,见《昭元年》。穆叔赋《鹊巢》《采蘩》,子皮赋《野有死麕》,赵孟赋《常棣》。又行人答饯送而赋《诗》者,见《昭十六年传》。子齹等赋《野有蔓草》诸篇饯韩起是。是古《诗》每为行人所诵矣。盖采风侯邦,本行人之旧典,见《前汉书·食货志》。故诗赋之根源,惟行人研寻最审。吴季札以行人观乐于鲁,亦其证也。所以赋《诗》当答者,行人无容缄默;《左氏传·昭公十二年传》云:"宋华定来聘,公享之,为赋《蓼萧》。不知,又不答赋。叔孙昭子曰:'必亡。'"而赋《诗》不当答者,行人必为剖陈。《左氏·文四年传》云:"卫宁武子来聘,公与之宴,为赋《湛露》及《彤弓》。不辞,又不答赋。使行人私焉。对曰:'臣以为肄业及之也。昔诸侯朝正于王,王宴乐之,于是乎赋《湛露》;诸侯敌王所忾,而献其功,于是乎赐之彤弓一。今陪臣来继旧好,君辱贶之,其敢干大礼以自取戾?'"由是言之,行人承命以修好,苟非登高能赋者,难期专对之能矣。两汉以前,未有别集之目。《汉·志》所载诗赋,首列屈原,而唐勒、宋玉次之,屈原赋二十五篇,唐勒赋四篇,宋玉赋十六篇。其学皆源于古《诗》。《汉·志》言,屈原作赋以讽,咸有恻隐古诗之义,而《史记·屈原传》亦言《离骚》兼《国风》及《小雅》之长。虽体格与《三百篇》渐异,见《文心雕龙·诠赋篇》。然屈原数人,皆长于辞令,有行人应对之才。《史记·屈原传》云:"娴于辞令,出则接遇宾客,应对诸侯。屈原既死之后,楚有宋玉、唐勒、景差之徒者,皆好词,而以赋见称,然皆祖屈原之从容词令。"其确证也。西汉诗赋,其见于《汉·志》者,如陆贾、严助之流,陆贾赋三篇,严助赋二十五篇。并以辩论见称,受命出使。《史记·陆贾传》言,贾有口辩,复使南越。《汉书·严助传》亦言,上令助与大臣辨论,复言遣助以意旨谕瓯越。是诗赋虽别为一略,不与纵横同科,而夷考作者之生平,大抵曾任行人之职。东汉以后,诗赋咸以集名。《文献通考》引吴氏说,谓东京"别集"之名,本于刘歆之《略》;而"辑略"之名,则有本于《商颂》之辑。为行人者,以诗赋与邻境唱酬,亦莫不雍容华国。如费祎使吴,作《麦赋》,见《三国志·诸葛恪传》《注》;陈传泽赠诗薛道衡,见《隋书·道衡传》。故昭明编辑《文选》,于行旅之诗,别立子目。如苏武等诸人之诗是。王西庄谓,奉使之臣,宜于诗教,见《西沚集·少司农裘公使浙集序》。诚不诬也。又,班《志》有言:"不歌而诵谓之赋。"案,"登高能赋"之言,本于毛公《诗传》,在"君子九能"之内。夫九能均不外乎作文,故总名曰"德音"。而登高能赋,与使能造命相次,其为行人之诗赋无疑。《鄘风·定之方中》毛《传》云:"故建邦能命龟,田能施命,作器能铭,使能造命,升高能赋,师旅能誓,山川能说,丧纪能诔,祭祀能语。君子能此九者,可谓有德音,可以为大夫。"案,此乃后世文章之祖也。"建邦能命龟",所以作卜筮之繇词也;"田能施命",所以为国家作命令也。若夫"作器能铭",为后世铭词之祖;"使能造命",为后世国书之祖;"升高能赋",为后世诗赋之祖;"师旅能誓",为后世军檄之祖;"山川能说",为后世地志、图说之祖;"丧纪能诔,祭祀能语",为后世哀诔、祭文之祖。毛公此说,必周、秦以前古说。即此语观之,足证文章各体,出于墨家、纵横家两派矣。《隋书·经籍志·集部总论》亦引"登高能赋"之文,其说亦本毛《传》。则后世诗集,皆纵横家之派别矣,焉得谓集部与子部无关耶?若夫荀卿、贾谊、萧望之、刘向等,亦俱有赋,具列于《汉·志》之中。此又以儒家而兼文士之才,非纵横一家之所能限矣。观《礼记·学记篇》有言:"《宵雅》肄三,官其始也。"推古人立法之旨,即望其能赋诗而为行人之官耳,故以古人奉使之诗,励其初学进修之志。《学记》郑君《注》云:"宵之言小也。谓《鹿鸣》《四牡》《皇皇者华》也,为始学者习之,所以劝之以官。"夫《四牡》《皇皇者华》,均古人出使之诗也。而后世文章之士,赓诗作赋,亦多浮夸矜诩之词,《汉书·艺文志》云:"其后,宋玉、唐勒;汉兴,枚乘、司马相如,下及杨子云,竞为侈靡闳衍之词,没其风谕之义。是以杨子悔之曰:'诗人之赋丽以则,词人之赋丽以淫。'"又,《颜氏家训·文章篇》云:"自古文人,多陷轻薄。原其所积,文章之体,标举兴会,发引性灵,使人矜伐,忽于持操,果于进取。"此则纵横家尚谖弃信之流弊也。亦见班《志》。欲考诗赋之流别者,盍溯源于纵横家哉?

十五

　　上古之时，六艺之中，诗、乐并列，而诗有入乐、不入乐之分。诚以音乐之道，感人至深，故移风易俗，莫善于乐。及墨子作《非乐篇》，习俗相沿。降及秦、汉，《乐经》遂亡。然汉设乐府之官，而依永和声，犹不失前王之旨。及乐府之官废，而乐教尽沦。夫民谣里谚，皆有抑扬缓促之音。声有抑扬，则句有长短。乐教既废，而文人墨客，无复永言咏叹，以寄其思，乃创为词调，以绍乐府之遗。夫词于四始之中，大旨近于比、兴，而曲终奏雅，惩一劝百，亦承古赋之遗风。然感人至深，捷于影响，则词者，合诗教、乐教而自成一体者也。吾观《诗》篇三百，按其音律，多与后世长短句相符。如《召南·殷其霝篇》云："殷其霝，在南山之阳。"此三、五言调也。《小雅·鱼丽篇》云："鱼丽，于罶鲿鲨。"此二、四言调也。《齐风·还篇》云："遭我乎猇之间兮，并驱从两肩兮。"此六、七言调也。《召南·江有汜篇》云："不我以，不我以。"此叠句韵也。《豳风·东山篇》曰："我来自东，零雨其濛。鹳鸣于垤，妇叹于室。"此换韵调也。《召南·行露篇》曰："厌浥行露。"其第二章曰："谁谓雀无角？"此换头调也。大抵烦促相宣，短长互用，于后世倚声之法，已启其先，足证词曲之源，实为古诗之别派。至于六朝，乐章尽废，故词曲之体，亦始于六朝。梁武帝作《江南弄》，沈约作《六忆诗》，实为词曲之滥觞。唐人乐府，多采五、七言绝句，然唐人之词，若《纥那曲》《长相思》，皆五言绝句之变调也；《柳枝》《竹枝》《清平调引》《小秦王》《阳关曲》《八拍蛮》《浪淘沙》，皆七言绝句之变调也；《阿那曲》《鸡叫子》，则又仄韵之七言绝句也；《瑞鹧鸪》者，则七言律诗也；《欸残红》者，则五言古诗也。此亦词为诗馀之证。特古人诗调，多近于词；而后世词调，转出于诗。盖古代诗多入乐，与词相同，而后世之词，则又诗之按律者也。能按律，即能入乐。唐人词律，虽不及宋人之密，然李太白、温飞卿，其词曲皆被管弦，故最精词律。太白所作《清平调》，玄宗调笛倚歌，李龟年亦执板高歌，且谓"生平得意之歌，无出于此"。见《松窗录》。飞卿工于鼓琴、吹笛，见《北梦琐言》。所作词曲，当时歌筵竞唱。见《云溪友议》。宰相令狐绹，因宣宗爱唱《菩萨蛮》，令飞卿撰进，而宣宗君臣，迭相唱和。见《北梦琐言》。则太白、飞卿，精于词律，彰彰明矣。盖词皆入乐，故古今之词人，必先通音律。默契其深，然后按律以填词。故所作之词，咸可播之于歌咏。后世之人，按谱填词，而音律之深，或茫然未解，则所谓词者，徒以供骚人墨客寄托之用耳。而词之外，遂别有曲矣。岂知古代之词，出于古乐之派别哉？

十六

　　唐人之词，多缘题生咏。如填《临江仙》之调者，皆咏水仙；填《女冠子》之调者，皆咏道情；填《河渎神》之调者，皆咏崇祠；填《巫山一段云》之调者，皆咏巫峡。以调为题，此固唐人之遗法也，故杨用修诸人，于词调起原，考之甚析。如《蝶恋花》取梁元帝"翻阶蛱蝶恋花情"，《满庭芳》取吴融"满庭芳草易黄昏"，《点绛唇》取江淹"明珠点绛唇"，《鹧鸪天》取郑嵎"家在鹧鸪天"；《惜馀春》取太白赋语，《浣溪纱》取少陵诗意，《青玉案》取《四愁诗》语，《踏莎行》取韩翃诗语，《西江月》取卫万诗语；《菩萨蛮》，西域妇髻也；《苏幕遮》，西域妇帽也；《尉迟杯》，以尉迟公饮酒必用大杯也；《兰陵王》，以其入阵之勇也；《生查子》，即张博望乘槎事也；《潇湘逢故人》，柳恽句也。此皆升庵《词品》考证之语，而都元敬、沈天羽、胡元瑞诸人，于词调起原，尤多考证。诚以古人作词，以调为题；触景抒情，必合词名之本意。若宋人填词，则不复缘题生咏。如"流水孤村""晓风残月"等篇，皆与调名无与。而王晋卿《人月圆》词，语非咏月；谢无佚《渔家傲》曲，词异志和。是唐人以词调为题，然《菩萨蛮》词，唐人亦无一语与词名合者。而宋人不复以词调为题也。然宋人之词，如《黄莺儿》之咏莺，《双飞燕》之咏燕，《迎新春》之咏春，《月下笛》之咏笛，《暗香疏影》之咏梅，《粉蝶儿》之咏蝶，如此之类，亦不可胜计，此皆宋人以调为题者也。盖唐人由词而制调，故词旨多与调名相符；宋人因调而填词，故词旨多与调名不合，而词牌之外，别有词题矣。此则宋词之异于唐词者也。五代之时，已有词题，不始于宋也。

十七

宋人之词，各自成家。少游之词，寄慨身世，一往情深，而怨悱不乱，悄乎得《小雅》之遗；东坡《水调歌头》数词亦然。向子諲《酒边词》、刘克庄《后村词》，眷恋旧君，伤时念乱，例以古诗，亦子建、少陵之亚。此儒家之词也。剑南之词，屏除纤艳，清真绝俗，逋峭沈郁，而出以平淡之词，例以古诗，亦元亮、右丞之匹。此道家之词也。耆卿词曲，密处能疏，纍处能平，状难状之景，达难达之情，例以古诗，间符康乐。此名家之词也。若耆卿之词，好为俳体，复词多媟黩，则其病也。东坡之词，慨当以慷，间邻豪放；如《满庭芳》《大江东去》《江城子》诸词是。龙川之词，感愤淋漓，如《六洲歌头》《水调歌头》《木兰花慢》《浣溪纱》数首，皆痛心君国，光复之词，溢于言表矣。睠怀君国；稼轩之词，才思横溢，悲壮苍凉，如《永遇乐》诸词。例之古诗，远法太冲，近师太白：此纵横家之词也。后世词人，乐苏、辛词曲之豪纵，竞相效法，浮嚣粗犷，不复成词。此则不善学苏、辛者之失，非苏、辛之失也。由是言之，古代词人，莫不自辟涂辙，故所作之词，各自不同，岂若后世词人之依草附木，取古人一家之词，以自矜效法哉？

十八

　　小说家流，出于稗官。班《志》所列者十馀家，今咸失传。惟孔安国《秘记》、《至理篇》引。董仲舒《李少君家录》、《论仙篇》引。陈仲弓《异闻记》，偶见引于葛洪《抱朴子》。六朝以降，作者日增。盖中国人民，喜言神怪，而庄言谠论，又非妇孺所能通，故假谈谐鬼怪之词，出以鄙俚，而劝惩之意，隐寓其中，亦感发人民之一助也。然古代小说家言，体近于史，为《春秋》家之支流，与乐教固无涉也。唐代士人，始著传奇小说，用为科举之媒，如《幽怪录传奇》是也。宋人《云麓漫钞》称其文备众体，足觇诗笔、史才。《云麓漫钞》曰："唐之举人，先藉当世显人，以姓名达之主司，然后以所业投献。逾数日，又投，谓之温卷，如《幽怪录传奇》等是也。盖此等文备众体，可以见史才、诗笔、议论。至进士，则多以诗为贽。今有唐诗数百种行于世者，皆是也。"予按，《诗》三百篇，如《六月》《采芑》《大明》《笃公刘》《江汉》诸作，皆为叙事之诗；而汉人乐府之诗，如《孔雀东南飞》数篇，咸杂叙闾里之事。叙事者，《春秋》家之支派也；乐府者，又乐教之支派也。是为《春秋》家与乐教合一之始。唐杜甫之诗，亦称"诗史"。此即金、元曲剧之滥觞也。盖传奇小说之体，既兴于中唐，而中唐以还，由诗生词，由词生曲，而曲剧之体以兴。故传奇小说者，曲剧之近源也；叙事乐府者，曲剧之远源也。乐府之诗，或由一解至数解，即套曲之始也；乐府之句，或由三字至七字，即长短句之始也。且乐府之中，如《孔雀东南飞》诸篇，非惟叙众人之事，亦且叙众人之言，此又曲剧描摹口吻之权舆也。特曲剧之用，声、容相兼。声出于《雅》，"雅"训为"正"，乃声音之不失其正者也；容出于《颂》，"颂""容"互训，"颂"字从"公"得声，"容"字从

"谷"得声,本属一音之转。又,"颂"字从"页",即象人身之形,与"夏"字同。《九夏》之乐,多属于舞,故"颂"亦属于舞,即古人所谓"文舞""武舞"二种也。乃用佾舞以节八音者也。见《左传·隐五年》。曲剧之兴,实兼二体。元人以曲剧为进身之媒,犹之唐人以传奇小说为科举之媒也。明人袭宋、元八比之体,用以取士。律以曲剧,虽有有韵、无韵之分,然实曲剧之变体也。如破题、小讲,犹曲剧之有引子也;提比、中比、后比,犹曲剧之有套数也;领题、出题段落,犹曲剧之有宾白也;而描摹口角,以逼肖为能,尤与曲剧相符。乃习之既久,遂诩为代圣贤立言。然金、元曲剧之中,其推为正旦者,曷尝非忠臣、孝子、贞夫、义妇耶?故曲剧者,又八比之先导也。古人既以传奇、曲剧为进身之媒,则后世以八比为取士之用者,曷足异乎?章世纯《治平要续·爵禄篇》曰:"中产以上之家,无不教子。六岁即延师教以对偶,取'青'对'白',取'一'对'二',取'山'对'水',取'仄'对'平',牵此扯彼,使整齐可观、高下可诵。此何为也?积之,则为表联判语也;演之,则时文法也。"据此以观,足证八比之用,与曲剧同,故整齐可观、高下可诵也。故知八比之出于曲剧,即知八比之文,皆俳优之文矣。乃近数百年之间,视八比为至尊,而视曲剧为至卑,谓非一代之功令使之然耶?昔王维奏《郁轮袍》以进身,颇为正直所鄙。明代以降,士人咸凭八比以进身,是趋天下之人而尽为王维也。噫!八比一体,当附入曲剧之后。

十九

近儒昆山顾氏、曲阜孔氏、金坛段氏，咸据古诗求古韵。然古诗之中，咸有叶韵，即彼此两韵互相通用之谓也。唐人诗韵最宽，如昌黎《赠张籍》诗，以"城""唐""江""庭""童""穷"互押，则《庚》《青》《东》《冬》四韵之字，咸可通协矣。盖唐人应试用官韵，馀则不拘，故一诗之中，往往数韵通协也。而词韵亦弗严。如杜牧填《八六子》调，以"深""沈""信""扃""整"五字合于一词之中是也。宋人作词，亦多叶韵。试举其例。如姜夔《鬲溪梅令》，用"人""粼""阴""寻""云""盈"为韵，则《真》《侵》《文》《庚》四韵可通用矣；陆游《双头莲》，用"寄""骥""气""水""里""逝"为韵，则《寘》《未》《纸》《屑》四韵可通用矣；秦观《品令》，用"织""吃""日""不""惜"为韵，则《职》《锡》《质》《物》《陌》五韵可通用矣；晁补之《梁州令》，用"浅""遍""脸""缓""愿""盏""远"为韵，则《铣》《霰》《俭》《旱》《愿》《潸》《阮》七韵可通用矣；柳永《引驾行》，用"暮""举""睹""处""去""负"为韵，则《遇》《语》《麌》《御》《宥》五韵可通用矣；苏轼《劝金船》，用"客""识""月""却""节""插"为韵，则《陌》《职》《月》《药》《屑》《洽》六韵可通用矣；辛弃疾之《东坡引》，用"怨""面""雁""断""满"为韵，则《愿》《霰》《谏》《翰》《旱》五韵可通用矣；方千里《俱犯》用"靓""定""静""迥"为韵，则《敬》《径》《梗》《迥》四韵可通用矣；吕渭老《握金钗》用"趁""尽""粉""损"为韵，则《震》《轸》《吻》《阮》四韵可通用矣。以上所举数词，皆宋词之最工者也。馀如赵德仁、王沂孙、林安世之词，用叶韵者甚多，不具引。即《花间》《樽前》诸集，其韵通协亦宽。盖词以协律，当以口舌相调。见张玉田《词源》。毛西河谓词本无韵，立说虽偏，然词以口舌相调，苟能合自然之音律，则虽方言里语，亦可入词。如秦观《品令》之用"个"字，其词云："掉又瞩。天然个，品格于中压一。

帘儿下,时把鞋儿踢,语低低,笑咭咭。"盖用"个"字作语助。今高邮土人皆如此。秦氏用"个"字入词,即用高邮土地之方言也。此以方言俗语入词之证。柳永《迎春乐》之用"噷"字,其词云:"近来憔悴人惊怪,为别相思噷。"而刘过《竹香词》亦用"噷"字,盖用"噷"字作语助字。"噷"亦土音也,与《温公诗话》所载陈亚《乞雨》诗"定应噷作胡卢巴",借"噷"字为"晒"字者不同。蒋捷《秋夜雨》之用"撋"字,其词曰:"黄云水驿秋笳噎,吹人双鬓如雪,愁多无赖处,漫碎把寒花轻撋。"而元曲《胡蝶梦》亦用"撋"字,《音释》云:"撋,疸且切。"盖"撋"字亦土音也。皆其证也。而黄山谷在戎州时,所作乐府,以泸戎之间读"笛"为"读",遂以"笛"韵叶"竹"字,见陆游《老学庵笔记》。亦方言里语可入词曲之征也,岂可以词韵一一绳之哉?且古人喜操土音,如《郑诗》用"且"字、"狂童之狂也且。"楚词用"些"字《招魂》篇。是也。秦、柳、黄、蒋之词,其用韵颇合古诗遗法,故西河谓"词本无韵"。然词调贵协,若徒执无韵之说,以致音韵失谐,则又词曲之大弊也。若万氏《词律》,蒋氏《词读》("词读",疑当作"词谱",指明人蒋孝所编《旧编南九宫谱》),拘墟于音韵之间,致以后人之词韵绳古人,岂知古人词律之精,固在此不在彼乎?姜白石、张玉田以降,已鲜有以土音入词者。

二十

诗与乐分，然后诗中有乐府。乐府将沦，乃生词曲。曲分南、北，自昔然矣。然南剧之调，多本于词；如词调中之《捣练子》《生查子》《点绛唇》《霜天晓角》《卜算子》《谒金门》《忆秦娥》《海棠春》《秋蕊香》《燕归梁》《浪淘沙》《鹧鸪天》《虞美人》《步蟾宫》《鹊桥仙》《夜行船》《梅花引》《唐多令》《一剪梅》《破阵子》《行香子》《青玉案》《天仙子》《传言玉女》《风入松》《祝英台近》《满路恋芳春》《满江红》《烛影摇红》《绛都春》《念奴娇》《高阳台》《东风第一枝》《真珠帘》《齐天乐》《二郎神》，皆南剧用为引子者也。词调中之《柳梢青》《贺圣朝》《醉东风》《红林檎近》《蓦山溪》《声声慢》《桂枝香》《永遇乐》《解连环》《沁园春》《贺新郎》，皆南剧用为慢词者也。而北剧之调，鲜本于词，惟词调之《青令儿》及《忆王孙》二调，北剧之中，或偶用之。其故何哉？昔唐人祖孝孙有言："梁、陈旧乐，用吴、楚之音；周、齐旧乐，涉胡戎之技。"乐分南、北，分析昭然，而所谓"音杂胡戎"者，皆北方之乐也。自是以后，胡角之音，渐输中国。如《黄鹄解》《陇头水》《出关》《入关》《出塞》《入塞》《折杨柳》《黄覃子》《赤之杨》《望行人》十曲是也。《通志》曰："古有胡角十曲，即胡乐。"而隋炀之世，复有《凉州》《伊州》《甘州》《渭州》四曲，由西域输华，而四夷之乐，析为九部，如西凉、龟兹、天竺、康居之乐是。播为声歌。夷乐之兴，自此始矣。隋、唐以降，北方之乐，胡汉杂淆；惟南方之地，古乐稍存。唐、宋之词，虽失古音，然源出乐府，鲜杂夷乐之音。大抵东晋以降，北方、北乐之音，多流入江南，与南方之乐歌相杂，故与秦、汉之音不同。宋、元以降，南剧起于南方，南方为古乐仅存之地，以调之出于古乐府也，故其调亦多出于词；北剧起于北方，北方为胡乐盛行之地，故音杂胡乐，而其调鲜出于词。虽然，南剧之音，虽伤轻绮，糅杂吴音，然视北剧之吐音粗厉、声杂华夷者,岂不彼善于此乎? 自夷礼输华以后,中国士民,非唯不能保存古礼也,并不知保存古乐。笛曰"羌笛",王勃《春思赋》云:"羌笛横吹陇路风。"马融《长笛赋》云此器起近代,出于羌中。《通志》云:"今横笛去觜。其加觜者,谓之义觜笛。"《注》云:"横笛,小篪也,出汉灵帝好胡笛。《宋书》云:'有胡篪,出于胡吹。'即谓此君也。梁《胡吹歌》云:'下马吹横笛。'此歌本出北国,亦即此物。"盖羌笛、横笛、胡篪,同实异名,其原皆出于胡吹,故《通志》又云:"今之篪,又有胡吹,非雅器也。"笳曰"胡笳",胡笳,见《晋书·刘琨传》。《通志》云:"杜挚有《笳赋》,云:'西戎所造。'晋《先蚕注》:'车驾住,吹小菰;发,吹大菰。''菰'即'笳'也。又有胡笳,汉旧《筝笛录》有其曲。"又云:"角者,出于羌胡,以惊中国马。""筚篥者,出于胡中,其声悲。"盖笳、角、筚篥,其物虽异,然为军中所吹则一也。鼓曰"羯鼓",羯鼓催花,为唐玄宗事,见《唐代丛书》中。而琵琶、《通志》引傅玄说,谓琵琶本出胡中。又云:"五弦琵琶,盖北国所出。"箜篌、《通志》曰:"竖箜篌,胡乐也,汉灵帝好之。体曲而长。"锦鸡鼓、虎拨思,《野获编》云:"乐器中有四弦、长项、圆鼙者,俗名琥珀槌,京师及塞北人呼胡博词,又名浑不是,《元史》称火不思,本虏中马上所弹者。正统年间,以虎拨思赐瓦剌,盖即此物。又有紧急鼓者,讹为锦鸡鼓,皆虏乐也。"咸为虏乐。夷声竞作,雅乐式微,声音感人,如响斯应。用夷变夏,此为滥觞。则音乐改良,乌可缓哉?

二十一

　　自唐人以律赋取士,而赋体日卑。昔《文心雕龙》之论赋也,谓"六艺附庸,蔚成大国"。吾观《诗》有"六义",赋之为体,与比、兴殊。兴之为体,兴会所至,非即非离,词微旨远,假象于物,而或美或刺,皆见于兴中;比之为体,一正一喻,两相譬况,词决旨显,体物写志,而或美或刺,皆见于比中。故比、兴二体,皆构造虚词,特兴隐而比显、兴婉而比直耳。毛公释(据文意,疑当补"诗"字)独标兴体,则以兴体难知,非解不明。若比、赋二体,读《诗》者皆可知之,无俟赘述也。若朱《传》则兼标三体,且误以兴为比。赋之为体,则指事类情,不涉虚象,语皆征实,辞必类物。故"赋"训为"铺",义取"铺张"。昔邵公言"公卿献诗,师箴赋",毛《传》言"登高能赋,可以为大夫"。"赋"也者,指实事而言也。若夫春秋之时,以诵《诗》为"赋诗"者,则诵《诗》者必陈其文,与"铺张"之义同也。循名责实,惟记事、析理之文,可锡"赋"名。自战国之时,楚《骚》有作,词咸比、兴,亦冒"赋"名,故班《志》称《离骚》诸篇为"屈原赋"。而赋体始淆。赋体既淆,斯包函愈广,故《六经》之体,罔不相兼。贾生《鹏赋》,旨贯天人,入神致用,其言中,其事隐,撷道家之菁英,约儒家之正谊,其原出于《易经》。及孟坚、平子为之,《幽通》《思玄》,析理精微,精义曲隐,其道杳冥而有常,则《系辞》之遗义也。班固《两都》,诵德铭勋,从雍揄扬,事核理举,颂扬休明,远则相如之《封禅》,相如《封禅文》亦近赋体,扬雄《剧秦》、班固《典引》,皆属此体。近师子云之《羽猎》,其原出于《书经》。及潘岳之徒为之,《藉田》一赋,义典言弘,亦《典》《诰》之遗音也。屈原《离骚》,引辞表旨,譬物连类,以情为里,以物为表,抑郁沈怨,与《风》《雅》为节,其原出于《诗经》。及宋玉、景差为之，涂泽以撷辞，繁类以成体，振尘滓之泽，发芳香之邑，亦菲经之嗣响也。相如《上林》，枚乘《七发》，聚事征材，恢廓声势，谲而不瓬，肆而不衍。其为文也，纵而复反，放佚浮宕，而归于大常，其原出于《春秋》。及左思之徒为之，迅发弘富，博厚光大，亦史传之变体也。荀卿《赋篇》，观物也博，约义也精，简直谨严，品物毕图，朴质以谢华，辊断以为纪，其原出于《礼经》。及孔臧、司马迁为之，章约句制，切墨中绳，排旁以立体，艰深以隐词，亦古典之遗型也。屈平《九歌》，依永和声，近古乐章，《九歌》本楚人祀神之乐章。其原出于《乐经》。后世之赋，虽不歌而诵，班《志》云："不歌而诵者谓之赋。"然子渊之赋《洞箫》，马融之赋《长笛》，咸洞明乐理，故《文选》之赋，别立音乐之赋为一门。则亦音乐之妙论也。彦和之论，夫岂诬哉？左、陆以下，渐趋整练；齐、梁而降，益事妍华。自唐迄宋，以赋造士，创为律赋，虽贻俳优之讥，然指物贵工，隶事贵当，铢量寸度，言不违宗，合于指事类情之义。其旨则是，其格则非。后儒不察"赋"义之本原，而所作赋篇，多涉虚象，毋亦昧于文章之流别钦？

二十二

近世以来,正名之义久湮。由是于古今人之著作,合记事、析理、抒情三体,咸目为"古文辞"。如姚氏选《古文辞类纂》,其最著者也。不知"辞"字本义,训为"狱讼"。《说文·辛部》云:"辞,讼也。从𤔲。𤔲,犹理辜也。𤔲,理也。"又有"𤔲"字,下云:"籀文辞,从司。"是"辞"专指狱讼言,故与"辠""辜"等字并列。故《大学》言"无情者不得尽其辞"也。此"辞"字之本义也。又,《说文·司部》下云:"词,意内而言外也。从司,从言。"是"词章""词藻"诸字,皆作"词"而不作"辞",而"词"字又训为语助。《文选》刘桢《赋》云:"扬葪陈词。"《注》云:"惟、曰、兮、斯之类,皆语句词。"是"词"为语助也。近儒高邮王氏作《经传释词》,其《自序》云:"说经者于语词之例,略而不究,或即以实义释之,使其文捍格,而意亦不明。窃谓不知语助者,犹不知实义也。盖实义不外乎文字通用,明于通用,则语词自无窒碍矣。"是王氏亦以"词"为语助也。盖"词"为语助,故引伸其义,则一切言论文章,皆称为"词"。凡古籍"言辞""文辞"诸字,古字莫不作"词"。特秦、汉以降,误"词"为"辞"耳。《易·系辞》《释文》云:"辞,说也。'辞',本作'词'。"《礼记·曲礼篇》《释文》并同。《周礼·大行人职》云:"协辞命。"郑《注》云:"故书作'叶词命'。"《诗·大雅》云:"辞之辑矣。"《说文》引作"词之辑矣"。是"词"字为古文,而"辞"字则系传写之误。其所以误"词"为"辞"者,则由"辞"字籀文作"𤔲",与"词"字之形相近,故因形近而相讹。实则字各一义,非古代通用之字也。《汉书·叙传》《音义》云:"'词',古'辞'字。"是"辞"字古文当作"词"字之证。后世习俗相沿,误"词"为"辞"。俗儒不察,遂创为"古文辞"之名,岂知"辞"字本古代狱讼之称乎?甚矣!字义之不可不明也。

二十三

上古之时，未有诗歌，先有谣谚。然谣谚之音，多循天籁之自然。其所以能谐音律者，一由句各叶韵，二由语句之间，多用叠韵、双声之字。凡有两字同母，是为双声；两字同韵，谓之叠韵。上古歌谣，已有此体。昔尧时《击壤歌》曰："日出而作，日入而息。""日出""日入"，皆叠韵也。虞廷之《赓歌》，曰"股肱""丛脞"，此双声也。舜时之歌曰："祝融西方发其英。""祝融"二字，亦双声也。又如古歌"断竹续竹，飞土逐肉"，皆叠韵也。《诗》三百篇，大抵指物抒情之作，一字不能尽，则叠字以形容之，如《雎鸠》之"关关"、《葛覃》之"萋萋"是也；或用叠韵，则山之"崔嵬"、马之"虺隤"是也；或用双声，如"蝃蝀在东""鸳鸯在梁"是也。双声、叠韵，大抵皆口中状物之词。及用之于诗，则口舌相调，声律有不期其然而然者，故两汉、魏、晋之诗，多沿此例。特斯时韵学未兴，未立"双声""叠韵"之名耳。自周颙、沈约创四声切韵，有"前浮声，后切响"之说，由是偶文韵语之中，多用双声、叠韵。或自相为对，或互相为对。律诗始于萧齐，故双声之体，亦始于王融。王融诗曰："园蘅眩红葩，湖荇烨黄花。回鹤横淮翰，远越合云霞。"此诗见原集中。厥后，唐人多用之。如皮日休《溪上思》云："疏杉低通滩，冷鹭立乱浪。草彩欲夷犹，云容空淡荡。"温庭筠诗云："高阁过空谷，孤竿隔古冈。潭庭空淡荡，仿佛复芬芳。"此其双声也。馀证甚多。盖律体盛行，故其法益密。杜少陵之诗，尤善用双声、叠韵。有二句皆双声而自相为对者，如少陵《赠鲜于京兆》云："奋飞超等级，容易失沈沦。""奋飞""容易"皆系双声，此双声之自相为对者。馀证甚多。有二句皆叠韵而自相为对者，如少陵《寄卢参谋》云："流年疲蟋蟀，体物幸鹡鸰。""蟋蟀""鹡鸰"皆系叠韵，此叠韵之自相为对者。馀证尚多。亦有双声、叠韵互相为对者。如少陵《赠河南韦尹》云："牢落乾坤大，周流道术空。""牢落"为双声，"周流"为叠韵，此以上句双声对下句之叠韵者也。又，少陵《赠汝阳王》诗云："寸肠堪缱绻，一诺岂骄矜？""缱绻"为叠韵，"骄矜"为双声，此以上句叠韵对下句双声者也。馀证甚多。迨及宋初，此法渐微，惟苏诗喜用双声。东坡尝戏作切语《竹》诗，又作《和正甫一字韵》诗，又作《江行见月》四言诗。此三诗者，无一语而非双声，可以知苏诗之喜用双声矣。然齐、梁以前，未立"叠韵""双声"之目；齐、梁以后，又渐失双声、叠韵之传，然考其篇章，往往亦多暗合。则叠韵、双声，乃自然之音律，非人力所可强为矣。故未有文字之前，已具此体，惟前人未能一抉其秘耳。海宁周氏作《杜诗双声谱》，已发明此例，并旁采古今之诗，以为证佐，可谓发前人所未发矣。惟意有未尽，故复即其义而申之。王西庄诸儒，亦复深信此说，见《蛾术编》。

二十四

　　昔孟子之论说《诗》也，谓"不以文害词，不以词害志"。予观秦、汉以后之诗文，何"以文害词"者之多乎？如江淹《恨赋》有云："孤臣危涕，孽子坠心。"夫"坠涕""危心"之语，均于古籍有征，而江氏必欲反其词以自矜险语，不知"危涕坠心"四字，语词相缀，皆属不伦，奚得谓之合论理乎？又，杜甫《秋兴》诗有云："红豆啄馀鹦鹉粒，碧梧栖老凤凰枝。"夫"鹦鹉""凤凰"，皆系主词；"豆粒""梧枝"，皆系所谓词，当云"鹦鹉啄馀红豆粒，凤凰栖老碧梧枝"。而杜氏必欲倒其词以自矜研炼，此非嗜奇之失乎？不惟此也。杜甫律诗有云："白头搔更短，浑欲不胜簪。"夫"白发"可言长短，今易"白发"为"白头"，则属不词。俞氏荫甫亦议之。又，白居易诗云："掌珠一颗儿三岁，鬓雪千茎父六旬。"夫十日为旬，载于往籍。《说文·勹部》"旬"字下云："十日为旬。"故唐代以前，无以"旬"为十年者。今白氏以十载为旬，非与古训相背乎？以十年为一旬，盖始于唐，故白氏又有诗云："且喜同年满七旬。"又，明徐尊生诗云："客中生日近七夕，老子行年当五旬。"以十年为旬，与白氏同。夫智者千虑，岂无一失？特名不正者言不顺，欲顺其言，必正其名。若以文害词，则背于正名之义，岂可复蹈其弊乎？故举古人文词之失，以见其凡。夫今日所以不敢议江淹、杜甫者，以其名高也。若初学作文之人，造语与江、杜同，必斥之为文理不通矣。